Silke Nowak
Alinas Grab

AF206306

VIKTORIA PUBLISHING

Über das Buch

Kurz nach ihrem achten Geburtstag wird der Kinderstar Alina Odermatt ermordet im Garten ihrer Eltern aufgefunden. Obwohl die Ermittlungen unter Hochdruck laufen, kann der Fall nicht aufgeklärt werden. Er gehört zu den größten Rätseln in der deutschen Kriminalgeschichte. Jahre später wendet sich der Vater des getöteten Mädchens an die Detektei *Fuchs & Bentwood* mit dem Auftrag, Alinas Bruder Mark ausfindig zu machen. Der damals Elfjährige stand zeitweise selbst unter Tatverdacht und brach später den Kontakt zur Familie ab. Ruby Fuchs und John Bentwood machen sich auf die Suche nach dem jungen Mann. Rubys Verdacht erhärtet sich, dass sein Verschwinden mit dem Geheimnis um den Mord an Alina zusammenhängt. Zwölf Jahre nach der schrecklichen Tat bricht das Eis des Schweigens – und der Albtraum beginnt erneut. Wie weit würdest du für die Wahrheit gehen?

Über die Autorin

Silke Nowak, 1975 in Ravensburg geboren, lebte fast 20 Jahre in Berlin, wo sie Literaturwissenschaft und Philosophie an der Freien Universität studierte. Es folgte eine Promotion in Germanistik über moderne Lyrik. Sie unterrichtete Literaturwissenschaft in Berlin und Chemnitz, arbeitete als Pressesprecherin und im Bereich der Neuen Medien.
Seit ihrem Debütroman *Auserwählt* sind die Krimis von Silke Nowak regelmäßig auf den E-Book-Bestsellerlisten von Amazon zu finden:

Die schwarze Lilie. Krimi. 2010 / 2015
Auserwählt. Krimi. 2013
Schneekind. Krimi. 2013
Spielende. Krimi. 2014.
Penelopes Tod. Thriller. 2015
Die Tigerin. Thriller. 2016
Patient #211. Thriller. 2017

Silke Nowak

Alinas Grab

Kriminalroman

VIKTORIA
PUBLISHING

Alinas Grab
Silke Nowak
© Silke Nowak, 2018
Viktoria Publishing, Bad Saulgau
Umschlag: Anja Jelly Zone für Gestaltung
Autorenfoto: Jehle & Will
Buchausgabe 1 | 2019
Herstellung und Verlag: BoD – Books on Demand, Norderstedt
ISBN 9783750407503

„Wir sollten alle vorsichtiger werden mit dem, was wir für wahr halten. Ist das wahr, was die Leute sagen? Oder das, was wir irgendwo gelesen haben? Was wir mit eigenen Augen gesehen haben? Selbst unseren Gefühlen können wir nicht immer trauen.

Keine Generation vor uns hatte es so schwer mit der Suche nach der Wahrheit. Das Internet und die sozialen Medien haben sie in schillernde Facetten zerlegt. Hinzu kommt das alte philosophische Problem, dass Wahrheit und Wirklichkeit nicht immer identisch sein müssen."

Ruby Fuchs, Inhaberin der Detektei *Fuchs & Bentwood*

„Sehr viele Menschen leben davon, dass die Wahrheit auf Erden so schwer zu finden ist: die Detektive, Rechtsanwälte, Richter, Schriftsteller, Wissenschaftler, Philosophen, Geistliche und viele andere."

Jules Maigret, Kommissar aus Paris

Personenliste

Ruby Fuchs, ehemalige Hauptkommissarin, Inhaberin der Detektei *Fuchs & Bentwood*, hat eine dunkle Vergangenheit und immer wieder helle Momente.

John Bentwood, Partner von Ruby Fuchs, entstammt einer alten, englischen Adelsfamilie, auch wenn er selbst nicht adlig ist.

Alina Odermatt †, spielte die Hauptrolle in dem Kinofilm *Lea, die kleine Eisprinzessin.* Hatte die Fähigkeit, Menschen mit ihrem Lächeln glücklich zu machen.

Mark Odermatt, Alinas Bruder, der damals Elfjährige stand selbst unter Tatverdacht, verschwand kurz nach seinem 18. Geburtstag.

Kitty Odermatt, Alinas Mutter, war selbst einmal eine talentierte Eiskunstläuferin, seit der Hochzeit mit Thomas Odermatt kümmerte sie sich um das Haus und die Kinder.

Thomas Odermatt, Alinas Vater, Geschäftsführer bei *Trapp Werke GmbH.*

Felix Trapp, Inhaber von *Trapp Werke GmbH,* guter Freund von Thomas Odermatt und dessen Familie.

Sam Weber, Singer-Songwriter, in den sich Ruby Hals über Kopf verliebt.

Uwe Sigg, Tatverdächtiger im Fall *Alina O.,* Teilzeitarbeiter bei *Festland.*

Hedwig Krause, das Kindermädchen der Odermatts, die noch nicht alles gesagt hat, was sie weiß.

Emil Zoran, Polizeihauptkommissar, kein einfacher Mensch, Ermittler in der Soko *Alina O.*

Stefan Fischer, Polizeikommissar, sorgender Familienvater, Ermittler in der Soko *Alina O.*

Vera Lindt, leitete damals die Soko *Alina O.*, heute Polizeirätin, macht fast immer alles richtig.

Dr. Konrad Lubitz, Kinderpsychologe, hat schwere Zeiten hinter sich.

Greta Frisch, Sozialarbeiterin an der Justizvollzugsanstalt Ravensburg.

Annette Harms, ehemalige Eiskunstlauftrainerin von Alina.

Dr. Titus Rosenkranz, Rechtsmediziner.

Dr. Wiglaf Mertens, Hausarzt der Familien Trapp und Odermatt.

Paul Brandner, ehrgeiziger Kriminalkommissar, der vielleicht gar nicht so furchtbar ist, wie Ruby ihn findet.

·

1

1. Juli 2006

„Mark", rief Alina. „Schau doch mal!"

Seine Schwester stand in ihrem roten Glitzer-Kostüm am Pool. Die Pailletten reflektierten das Sonnenlicht, leuchtende Punkte tanzten über das Wasser. Alina liebte dieses Kostüm. Es war das Kostüm aus *Lea, die kleine Eisprinzessin*. Mit diesem Film war seine Schwester berühmt geworden.

„Was ist denn, Prinzessin?", rief Mark.

Alina trat jetzt vor bis zum Beckenrand. Dann schloss sie für einen Moment die Augen, sprang in die Höhe, drehte sich anderthalbmal um die eigene Achse und glitt beinahe lautlos ins Wasser.

„Cool", rief Mark. Er klatschte in die Hände.

„Toll, Schatz!", rief auch die Mutter von der Terrasse herüber. „Ein richtiger Axel!"

Anderthalb Jahre war es jetzt her, dass die Mutter mit Alina zum Casting nach München gefahren war, eigentlich nur aus Spaß. Man hatte Mädchen gesucht, die gut Schlittschuhlaufen können. Alina konnte das. Sie trainierte täglich unten im Eiskunststadion. Trotzdem hatte niemand damit gerechnet, dass sie die Rolle bekam. Es gab viele Mädchen, die gut Schlittschuhlaufen konnten. Aber die Jury hatte sich für Alina entschieden, weil Alina noch mehr konnte als Schlittschuhlaufen. Alina verzauberte die Menschen mit ihrem

Lachen. Sie könne ängstlichen Menschen Mut machen, hieß es in der Begründung der Jury. Der Film war ein Riesenerfolg geworden. Die Dreharbeiten für Teil 2 begannen in wenigen Wochen.

„Huhu", rief Alina und spritzte ihn nass.

„Na warte." Mark zog sein T-Shirt aus. Dann nahm er Anlauf, sprang ab und knallte mit einer Arschbombe ins Wasser, seine Spezialität. Whom. Wie das klatschte!

Mark sank im Wasser nach unten. Die Welt da draußen wurde leiser, sein Körper schwerelos. Die Sonne schnitt wie ein goldenes Schwert durch die Oberfläche. Mark berührte mit der Hand den Boden und stellte sich vor, er wäre ein Hai. Über ihm zappelten zwei kleine Mädchenfüße. Die Schwester strampelte heftig und riss sich los, als er sie packen wollte.

„Kommt jetzt raus", rief die Mutter. „In einer Stunde werden die Gäste da sein."

Die Mutter stand bereits mit einem großen Badehandtuch am Pool, in das sich Alina sogleich schmiegte.

Mark tauchte wieder ab.

Es war Samstag, der 1. Juli 2006. Seine Mutter hatte heute Geburtstag. Wenn Alina kein Kaiserschnitt gewesen wäre, sagte Hedi immer, dann wäre sie vermutlich auch am 1. Juli geboren. Hedi war ihr Kindermädchen. Sie fand, man solle der Natur nicht ins Handwerk pfuschen. Doch weil Marks Mutter das anders sah, hatte Alina schon am 29. Juni das Licht der Welt erblickt. Vorgestern war seine Schwester acht Jahre alt geworden. Zwanzig Mädchen hatte sie zu einer Einhorn-Party einladen dürfen. Es hatte Einhorn-Torte gegeben, eine Einhorn-Hüpfburg und Ponyreiten. Das Pony hatte ein weißes Horn zwischen die Ohren geklemmt bekommen.

„Mark", schimpfte die Mutter. „Raus jetzt!"

Mark hievte sich aus dem Wasser und legte sich, nass wie er war, auf die immer noch warmen Fliesen. In der Ferne schlug eine Kirchturmuhr halb sieben. Es war ein heißer Tag gewesen. Mark hatte sich fast nur von Eis ernährt. Hedi hatte gesagt, es sei der heißeste erste Juli seit hundert Jahren gewesen. Das habe sie im Radio gehört.

„Die Sessel bitte da hin", hörte er die Stimme seiner Mutter.

Schon seit Stunden schleppten die Männer von *Festland* Stühle und Tische durch den Garten. Der Schweiß lief ihnen über die Gesichter. Der dunkle Mann wischte sich mit dem Ärmel über die Augen; Mark sah die schwarzen Haare unter den Achseln. *Festland* war eine Partyagentur. Heute Abend kamen 145 Leute, das schaffte seine Mutter nicht allein. Mark wunderte sich, wie man so viele Freunde haben konnte. Er selbst hatte nur zwei: Jonas und Finn.

„Zieh endlich das nasse Ding aus, Schatz", hörte er die Mutter zu Alina sagen. Dann vernahm er das Summen einer Biene, die dicht an seinem Ohr vorbeiflog.

Mark blickte in den Himmel hinauf. Auf einem hellblauen Grund bewegten sich zwei Wolken. Als Überraschung für seine Mutter sollte es an diesem Abend einen Schlumpf-Tanz geben. Den hatte Marks Vater mit ein paar Kumpels einstudiert, weil seine Mutter die Schlümpfe wahnsinnig süß fand. Auch Felix machte mit bei dem Tanz. Felix war der Chef von Marks Vater und zugleich Marks Taufpate. Die Männer trugen Kostüme aus Plüsch. Darin sahen sie aus wie echte Schlümpfe, nur größer.

„Creme dich ein, Schatz", sagte die Mutter zu Alina.

Alina sollte als Schlumpfine auftreten und am Ende von den Männern in die Luft gehoben werden. Bei den Proben hatte das nicht immer geklappt.

„Mark", sagte die Mutter. „Du liegst ja immer noch rum."

Mark setzte sich auf.

„Wow", sagte er zu Alina, die nackt vor ihm stand. „Kriegst ja langsam echte Titten."

Alina streckte ihm die Zunge heraus. Seine Schwester war dürr und flach wie ein Knabe. Trotzdem verschränkte sie die Arme vor der Brust und sagte: „Gar nicht wahr!"

„Mark, bitte", ermahnte ihn die Mutter. „Nicht so eine Ausdrucksweise. Ich will das Wort nicht hören!"

„Welches Wort?", fragte Mark schelmisch. „Du meinst Ti...?"

„Titikakasee, genau", sagte die Mutter. Dann packte sie Mark und kitzelte ihn aus.

„Titikakasee", wiederholte Alina und kicherte.

Mark japste nach Luft und flehte um Gnade, doch die Mutter ließ nicht locker. Dann kam auch noch Alina dazu und half mit. Seine Schwester lachte laut und rief immer wieder: „Titikakasee!"

„Was geht denn hier vor?"

Plötzlich stand der Vater am Pool. Mark hatte ihn nicht kommen hören. Er trug noch den Anzug und die Krawatte vom Büro. Sein Vater musste immer lange arbeiten. Eigentlich sei Marks Vater ja der Chef der *Trapp*-Werke, sagte seine Mutter immer. Aber die Firma gehörte trotzdem Felix.

„Du siehst phantastisch aus", sagte der Vater zur Mutter.

Die Mutter war schon für die Party gerichtet. Sie trug ein langes, rotes Abendkleid mit vielen Glitzersteinen und sah aus wie die Frauen, die immer in den Modezeitschriften waren. Marks Freunde pfiffen durch die Zähne, wenn sie über seine Mutter sprachen.

„Ist dir nicht heiß?", fragte die Mutter, ging zum Vater und schmiegte sich an ihn.

„Verdammt heiß", entgegnet der Vater und grinste. Dann küsste er die Mutter inniger, als er es sonst zur Begrüßung tat.

„Bäh!", schrien die Kinder im Chor.

Mark wendete sich ab. Er war elf Jahre alt, fast zwölf. Er mochte es nicht, wenn seine Eltern sich küssten, und schon gar nicht mit der Zunge, das war doch voll ekelig. Wie zwei Tiere, sagte Hedi immer.

Um kurz nach 19:30 Uhr kam Mark auf die Terrasse herunter. Er fühlte sich unwohl. Nur seiner Mutter zuliebe hatte er das Hemd und die Fliege angezogen. Die ersten Gäste verteilten sich bereits über den Garten. Unter der Trauerweide saßen zwei Frauen und spielten Cello. Seine Mutter und Jutta standen am Buffet und luden sich die Teller voll.

„Schick siehst du aus", sagte Jutta und zwinkerte ihm zu. Sie war blond und hatte Riesentitten – und sie war Felix' Frau.

„Möchtest du nicht wenigstens mal probieren?", fragte die Mutter und deutete auf die Muscheln und Krabben.

„Igitt", sagte Mark. „Krieg ich Chips, Mama? Bitte!"

Jutta lachte und sagte: „Kinder! Das ist doch überall dasselbe."

Der Garten füllte sich. Mark schlängelte sich zu Alina durch. Sie hatte schon mehr Geschenke als die Mutter bekommen. Mark half ihr, die Sachen nach oben in ihr Zimmer zu tragen. Dort rissen sie das Papier auf. Puppen, Bücher, Kuscheltiere, Puzzles. Alina jubelte über eine rosafarbene Kinderkamera. Mark schnappte sich ein Legoschloss und baute es für seine Schwester zusammen. Er war froh, wenn er seine Ruhe hatte. Die Erwachsenen sagten immer dasselbe: „Du bist aber groß geworden!" Oder sie fragten: „Na, wie läuft es in der Schule?"

Mark mochte das nicht.

Trotzdem ließ er sich später von Hedi dazu überreden, wieder mit runterzugehen. Da war es draußen schon dunkel geworden. Die Fackeln leuchteten. Auf dem Pool schwammen Boote mit Kerzen. Auf der Terrasse machte jemand Fotos von den Gästen, die sich dafür mit Masken verkleideten. Alina ließ sich mit einer Micky-Maus-Maske fotografieren. Mark wählte eine schwarze Zorromaske. Dann setzte er sich zusammen mit Hedi und Alina auf die Treppenstufen der Terrasse. Auch Felix setzte sich zu ihnen. Plötzlich gab es einen lauten Knall und die erste Feuerwerksrakete schoss nach oben. Ihr Licht hinterließ ein großes, leuchtendes Herz im Himmel.

„Oh" und „Ah" sagten die Leute.

Felix legte seinen Arm um Marks Schulter. Gemeinsam blickten sie in den Himmel hinauf. „So sieht das Glück aus", flüsterte Felix und deutete auf die flüchtigen Bilder aus roten Linien, goldenen Punkten und grünen Kreisen. Auch Mark und Felix sagten „Ah" und immer wieder „Oh".

Alina schoss mit ihrer neuen Kamera ein paar Bilder.

Nach dem Feuerwerk hielt Marks Vater eine Rede. Er sprach in ein Mikrofon, das seine Stimme noch tiefer machte. Mark hielt sich die Ohren zu. Nur die Worte „Erfolg" und „Familie" drangen immer wieder zu ihm durch.

„Außerdem möchte ich Sie noch auf einen besonderen Programmpunkt hinweisen", sagte sein Vater nach einer Ewigkeit. „Um Punkt elf wird das legendäre Männerballett der *Trapp*-Truppe die Tanzfläche eröffnen. Danach wird DJ *Rafi Yes* für Sie auflegen. Sie dürfen gespannt sein."

Die Leute spendeten Beifall.

Auch Felix klatschte.

„Und nun", fuhr der Vater fort: „Erheben wir das Glas auf meine liebe Frau!" Er überreichte der Mutter einen Strauß Rosen und sagte: „Ich liebe dich, Kitty!"

Noch einmal applaudierten die Leute.

Hedi band Alina die Schleife im Haar.

DJ *Rafi Yes* spielte Mamas Lieblingslied, *Wonderful dream* von Melanie Thornton.

„Komm", flüsterte Alina nah an seinem Ohr. „Wir gehen." Die Kinder schlüpften durch ein Loch in der Hecke auf das benachbarte Grundstück hinüber. Das Zirpen der Grillen wurde lauter. Mark hatte seine Taschenlampe dabei, Alina die Kamera. Das Nachbargrundstück gehörte auch der Familie, der Vater hatte es gekauft, falls Mark oder Alina später hier bauen wollten. Bisher standen aber nur Apfelbäume darauf. Ganz hinten, auf dem ältesten und größten Baum, befand sich ihr Baumhaus. Es war ein richtiges kleines Häuschen mit zwei Zimmern, einer Veranda rundum und rot-weiß karierten Vorhängen. Es gab sogar kleine Fensterläden aus grünem Holz, die man öffnen und schließen konnte.

A wonderful dream of love and peace for everyone...

Die Musik wurde leiser. Die Kinder schlichen durch das hohe Gras. Der Gärtner mähte die Wiese hier drüben nur alle sechs Wochen. Marks Turnschuhe wurden feucht und färbten sich an der Lederkappe dunkel.

A wonderful dream of love and peace for everyone ...

Sie hatten das Baumhaus erreicht, als Alina fragte: „Hörst du das?"

Etwas hatte geraschelt. Er hatte es auch gehört.

„Vielleicht Molly?", fragte Mark. Er leuchtete mit der Taschenlampe ins Gras. Molly war die Katze von Hagers, ihren Nachbarn. Doch Molly war nirgends zu entdecken.

Plötzlich knackte es. Das Geräusch war von oben gekommen, diesmal deutlich. Beide blickten hoch zum Baumhaus. Mark richtete den Strahl der Taschenlampe hinauf. Doch nur das dunkle Rechteck mit der Luke war zu erkennen. Eine stabile Holzleiter führte hinauf. Die Kinder bevorzugten die Strickleiter, die daneben baumelte.

„Eichhörnchen sind auch nachtaktive Tiere", erklärte Alina altklug. „Ihr Nest nennt man Kobel."

„Na, dann klettere mal hoch, du Eichhörnchen", sagte Mark.

Alina war geschickt im Klettern. Ihr rosafarbener Schlüpfer blitzte unter dem Kleid hervor, während sie eine Stufe nach der anderen nahm. Nachdem die Schwester durch die Luke verschwunden war, stieg Mark hinterher. Die Taschenlampe steckte er sich vorne in den Hosenbund.

Oben hatte Hedi schon alles hergerichtet. Ein Nachtlicht leuchtete schwach rötlich. Zwei Matratzen lagen da, darauf die Schlafsäcke und Jogginganzüge. Sogar an die Chips hatte Hedi gedacht. Die Tüte steckte im Kopfteil seines Schlafsacks. Mark griff danach und drückte die Tüte zusammen. Es gab einen dumpfen Knall. Der würzige Geruch stieg ihm in die Nase. Schnell zog sich Mark die Klamotten aus, fluchte über den Verschluss der Fliege, der klemmte, und kämpfte mit den Knöpfen an seinem Hemd. Währenddessen stopfte sich Alina bereits eine Handvoll Chips in den Mund.

„Alina!", rief er wütend. „Das sind meine Chips!"

Und plötzlich ging alles ganz schnell.

Es polterte. Mark drehte sich um und sah den Mann. Er trug eine Zorromaske. Alina sagte, er solle sofort verschwinden. Das sei ihr Baumhaus. Doch der Mann verschwand nicht. Er kam näher.

Mark war wie erstarrt.

Alina schrie. Sie hob ihre Arme schützend über den Kopf, dünne Mädchenarme, und rief: „Aufhören!", doch der Mann hörte nicht auf. Mit der Taschenlampe schlug er Alina auf den Kopf, bis sich ihre blonden Haare rot färbten. Mark konnte nichts dagegen tun. Es war, als blickte er von oben auf alles herab. Als wäre er außerhalb von sich. Obwohl er dabei war, konnte er sich später nicht mehr daran erinnern, was folgte – außer an einen eigenartigen Schmerz, der seinen mageren Körper zu zerreißen schien.*

* Text von Peter Redlich, Rekonstruktion der Tatnacht im Fall Alina O., veröffentlicht auf *www.peter-redlich.de* und *www.wahre-kriminalfälle.de*

2

12 Jahre später

Ich überwachte die beiden jetzt schon seit Monaten. Doch da lief nichts.

Der Mann hieß Sam Weber, er war ein Singer-Songwriter, der seine eigenen Lieder vortrug und sich dabei auf der Gitarre begleitete. Am Vorabend hatte er ein kleines Konzert im *Café Central* gegeben. Ich hatte mich ganz hinten an einen runden Marmortisch gesetzt, zwei Gläser Rotwein getrunken und über fünfzig Fotos mit dem Handy geschossen. Doch da lief absolut nichts zwischen den beiden, keine Umarmung, kein Kuss, nicht einmal Händchen hatten sie gehalten.

Ich gähnte.

Es war Montagmorgen, der 25. Juni, kurz nach zehn. Während mein Computer die Fotos hochlud, ging ich in die Küche und machte mir einen Kaffee.

Die Frau, um die es ging, hieß Eva Müller-Horgau. Sie war eine Elfe, blond, zierlich, hübsch. Ihre Haut und ihre Haare sahen weich aus, nur der Ausdruck um ihren Mund wirkte hart. Eva hatte Sams Lieder laut mitgesungen. Dabei hatten ihre Augen geleuchtet, und auch das Harte um ihren Mund war weicher geworden; ein bisschen zumindest.

Ich mochte Eva.

Und ich mochte Sams Lieder. Er hatte eine warme und zugleich raue Stimme, die voller Leben war, selbst wenn er vom Tod sang. Irgendwann hatte auch ich den Refrain von *Countdown* mitgesungen, seinem bisher erfolgreichsten Lied:

Du hast mein Herz, verdammt, mit deinem Lächeln gerammt.
Und ich seh's in deinem Blick, unser Countdown, der macht Tick:
10, 9, 8. Alle Toten sind erwacht.

Der Haken an der Geschichte war, dass Eva Müller-Horgau die Ehefrau von Sven Müller-Horgau war, meinem Auftraggeber. Sven Müller-Horgau war der Leiter einer großen Personalabteilung, er war träge, und er war eifersüchtig. Natürlich war er das. Mit der Tasse Kaffee in der Hand ging ich zurück an den Schreibtisch.

Ich hatte nichts gegen eifersüchtige Ehemänner. Im Gegenteil. Schließlich war ich Privatdetektivin. Ich lebte davon, Ehefrauen zu überwachen, aber auch Ehemänner, Kinder, Angestellte und vieles mehr. Sogar einen Hund hatte ich schon überwacht. Tatsächlich stellte sich der Vierbeiner am Ende als der Übeltäter heraus, der immer in Nachbars Rabatte kackte.

Ich ließ die Jalousie herunter.

Der Download war abgeschlossen und ich öffnete das erste Foto. Ich hatte die Sonne ausgesperrt, aber auf meinem Bildschirm leuchtete Sams Gesicht. Mein Blick glitt über seine Lippen, den Dreitagebart, die Narbe am Kinn. Aber das Beste waren seine Augen, die direkt in meine Kamera blickten.

Ich nahm einen Schluck Kaffee.

Eva war um 01:07 Uhr mit dem Taxi nach Hause gefahren. Zum Abschied hatte sie Sam auf die Wange geküsst, einmal rechts, einmal links. Sven Müller-Horgau verschwendete nur sein Geld, wenn er seine Frau weiterhin überwachen ließ. Und ich meine Zeit.

Ich nahm noch einen Schluck Kaffee.

Sie wollen die Wahrheit wissen? Dann sind Sie bei uns richtig, stand auf der Internetseite der *Detektei Fuchs & Bentwood.* Ich hatte die Detektei zehn Monate zuvor gegründet. Vorher war ich Polizistin gewesen, Hauptkommissarin in der Kriminalinspektion für Organisierte Kriminalität. Doch bei einem Großeinsatz, bei dem ich die Leitung gehabt hatte, waren zwei Männer erschossen worden. Narkas und Snajdrom waren international gesuchte Verbrecher gewesen, die selbst ohne mit der Wimper zu zucken hunderte von Menschen ermordet hatten, aber der Aufschrei war trotzdem groß gewesen. Nach dem Fiasko hatte ich einen Monat im Krankenhaus verbracht; Trümmerbruch des rechten Fußknöchels. In meinem Einzelzimmer mit Blick auf den Klinikpark hatte ich viel Zeit zum Nachdenken gehabt. Danach war ich nicht mehr zurückgekehrt in den Polizeidienst.

Für einen Moment starrte ich ins Leere.

Dann blickte ich wieder in Sams Gesicht. Er habe mich in letzter Zeit öfter gesehen, hatte Sam gesagt, als wir nachts um halb zwei vor dem *Café Central* gestanden hatten. Was ich denn so mache? Ich sei Privatdetektivin, hatte ich wahrheitsgemäß geantwortet. Spannend, meinte er, und was mache man so als Privatdetektivin? Die Wahrheit herausfinden, hatte ich geantwortet. Was die Wahrheit sei, hatte Sam gefragt.

Und dann hatte er mich angesehen.

Die Wahrheit war, dass ich mich längst in Sam verliebt hatte. Ich starrte auf die Sonne, die zwischen den Lamellen der Jalousie festklemmte. Dann schloss ich die Augen.

Du hast mir den Verstand geraubt,
hast Raketen auf mein Herz gebaut.
Komm, wir schießen uns ins All.
Nur wir zwei im freien Fall.

Es war 10:25 Uhr, als es unten an der Tür klingelte.

Die Detektei *Fuchs & Bentwood* lag mitten in der Altstadt von Ravensburg, im zweiten Obergeschoss eines vierstöckigen Geschäftshauses, in dem auch ein Spielwarengeschäft und ein Metzger untergebracht waren. Ich stand auf, drückte den Türöffner und blickte aus dem Fenster auf den Marienplatz hinab. Ravensburg war eine Stadt, von der ich als Kind immer geglaubt hatte, sie wäre das Vorbild für die Playmobil Ritterburg gewesen. Türme, Zinnen, Fahnen und Reste der Stadtmauer bestimmen bis heute das Stadtbild, so als habe es nie ein zwanzigstes Jahrhundert gegeben, keine Weltkriege, keine Bomben. Unten eilten Herren mit Aktentaschen vorüber, Frauen schoben Kinderwagen über die Trottoirs oder trugen prall gefüllte Tüten nach Hause. An einem sonnigen Vormittag wie diesem hätte man annehmen können, dass auch die Geschlechterkämpfe des 20. Jahrhunderts hier kaum nennenswerte Spuren hinterlassen hatten.

Es klopfte. Ich öffnete die Tür.

Ein großer, massiger Mann stand vor mir. Ich schätzte ihn auf Ende fünfzig. Er sah aus, als wäre er früher mal sportlich gewesen, Rugby-Spieler oder so. Doch die Proportionen waren bereits im Umbruch. Bald würde nicht mehr der Brustbereich die breiteste Stelle seines Körpers sein, sondern der Bauch. Das rosafarbene Hemd spannte über dem braunen Ledergürtel, der in einer blauen Anzughose steckte. Ein feines Aftershave stieg mir in die Nase.

„Guten Morgen", sagte ich und streckte ihm meine Hand entgegen. Ich konnte den lukrativen Auftrag förmlich riechen. Wahrscheinlich sollten wir seine um zwanzig Jahre jüngere Ehefrau überwachen. „Mein Name ist Ruby Fuchs", stellte ich mich vor. „Was kann ich für Sie tun?"

„Sehr erfreut", sagte er und zerquetschte mir fast die Hand. „Thomas Odermatt." Dabei blickte er mich an, als müsste ich ihn kennen.

Odermatt. Odermatt.

Etwas klingelte da bei mir.

„Oh Gott!", rief ich bestürzt, als wir bereits Platz genommen hatten, ich hinter meinem Schreibtisch, er davor. „Sind Sie etwa der Vater des kleinen Mädchens, das damals ermordet wurde?"

„Alina war meine Tochter", sagte er. „Richtig."

Schweigen. Dann bot ich ihm einen Kaffee an, er bevorzugte ein Glas Wasser. Nachdenklich ging ich in die Küche. Wie lange war das jetzt her? Zehn Jahre? Länger? Der Fall Alina O. hatte damals ganz Ravensburg in Angst und Schrecken versetzt. Darüber hinaus war er deutschlandweit mit großem Interesse verfolgt worden, vor allem im Internet hatten sich unzählige Foren und Seiten über Alina O. herausgebildet. Spekulationen darüber, wer das Mädchen getötet hatte, legten zeitweise ganze Server lahm. Obwohl ich mit den Ermittlungen nichts zu tun gehabt hatte, erinnerte ich mich gut an die vielen Diskussionen, die damals in Polizeikreisen zum Thema digitale Aufklärung geführt worden waren. Mein damaliger Arbeitsplatz war dreißig Kilometer von Ravensburg entfernt in Friedrichshafen gewesen, doch meine Einsatzgebiete hatten sich über ganz Osteuropa bis hin in die arabische Welt erstreckt.

Ich drehte den Wasserhahn auf, füllte ein Glas und ging damit zurück.

„Bitte." Ich stellte Odermatt das Wasser hin.

„Meine kleine Prinzessin", sagte er mit regungsloser Miene. „Alina war das reinste Geschöpf, das man sich vorstellen kann. Und das perverse Schwein, das sie auf dem Gewissen hat, läuft immer noch frei herum."

Ich griff nach meiner Kaffeetasse. Ja, der Fall war nie aufgeklärt worden. Es hatte zwar einen Prozess gegeben, bei dem der Angeklagte aber freigesprochen worden war. Der Mord an dem kleinen Mädchen gehörte zu den größten Rätseln der deutschen Kriminalgeschichte.

„Die Polizei verdächtigte uns", sagte Odermatt. Er blickte mich offen an, aber seine Hand schloss sich zur Faust, als er hinzufügte: „Uns, die Familie! Das muss man sich mal vorstellen! Die Bullen waren so verbohrt in ihrem Sozialneid, dass wichtige Spuren jahrelang nicht ausgewertet wurden."

„Das war sicher nicht einfach für Sie", sagte ich.

„Es war ein Albtraum."

„Das kann ich mir vorstellen."

„Können Sie nicht!" Wieder schloss sich seine Hand zur Faust. Dann klingelte sein Handy und er sagte zu mir: „Entschuldigung, aber ich muss kurz ran."

Ich nahm einen Schluck Kaffee.

An der Wand hing ein Foto von meiner Mutter aus der Zeit, als sie noch mit Blumen im Haar und der Gitarre im Arm gegen den Vietnamkrieg protestiert hatte. Ihre Augen lächelten. Heute lebte sie mit vier anderen stark gealterten Hippies auf einem Bauernhof im Allgäu und protestierte vor allem dann, wenn ich sie zwang, die Medikamente zu nehmen, die der Arzt ihr verschrieben hatte. Dass ausgerechnet ich, ihre Tochter, nach der Schule bei der Polizei angefangen hatte, war nie leicht für sie gewesen. Jahrelang hatte sie es vor ihren Freunden verheimlicht.

„Ich möchte, dass Sie meinen Sohn finden", sagte Odermatt, nachdem er aufgelegt hatte. „Mark war damals ja selbst noch ein Kind, gerade mal elf. Mit achtzehn hat er dann seine Sachen gepackt und ist verschwunden. Wir haben gehofft, dass er eines Tages zurückkommt, aber …"

„Seit wann ist er weg?"

„Seit sechs Jahren", sagte Odermatt. „Im August 2012 wurde er achtzehn. Im September ist er gegangen."

Während Odermatt von seinem Sohn erzählte, googelte ich im Internet nach einem Foto von Alina. Sofort kamen hunderte Bilder. Ich klickte auf das erste, das Alina mit ihrer

Mutter zeigte. Die Mutter war eine klassische Blondine, die durch das zu dick aufgetragene Make-up stark an Ausstrahlung verlor. Alina hingegen war klar und frisch und verfügte über eine Schönheit, die mitten ins Herz traf.

„Die Ermittler haben sich damals viel zu lange auf meinen Sohn konzentriert", sagte Odermatt. „Dabei gab es nie hinreichende Beweise. Aber den Leuten ist das egal. Für viele ist und bleibt Mark der Mörder seiner Schwester. Schauen Sie doch mal ins Internet. Dieser ganze Dreck."

Odermatt verschränkte die Arme.

Unten hupten mehrere Autos.

„Es ist der Neid", sagte Odermatt. „Die Leute *wollen*, dass wir es waren. Damit ihre eigene ärmliche Existenz erträglicher wird."

Odermatt hatte kurze, graue Haare, die sich an der Stirn stark lichteten.

„Wissen Sie, wie viele Pädophile und Kriminelle in unserer Gesellschaft frei herumlaufen?", fragte er.

Draußen schlug eine Kirchturmuhr. Vier helle Schläge, elf dunkle. Das bedeutete, es war jetzt elf.

Odermatt öffnete seine Ledertasche, nahm ein Foto heraus und schob es mir über den Tisch. Das Foto zeigte einen hübschen Jungen mit dunklen Haaren und einem klaren, symmetrischen Gesicht. Nur das Lächeln wirkte, als wäre es tiefgefroren.

„Das war vor sechs Jahren an Marks achtzehntem Geburtstag", sagte Odermatt. Und dann: „Bitte finden Sie meinen Sohn. Meine Frau hat Krebs. Sie will Mark noch einmal sehen, bevor sie ..."

Er schwieg.

„Haben Sie jemals die Polizei eingeschaltet?", fragte ich.

„Die Polizei hat mein Vertrauen verspielt", sagte Odermatt.

Ich nickte und fragte: „Gab es seit Marks Verschwinden irgendwelche Lebenszeichen?"

Wieder klingelte sein Handy. „Entschuldigung", sagte Odermatt, drehte sich von mir weg und nahm das Gespräch an.

Ich stand auf, trat ans Fenster und blickte auf die Stadt hinaus. Ravensburg hatte 50.000 Einwohner, 17 Türme und 750.000 Leichen. Die Zahl der Leichen ergab sich aus einer Sterberate von einem Prozent und der Stadtgeschichte seit dem Jahr 1088. Aus dieser beeindruckenden Masse von Tod, Krankheit und Verbrechen erhoben sich die 17 Türme so unschuldig, als wüssten sie von nichts. Dabei standen die meisten schon seit dem Mittelalter da. Der *Grüne Turm* zum Beispiel, der sich schräg gegenüber von *Fuchs & Bentwood* erhob, diente über fünfhundert Jahre als Gefängnis, zuletzt noch bis 1943. Sein Name kam von den grün glasierten Dachziegeln.

Grün, wie das Leben.

Grün, wie die Natur, die am Ende über alles wächst.

„Entschuldigung", sagte Odermatt noch einmal, nachdem er aufgelegt hatte. Dann nahm er einen dicken DIN-A4-Umschlag aus der Tasche, legte ihn auf den Schreibtisch und sagte: „Darin finden Sie alles, was Sie brauchen. Auch einen Text von Peter Redlich. Peter ist Journalist, er hat sich damals lange mit Mark unterhalten und die Polizeiakten eingesehen. Auf dieser Grundlage hat er aufgeschrieben, was wirklich in der Tatnacht geschah. Ich rate Ihnen, lesen Sie diesen Text zuerst, bevor Sie sich an die Arbeit machen."

Ich nickte wieder.

„Mark schreibt ab und zu eine Postkarte", fuhr Odermatt fort. „Außerdem bekomme ich die Abrechnung seiner Kreditkarte, die über mich läuft. Daher wissen wir, dass er ein paar Semester Informatik in München studiert hat. Danach ist er nach Mallorca. Die letzte Abbuchung fand im Mai dieses Jahres in Manacor im Osten der Insel statt."

„Also vor sechs Wochen ungefähr?"

Odermatt nickte. „Ende Mai hat Mark sich Wanderschuhe in einem Sportladen in Manacor gekauft", sagte er. „Die Abrechnung für Juni ist noch nicht gekommen."

Plötzlich klopfte es.

Odermatt und ich blickten uns überrascht an. Beide hatten wir kein Klingeln gehört und auch keine Schritte im Treppenhaus. Ein bisschen fühlte es sich so an, als wären wir belauscht worden. Ich öffnete. Vor der Tür stand eine große, abgemagerte Frau mit einem schmalen Gesicht. Ihre Haare waren kurz. Als sie mich ansah, wusste ich sofort Bescheid. Das war zwar nicht mehr die hübsche, naive Blondine von dem Foto, aber der durchdringende Blick aus den großen, dunklen Augen war noch immer derselbe.

„Frau Odermatt?", fragte ich.

Sie reichte mir eine kalte, knöcherne Hand und sagte: „Nennen Sie mich Kitty."

„Ruby", entgegnete ich.

„Was machst du hier?", fragte Odermatt, der sofort aufgestanden war und seine schwer atmende Frau zu dem Stuhl führte, auf dem er eben noch gesessen hatte.

„Hat er Ihnen den Auftrag gegeben?", fragte sie mich, ohne auf ihren Mann zu achten.

Ich setzte mich wieder hinter den Schreibtisch und nickte ihr zu. Dann fragte ich an Odermatt gewandt: „Warum fliegen Sie eigentlich nicht selbst nach Mallorca und suchen Ihren Sohn?"

Odermatt stand hinter seiner Frau. Er hatte seine riesigen Hände auf ihre schmalen Schultern gelegt und lächelte. Es war dasselbe eingefrorene Lächeln, das Mark auf dem Foto zeigte. Doch plötzlich brach das Lächeln, als er sagte: „Ich kann hier nicht weg. Meine Frau braucht mich jetzt. Sie steht die Strapazen einer Reise nicht mehr durch."

Kitty senkte den Blick.

„Und all die Jahre vorher?"", fragte ich.

„Wir hatten Angst", antwortete sie. „Angst, dass unser Sohn uns nicht sehen will."

Wir schwiegen alle drei.

„Da drin", sagte Kitty schließlich und deutete auf den DIN-A4-Umschlag, „da drin finden Sie einen Brief von mir. Er ist für Mark."

Odermatt blickte zur Decke hinauf, die mit Rissen durchzogen war, und fügte wie beiläufig hinzu: „Ich bezahle Ihnen dreißigtausend Euro, wenn Sie meinen Sohn in den nächsten drei Wochen finden. Und fünfzigtausend, wenn ihn in den nächsten zehn Tagen haben."

Ich schnappte nach Luft. Und wenn ich Mark nicht fand? Mit Blick auf Kittys schmales Gesicht beschloss ich, die Frage später zu stellen.

„Das ist viel Geld", sagte ich bloß.

„Wir haben Geld", entgegnete Odermatt.

„Aber nicht mehr viel Zeit", fügte Kitty hinzu.

3

2. Juli 2006

Renate gähnte. Es war Sonntagmorgen und ihre Nacht-
schicht war gleich vorbei. Die Anzeigetafel über ihr zeigte
05:28 Uhr. Seit null Uhr saß sie am Notruftelefon der Polizei
und hoffte, dass es nicht klingelte. 110. Sie lockerte den
Kopfhörer. Nach einer Nacht wie dieser waren ihre Ohrmu-
scheln halb taub, und ihr Nacken war steif.

Wieder blickte sie auf die Uhr. Es war noch eine jener Uh-
ren aus den achtziger Jahren, auf denen sich echte Blättchen
aus Metall bewegten, wenn die Zeit verging. Jede Zahl bestand aus zwei Blättchen, eins oben, eins unten. In diesem
Moment fiel das rechte obere Blatt herab und aus 05:28 Uhr
wurde 05:29 Uhr.

Renate unterdrückte ein Gähnen.

Um sechs Uhr endete ihr Dienst. Dann bewegten sich alle
Blättchen auf einmal. Renate liebte diesen Moment.

Wie sie das bloß aushalte, fragten die Leute oft, wenn sie
von ihrer Arbeit am Notruftelefon berichtete. Dabei war es
eigentlich gar nicht so schlimm. Viele Anrufer verwechselten
einfach die 110 mit der 112. Die 110 war für die Polizei, die
112 für den Rettungswagen. Wenn ein Anrufer über ziehen-
de Schmerzen in der Brust oder andere beunruhigende
Symptome klagte, leitete sie einfach weiter an die Kollegen
von der 112. Dann kam der Notarzt.

05:31 Uhr.

Es gab aber auch schlimme Anrufe. So wie letzte Woche.
Eine Frau hatte sich auf der Toilette verschanzt. Renate

hatte deutlich hören können, wie ein Mann, bei dem es sich um ihren Ehemann handelte, vor der verschlossenen Tür tobte. Sie hatte auch hören können, wie er kurz darauf versuchte, mit der Axt die Tür einzuschlagen. Da hatte Renate sofort einen Streifenwagen losgeschickt – und einen Krankenwagen dazu.

05:32 Uhr.

In solchen Situationen versuchte Renate immer, die verzweifelten und panischen Frauen zu beruhigen. Fast immer waren es Frauen, die bei ihr anriefen. Wenn sie später erfuhr, dass die Frau ins Koma geschlagen worden war, dann ging ihr das schon nach.

Auch der Anruf, der am Sonntagmorgen, den 2. Juli 2006 um 05:33 Uhr bei ihr reinkam, exakt siebenundzwanzig Minuten vor Dienstschluss, sollte ihr noch lange nachgehen.

Das Telefon klingelte. Ein Licht blinkte. Das Band sprang an.

Renate rückte ihren Kopfhörer zurecht und sagte: „Notrufzentrale 110, ja bitte?"

„Hallo?", fragte eine Frau.

Nach über zehn Jahren am Nottelefon erkannte Renate bereits am Tonfall und an der Atmung, wie schlimm es am anderen Ende stand. Diese Frau war panisch und ruhig zugleich, das bedeutete, sie hatte etwas Schlimmes erlebt, schwebte aber nicht mehr in akuter Lebensgefahr.

„Spreche ich mit der Polizei?", fragte die Frau.

„Ja", sagte Renate. „Was ist passiert?"

„Seeblick 64", kam es zurück. „Bitte, schnell, wir, ich …"

„Was ist passiert?", fragte Renate wieder.

„Meine Tochter", stieß die Frau hervor. „Meine Tochter wurde entführt. Schnell, beeilen Sie sich, bitte!"

„Wie alt ist Ihre Tochter?", fragte Renate zurück.

„Sieben", sagte die Frau. „Nein, acht. Sie ist acht Jahre alt. Meine Tochter wurde ... oh mein Gott."

Ein gequältes Stöhnen drang durch den Hörer.

Renate schluckte. Dann sagte sie: „Okay. Seeblick 64. Wie lautet Ihr Name?"

„Kitty Odermatt", sagte die Anruferin. „Ich bin die Mutter. Meine Tochter ist Alina Odermatt. Oh mein Gott. Bitte, schnell."

Alina Odermatt, dachte Renate. Irgendwie kam ihr der Name bekannt vor, aber im Moment fiel es ihr nicht ein.

Sie fragte: „Seit wann vermissen Sie Ihre Tochter?"

„Um fünf bin ich aufgestanden", sagte die Frau. „Da lag der Brief da. Da bin ich sofort raus ... und oh mein Gott, meine Tochter war ..."

Die Stimme brach.

„Sie haben einen Erpresserbrief bekommen?", fragte Renate.

„Ja", kam es sofort zurück.

„Steht darin, wer die Entführer sind?"

„Nein, nein", antwortete die Frau. „Ich weiß es nicht. Da steht nur was mit Freiheit."

„Freiheit?"

„Unterzeichnet im Namen der Freiheit oder so, ja", sagte die Frau. „Aber bitte, tun Sie doch endlich was!"

„Ich schicke sofort einen Streifenwagen zu Ihnen", sagte Renate und drückte einen Knopf, damit die diensthabenden Beamten die Adresse übermittelt bekamen.

„Wann genau haben Sie Ihre Tochter zum letzten Mal gesehen?", wollte Renate wissen. In bestimmten Fällen, so auch in diesem, versuchte Renate die verzweifelten Anrufer weiterhin in der Leitung zu halten, damit sie bis zum Eintreffen der Polizei ruhig blieben.

„Ja", stieß die Frau zusammenhanglos hervor. „Wir haben einen Brief gefunden. Heute Morgen. Vorhin. Es war halb fünf Uhr, als ich aufstand und in die Küche ging." Es raschelte. Dann sagte die Frau: „Ich meine, es war fünf Uhr. Der Brief lag auf dem Tisch. Er ist handgeschrieben. Die wollen Geld für Alina. Verstehen Sie?"

„Ich verstehe", sagte Renate. „Und wann haben Sie Ihre Tochter zum letzten Mal gesehen?"

Die Frau zögerte.

„Gestern Abend", sagte sie nach längerer Pause. Dann wieder: „Meine Tochter ist ... Oh mein Gott! Bitte, bitte, ich weiß nicht ... Aber warum tun Sie denn nichts?"

„Ich habe bereits einen Streifenwagen losgeschickt", versuchte Renate die Frau zu beruhigen. „Die Polizei wird in wenigen Minuten bei Ihnen eintreffen."

„Bitte, es ist ... Oh mein Gott."

„Bleiben Sie ganz ruhig, Frau Odermatt."

„Bitte schicken Sie jemanden."

„Das habe ich bereits getan", wiederholte Renate. „Ich habe jemanden geschickt. Die Polizei ist gleich da."

Die Frau sagte: „Okay. Bitte. Oh mein Gott. Nein, ich ..."

„Atmen Sie tief und langsam", sagte Renate. „Ganz ruhig atmen ..."

„Beeilen Sie sich!", stieß die Frau hervor.

Dann klackte es.

„Frau Odermatt?", fragte Renate. „Kitty? Sind Sie noch dran? Hallo?"

Renate drehte den Lautstärkeregler nach oben und fragte: „Hallo? Hallo?"

Keine Antwort.

Renate presste die Kopfhörer fester ans Ohr und fragte wieder: „Frau Odermatt? Sind Sie noch dran? Hallo?"

Keine Antwort. Aber es gab auch kein Tuten in der Leitung. Die Anruferin schien aufgelegt zu haben, aber die Verbindung war nicht richtig unterbrochen. Vielleicht hatte sie in ihrer Panik den falschen Knopf auf dem Telefon gedrückt. Renate konnte Stimmen im Hintergrund hören.

Sie lauschte.

Etwas stimmte da nicht. Sie glaubte, zwei oder drei Personen im Raum zu hören. Sie glaubte, dass Kitty mit plötzlich veränderter Stimme sagte: „Das wäre geschafft. Die Polizei kommt sofort. Was machen wir jetzt?"

4

„Wir haben einen neuen Auftrag", sagte ich.

John sah mich erwartungsvoll an.

Es war kurz nach eins, wir saßen im *African Queen* und warteten auf unser Mittagessen. Das Restaurant war voll, selbst die Stehplätze waren besetzt. John beugte sich zu mir über den Tisch, sein vertrauter Geruch nach Pfefferminzbonbon und Rasierwasser stieg mir in die Nase. Ich erzählte von Thomas Odermatt, von seiner Tochter Alina und von Mark, dem verlorenen Sohn.

„Lea, die kleine Eisprinzessin", sagte John nachdenklich und strich sich eine dunkle Haarsträhne zurück. „Ich erinnere mich an den Film. Der löste damals einen enormen Boom im Eiskunstlauf aus, deutschlandweit."

Ich nickte. Es ging um die Geschichte von Lea, die einmal ein ehrgeiziges, aber auch sehr arrogantes und einsames Mädchen gewesen war. Zu Beginn des Films trainierte sie verbissen auf die Rolle der Eisprinzessin, die sie in einem Musical auf dem Eis spielen sollte. Doch ein Autounfall veränderte alles. Die Ärzte machten Lea keine Hoffnung, dass sie überhaupt wieder laufen konnte. Aber sie schaffte es. Am Ende spendeten die Zuschauer ihr tosenden Beifall, als sie wieder auf dem Eis stand; zwar nicht in der Rolle der Eisprinzessin, aber als Schneeflocke im Kreis ihrer neuen Freunde.

„Danke", sagte John zu der Frau mit dem Turban, die unsere Limonaden brachte. John bevorzugte Holunder, ich Ingwer.

John Bentwood war mein Partner. Als ich ihn kennenlernte, war er ein wohlstandsverwahrloster, orientierungsloser, junger Mann gewesen, der bei jeder Gelegenheit darauf hingewiesen hatte, dass er westlich von London als Enkel des Earl Wilhelm Spencer-Bentwood geboren worden sei. Durch eine Absurdität des britischen Adelssystems, wie er es nannte, sei er trotzdem nur als Bürgerlicher geboren worden, weil sein Vater Sir Randolph Spencer-Bentwood nur der jüngere Sohn des Grafen war. Seine Mutter war Deutsche. Nach drei abgebrochenen Studiengängen in Berlin hatte sich John eher lustlos auf einen Ausbildungsplatz bei der Polizei beworben und in Ravensburg eine Zusage bekommen; so war er nach Süddeutschland gekommen. John war ein paar Jahre jünger als ich. Als seine Ausbilderin hatte ich mich um ihn gekümmert. Seitdem zeigte er eine Anhänglichkeit, die ich mir nicht recht erklären konnte. Sexuelles Interesse schloss ich aus. Leidenschaft schien ein Fremdwort für ihn zu sein, zumindest hatte ich ihn noch nie außer Kontrolle erlebt. Als ich meinen Dienst bei der Polizei quittiert hatte, war er mitgekommen. Seitdem waren wir *Fuchs & Bentwood*.

„Prost", sagte ich.

John und ich stießen mit den Flaschen an. Ich erzählte ihm von dem DIN-A4-Umschlag. Darin hatte ich viertausend Euro Anzahlung in bar gefunden, Familienfotos und Kopien von Postkarten, die Mark geschrieben hatte. Außerdem hatte Odermatt mir den kurzen Text von Peter Redlich hineingelegt, in dem er die Tatnacht aus Marks Perspektive schilderte. Der Text war aber auch im Internet verfügbar, auf der Seite *Wahre Kriminalfälle*. Die Kreditkartenabrechnungen bestätigten, dass Mark zuerst in München eine Wohnung gemietet und danach seinen Lebensmittelpunkt nach Mallorca verlegt zu haben schien.

„Mallorca", wiederholte John und sog an seinem Strohhalm.

Thomas Odermatt war Geschäftsführer der 1932 gegründeten *Trapp Werke GmbH*. Die Firma war früher auf Werkzeuge spezialisiert gewesen, stellte heute aber vor allem Computerzubehör für die Automobil- und Luftfahrtbranche her. Das Unternehmen wurde in der dritten Generation von Felix Trapp geleitet, dem Enkel des Firmengründers Friedrich Trapp. Nach Felix Trapp war Thomas Odermatt der mächtigste Mann in der Firma.

„Trapp", wiederholte John. „Sagt mir was."

Odermatts Frau hieß Kathinka Hovorka, aber alle nannten sie Kitty. Geboren wurde sie 1970 in einem Vorort von Bratislava. Mit sechzehn nahm sie für die Tschechoslowakei an der Eiskunstlauf-Weltmeisterschaft in Genf teil, doch ein Unfall beendete ihre Sportkarriere. Aber Kitty war nicht nur talentiert gewesen, sondern auch außergewöhnlich attraktiv. Mit zweiundzwanzig kürte man sie zur ersten Miss Slowakei und sie reiste nach Paris zur Wahl der Miss Europa. Mit dreiundzwanzig lernte sie Thomas Odermatt kennen. Im Internet gab es ein Foto, das die schöne Kitty neben dem aufstrebenden Geschäftsmann bei der Einweihung einer

Trapp-Fabrik in Bratislava zeigte. Bereits im Dezember 1994 heiratete das Paar, im März 1996 kam Mark zur Welt, zwei Jahre später, am 29. Juni 1998, Alina.

„Überehrgeizige Mutter drillt Tochter, ihren geplatzten Lebenstraum zu verwirklichen", sagte John und verdrehte die Augen. „Die Frau ist mir unsympathisch."

„Da bist du nicht der Einzige", erwiderte ich. „Im Internet schlägt Kitty der meiste Hass entgegen. Viele glauben sogar, sie hätte die Entführung nur vorgetäuscht."

„Warum das denn?"

Am Nebentisch stand eine Gruppe Frauen auf, Stühle rückten, Küsschen wurden verteilt.

Nachdem der Tumult vorbei war, antwortete ich: „Weil Mark mal mit dem Eishockeyschläger auf seine Schwester eingeschlagen hat. Unten im Stadion. Die Trainerin Annette Harms meinte, Mark hätte Alina damals noch totgeschlagen, wenn sie nicht dazwischengegangen wäre. Später hat sie aber ihre Aussage zurückgenommen."

John legte den Zeige- und Mittelfinger der rechten Hand an seine Schläfe. Das tat er immer, wenn er nachdachte. Dann begann er, laut zu überlegen: „Die Mutter täuscht eine Entführung vor, um den Verdacht von ihrem Sohn zu lenken."

„Die Eltern", korrigierte ich. „Kitty alleine hätte das nicht geschafft."

„Deshalb konnte der Mörder auch nie überführt werden", sagte John.

„Weil der Mörder ein Kind von elf Jahren war", warf ich den Ball zurück.

Die Frau mit dem Turban brachte unser Essen.

Der Reis dampfte in den blau-weißen Schälchen. Ich legte meine Hände darum und sagte: „Odermatts Bonus im Jahr 2005 betrug 265.000 Euro."

„Ja und?", entgegnete John gelangweilt. Als Adeliger im Herzen blickte er verächtlich auf Geld herab. „Die Entführer hatten ein Lösegeld von exakt 265.000 Euro gefordert", antwortete ich. „Darin sehen viele eine Bestätigung für die Theorie, die Odermatts hätten die Entführung nur inszeniert."

John stocherte in seinem Reis herum und meinte: „Das Argument leuchtet mir nicht ein. Das könnte doch auch bedeuten, dass der Entführer aus dem Umfeld der Firma stammte. Jemand, der wusste, wie hoch er bei der Lösegeldforderung pokern konnte."

Ich mischte meinen Reis mit den Fleischstücken und dem Salat. Eine Weile aßen wir schweigend. Das Besteck klapperte. Satzfetzen schwirrten durch den Raum, hin und wieder ein Lachen. Ich dachte an Sam. Mein Handy lag auf dem Tisch neben mir, aber es vibrierte nicht.

Keine Nachricht von Sam.

Mit einem Stück Brot tunkte ich die Soße auf, steckte es in den Mund, kaute und schob den Teller zur Seite.

„Das Problem ist doch", sagte ich und schluckte, „wir haben ein Opfer, aber keinen Mörder. Zudem handelt es sich um ein außergewöhnlich attraktives Opfer, um ein Mädchen, das einen sofort in seinen Bann zieht. Die Familie Odermatt polarisiert zusätzlich, reicher Typ, Schönheitskönigin aus Osteuropa. Da wuchern die Spekulationen wie Unkraut. Gib mal Alinas Namen im Internet ein. Über zwei Millionen Treffer. Das hat nicht mal Romy Schneider. Alinas Tod löste viel Mitgefühl aus, aber auch viel Hass. Im Unterschied zum Gericht, das zu keinem Urteil kam, wissen die Leute genau, wer es war."

John spießte ein Stück Fleisch auf seine Gabel und betrachtete es nachdenklich.

„Alinas Grab hat sich nie geschlossen", fuhr ich fort. „Es bleibt eine offene Wunde."

John kaute und brachte ein Wort hervor, das klang wie: „Offen?"

„Es gibt keine Eindeutigkeit", sagte ich und nickte. „Eine Summe von 265.000 Euro kann bedeuten, dass die Eltern etwas damit zu tun haben. Sie kann aber auch etwas ganz anderes bedeuten."

John kaute.

„Alina war schon zu Lebzeiten bekannt", fuhr ich fort. „Aber nach ihrem Tod wurde sie dank Internet zur Legende."

John nahm seine Serviette, wischte sich die Lippen ab und breitete sie dann über die Essensreste auf dem Teller.

„Alinas Tod soll sogar verfilmt werden", sagte ich. „*Final Pictures*, die Filmproduktionsgesellschaft, die auch *Lea, die kleine Eisprinzessin* produzierte, hat sich 2010 die Rechte für die Verfilmung sichern lassen. Mit den Dreharbeiten wurde aber noch nicht begonnen."

„Sind die Eltern dagegen nicht juristisch vorgegangen?"

„Nein", sagte ich. „Odermatt hat diesen Peter Redlich extra engagiert, damit er eine Vorlage für das Drehbuch schreibt."

„Krank", sagte John, dem Diskretion über alles ging.

„Es wäre ein Weg, Mark zu rehabilitieren", entgegnete ich. Dann fügte ich hinzu: „Insofern der Regisseur sich an Odermatts Vorlage hält."

Die Frau mit dem Turban nahm unsere Teller wieder mit.

Plötzlich schrie jemand. Sofort sprang ich auf und griff nach meiner Waffe. Doch ich hatte keine Waffe mehr, nicht mal ein Holster hatte ich, dafür aber ein Flashback: der Knall der Schüsse, der Blick des Mannes, als er sich an den Hals fasste, das Blut, das unter seiner Hand hervorquoll, die

Schreie, mein gehetzter Atem, als ich den anderen verfolgte, der Schmerz in meinem Knöchel, als ich nach dem Sprung hart landete.

Panisch blickte ich mich um. Am Nebentisch ergoss sich eine hellrote Flüssigkeit über den Tisch. Es war nur ein Trinkglas umgekippt. Ich setzte mich wieder, schob das Bild beiseite, doch der Schweiß stand mir auf der Stirn.

John legte seine Hand auf meine. Er wusste, was los war, und bestellte zwei afrikanische Schnäpse mit Mangosaft. Wenig später stießen wir an. „Das wird schon wieder", sagte John.

In diesem Moment vibrierte mein Handy. *Sollen wir heute Abend was trinken gehen?*, stand auf dem Display.

Sam. Ich konnte das Grinsen nicht zurückhalten. Der Gedanke an ihn verscheuchte die Angst; er war wie die Sonne, die hereinfällt, wenn man die Fensterläden öffnet.

John sah mich an. Er brauchte nur drei Sekunden, um zu verstehen. Dann fragte er: „Wie heißt er?"

„Sam", sagte ich. Es platzte einfach so aus mir heraus.

„Sam?", fragte John. „Aber nicht dieser Schnulzensänger, den du überwacht hast?"

„Genau der", sagte ich und strahlte. Manchmal verhielt sich John trotz allem wie ein eifersüchtiger Liebhaber. Übermütig erzählte ich von dem Honorar, das Odermatt zahlte.

„Wie bitte? Fünfzigtausend Euro?", wiederholte John kopfschüttelnd. Plötzlich schlecht gelaunt fügte er hinzu: „Da ist was faul, Ruby."

5

2. Juli 2006

Es war noch früh am Morgen, exakt 05:47 Uhr, als Hauptkommissar Emil Zoran in seinen Streifenwagen stieg. Er wollte noch schnell zur Tankstelle, um sich einen Kaffee und eine Brezel zu holen, bevor seine Schicht anfing. Zoran gähnte, als er den Motor startete. Draußen wurde es langsam hell, ein neuer Tag brach an. Es war ein Sonntag wie alle anderen Sonntage auch. Abends würde er mit seiner Frau Sabine noch vor dem Fernseher sitzen und *Tatort* gucken. Er würde ein Bier trinken. Wenn Sabine Würste gekauft hatte, würde er noch den Grill anmachen. Dann würden sie ins Bett gehen und am nächsten Morgen wieder aufstehen.

Zoran fuhr die Gartenstraße entlang. An der Kreuzung zur Ulmer Straße sprang die Ampel auf Rot.

Es waren noch kaum Leute unterwegs. Auf den Stufen vor dem Kino *Frauentor* saß ein älterer Mann mit einem Hund, daneben ein Schlafsack, eine Plastiktüte, eine Schnapsflasche. Zoran nickte ihm zu. Er hatte den Mann schon oft gesehen. Spätestens bis neun würde er seine Sachen gepackt haben. Wenn die Leute zur Kirche gingen, musste Ordnung herrschen.

Zoran gähnte.

Der Hund erinnerte ihn an einen Wolf. Unruhig blickte das Tier nach rechts und nach links, so als suchte es nach einer Möglichkeit, sich loszureißen. Zoran schloss die Hände um das Lenkrad und sah starr geradeaus. In dem Tier erkannte er etwas, das ihn an ihn selbst erinnerte. Zoran seufzte. Er wurde immer melancholisch, wenn er müde war. Doch plötzlich war er wach. Hellwach.

Renate gab einen Notruf durch. Eine Entführung, Seeblick 64, Bannegghang. Das war ganz in der Nähe. Als die Ampel auf Grün sprang, bog er links ab, raste die Wangener Straße hinauf, schlug den scharfen rechten Haken in Richtung Veitsburg und nahm die Serpentinen in Bestzeit.

Familie Odermatt, hatte Renate gesagt.

Ein achtjähriges Kind.

Ein Mädchen.

Um 06:05 Uhr parkte er seinen Streifenwagen vor dem Haus mit der Nummer 64. Es war eine Villa, ein riesiger Klotz, denkmalgeschützt wahrscheinlich. Es gab ein paar solcher Villen hier in der Gegend. Doch in der Nummer 64 steckte mit Abstand das meiste Geld, alles tipptopp saniert. Die Fassade war so gepflegt, dass sie in der Morgensonne blendete. Für den Quadratmeterpreis hier kauften sich andere einen Kleinwagen.

Zoran stieg aus.

Automatisch wanderte seine Hand ans Holster, um zu überprüfen, ob er die Pistole eingesteckt hatte. Dann blickte er sich genauer um. Das Grundstück der Familie Odermatt wurde zur Straße hin durch eine Betonmauer abgeschirmt. Die Grenze zum Nachbarn mit der Nummer 66 wurde durch eine gigantische Thujahecke klar markiert. Auf der anderen Seite war das Nachbargrundstück noch unbebaut. Das sah aus wie eine Obstwiese. Er erkannte Apfelbäume und ein Baumhaus mit grünen Fensterläden. Der Zugang von der Straße war hier ebenfalls nur schwer möglich. Es gab eine Rosenhecke. Da musste man schon eine Gartenschere dabeihaben, um durchzukommen.

Eine Entführung also.

Ein achtjähriges Mädchen.

In der Einfahrt stand ein Lieferwagen mit der Aufschrift *Festland*. Zoran bemerkte den Aschenbecher und die leeren Flaschen, die jemand am Fuß der Treppe abgestellt hatte. Im Aschenbecher schwammen aufgeweichte Zigarettenkippen in einer braunen Brühe. Er ging weiter. Oft stellte sich eine Entführung als ein Missverständnis heraus, ein übler Scherz.

Zoran spürte seinen Magen.

Fing das wieder an.

Die Eingangstür bestand aus massivem Holz. *Odermatt* war in eine dicke Goldplatte graviert. Die Buchstaben schimmerten in der Tiefe schwarz. Zoran blickte auf.

Noch ein Polizeiwagen bog um die Ecke.

Das war sein Kollege Stefan Fischer. Guter Mann. Noch etwas unerfahren, aber trotzdem ein sehr guter Mann. Zoran erkannte so etwas sofort, man brauchte den Menschen doch nur in die Augen zu sehen. Fischer parkte seinen Wagen direkt neben seinem. Zoran wartete, bis der jüngere Kollege bei ihm war. Die Männer nickten sich zu. Sie verstanden sich ohne Worte.

Zoran klingelte.

Eine Frau öffnete.

„Polizei", sagte Zoran und zückte seine Dienstmarke. „Sie haben einen Notfall gemeldet. Sind Sie Frau Odermatt?"

„Kitty Odermatt", sagte die Frau und reichte ihnen eine eiskalte Hand. Die Strickjacke klappte auf, als sie ihnen die Hand gab. Darunter trug sie ein Abendkleid. Es war rot und hatte Glitzersteine am Dekolleté. Zoran sah einen prallen Busen. Die Steine sahen aus wie von Swarovski. Zoran hatte Sabine mal Ohrringe von Swarovski geschenkt, sündhaft teuer, das war aber schon lange her.

„Meine Tochter wurde entführt", sagte Frau Odermatt. Die Steine funkelten, als sie sich bewegte. Doch ihr Blick war erloschen. Das rechte Auge war dick, sah aus wie ein beginnender Bluterguss.

Zoran steckte seine Dienstmarke wieder ein. Die Frau wickelte sich fester in die Jacke und sagte: „Hier entlang." Sie folgten ihr durch die Villa. Fischer machte große Augen; überall prunkten Marmor, Gold, Antiquitäten, Designermöbel. Alles richtig teuer, das sah man sofort.

Kitty Odermatts Kleid war am Saum zerfetzt.

Vom Wohnzimmer aus hatte man einen atemberaubenden Blick über die Stadt, die um diese Uhrzeit noch wie verwunschen in der Talsenke schlief. Nebel kroch um die Häuser und Dächer. Nur die Türme streckten sich bereits der Sonne entgegen. Der riesige *Mehlsack*, der seinen Namen dem weißen Verputz verdankte, sah aus, als wäre er mit Gold überzogen. Einfach fantastisch. Das war vielleicht unangemessen in so einer Situation, das zu denken, aber für einen Moment war Zoran wie gebannt.

Hinter ihm stöhnte jemand.

Zoran drehte sich um.

Auf dem Sofa saß ein Mann in einem zerknitterten Anzug. Das Sofa war zu klein für diesen Riesen. Der Mann musste die Beine anwinkeln, um sitzen zu können. Seine Hände, zwei Klauen, lagen rechts und links neben einem handbeschriebenen DIN-A4-Papier.

„Hauptkommissar Emil Zoran", stellte er sich vor. „Und das ist mein Kollege Stefan Fischer."

„Thomas Odermatt." Der Mann erhob sich. Tatsächlich war er einen halben Kopf größer als Zoran, dabei war Zoran mit 1,91 Meter schon groß. Odermatt reichte zuerst ihm, dann Fischer die Hand. Er sagte: „Meine Tochter wurde entführt."

Zoran starrte auf den Kratzer auf Odermatts Wange.

Kitty Odermatt stöhnte auf. Sie saß in einem Sessel in der Ecke und starrte ins Leere. Die Arme hielt sie über der Brust verschränkt. Der Sessel hatte Polster aus blauem Samt. Im Kamin glühte es noch. Seltsam, dachte Zoran, ein Feuer mitten im Sommer.

„Wir haben diesen Brief gefunden", sagte Odermatt.

„Nicht anfassen", entgegnete Zoran schnell. Dann fügte er hinzu: „Bitte. Wegen der Fingerabdrücke."

Odermatt sagte ruhig: „Wir haben den Brief aber schon angefasst, meine Frau und ich. Daran haben wir nicht gedacht."

Zoran war immer wieder erstaunt, wie naiv die Leute waren. Er beugte sich über den Brief. Die Handschrift war gut zu entziffern, es waren Druckbuchstaben. Mit einem schwarzen, dünnen Filzstift stand da geschrieben:

Odermatt!

Wir bekämpfen das kapitalistische System, durch das Sie reich geworden sind. Zurzeit haben wir Ihre Tochter in unserer Gewalt. Sie wird nur dann lebend zu Ihnen zurückkehren, wenn Sie genau das tun, was wir sagen.

Also hören Sie zu!

Sie werden bis 12 Uhr 265.000 Euro in bar besorgen. Davon 120.000 in Fünfziger-Scheinen und den Rest in Zwanzigern. Stecken Sie das Geld in eine braune McDonald's-Tüte. Wir rufen Sie an, sobald Sie das Geld haben. Dann erfahren Sie den Übergabeort. Keine Tricks!

Wenn Sie nicht tun, was wir sagen, wird Ihre Tochter sterben. Wenn Sie mit jemandem über die Entführung sprechen, egal ob mit der Polizei oder sonst jemandem, schneiden wir Ihrer Tochter die Kehle durch! Haben Sie das verstanden? Wenn Sie versuchen, uns zu verarschen, wird Ihre Tochter sterben. Egal, ob Sie eine Wanze in die Tüte schmuggeln oder mit den Bullen anrücken: Nur wenn Sie sich genau an unsere Anweisungen halten, wird Ihre Tochter lebend zu Ihnen zurückkehren. Die wichtigste Anweisung lautet: Kein Sterbenswort! Zu niemandem!

Odermatt, Sie stehen unter permanenter Beobachtung!

Ob Ihre Tochter überlebt, hängt allein von Ihnen ab. Wenn sie stirbt, ist es allein Ihre Schuld. Denken Sie daran: keine Bullen! Keine Presse! Keine Mitwisser! Sonst schneiden wir Ihrer Tochter DIE KEHLE DURCH!

Für eine gerechte Welt!

Die freie RVA

Zorans Magen krampfte sich zusammen.

Er hatte noch nichts gegessen. Säure schoss ihm die Speiseröhre hinauf. Es brannte. Schnell schluckte er alles wieder runter. Dann machte er Platz für Fischer, damit sein Kollege den Brief lesen konnte. *Die freie RVA* – das klang nach einer linksterroristischen Vereinigung hier aus der Gegend. *RV* war das Autokennzeichen von Ravensburg. Zoran hatte das Kürzel *RVA* aber noch nie gehört. Dabei kannte er sich aus in der radikalen Szene, sowohl in der linken als auch in der rechten. Etwa eine neue Gruppierung?

„Oh mein Gott", wimmerte Kitty Odermatt und sah ihn an.

Zoran fasste sich an den Hals. In ihrem Blick lag eine Leere, die seinen Magen noch enger werden ließ. Seltsam, da war keine Hoffnung mehr in den Augen dieser Mutter.

„War es falsch, dass wir Sie gerufen haben?", fragte sie mit tonloser Stimme. Dann wieder: „Oh mein Gott. Mein Kind. Meine Alina. Wer tut uns nur so etwas an?"

„Wir hatten keine andere Wahl", sagte ihr Mann entschieden. Mit zwei großen Schritten war er bei ihr, stellte sich hinter sie und legte seine großen Hände um ihren Nacken. Dann sagte er: „Kitty." Als er ihren Namen aussprach, zuckte sie zusammen.

„Mein Kind", wimmerte sie. „Wer tut uns nur so etwas an?"

Zorans Magen.

Fischer räusperte sich. Er deutete auf den Brief und sagte: „Hier steht, wenn jemand die Polizei ruft, dann …"

Frau Odermatt hielt sich die Hand vor den Mund.

„Wie gehen wir weiter vor?", fragte ihr Mann.

Zoran sah dem grobschlächtigen Odermatt ins Gesicht. Hätten die Eltern die Drohung der Entführer nicht bereits am Telefon erwähnen können? Dann wäre er diskreter vorgegangen. Dann hätte er seinen Streifenwagen nicht direkt vor dieser verdammten Villa geparkt. Dafür brauchte der Entführer kein Fernglas, um zu sehen, dass die Polizei bereits da war. Und überhaupt: Warum hatte Odermatt nicht selbst den Notruf durchgegeben? Der Mann war doch der Chef. Warum hatte er seine verzweifelte Gattin vorgeschickt?

„Warum haben Sie nicht erwähnt, dass die Entführer keine Polizei wünschen?", fragte Zoran und blickte Odermatt fest in die Augen.

„Welcher Verbrecher wünscht sich schon die Polizei?", fragte Odermatt zurück. Und dann: „Sind Sie hier der Einsatzleiter?"

„Jein", sagte Zoran. „Ich bin vom KDD. Ich muss erst kurz telefonieren."

„Dann tun Sie das", sagte Odermatt.

Zoran rief Kriminalhauptkommissarin Vera Lindt an. Nach dem vierten Klingeln nahm sie ab; er konnte genau hören, dass sie noch im Bett lag. Sie machte auch keinen Hehl daraus, gähnte ausgiebig und erzählte etwas von einer langen Nacht. Als er den Namen Odermatt erwähnte, war sie plötzlich hellwach. Sie wollte sofort selbst kommen. Bevor sie auflegte, sagte sie noch: „Ach, Zoran, nichts anfassen, ja?"

Zoran stieg die Galle hoch.

Im selben Moment klingelte es an der Haustür.

Kitty Odermatt verließ das Wohnzimmer und kam kurz darauf mit zwei Leuten zurück. Es waren ein Mann und eine Frau. Die Frau war blond und wohlgenährt, sie umarmte Frau Odermatt lange. Das sei ja ganz furchtbar, sagte sie und hatte Tränen in den Augen. Was für schreckliche Menschen es doch gebe. Sie sagte, Kitty dürfe den Kopf jetzt nicht hängen lassen. Es sei noch nichts verloren.

Wie Sand aus einer Sanduhr glitt Kitty Odermatt aus dieser Umarmung. Dann kauerte sie sich wieder auf den Sessel. Die Strickjacke zog sie enger um sich.

„Was für furchtbare Leute", wiederholte die Frau.

Der Mann, der mit ihr gekommen war, klopfte Odermatt auf die Schulter. Im Vergleich zu Odermatt wirkte er wie ein Kind, zart und schmächtig.

„Das sind Jutta und Felix Trapp", stellte Odermatt die Herrschaften vor und fügte hinzu: „Beide ganz liebe Freunde von uns."

Zoran nickte nur knapp.

Dann klingelte es wieder an der Haustür.

Und wieder erhob sich Kitty Odermatt, um kurz darauf mit einem weiteren Gast zurückzukehren. Zoran schluckte. Es war Ilse Meyer-Gärtner, die Familienbeauftragte von

Baden-Württemberg. Auch eine liebe Freundin der Familie, sagte Odermatt.

Zoran schluckte und schluckte gegen die aufsteigende Säure an.

Draußen lichtete sich der Nebel über Ravensburg. Immer mehr Häuser wurden sichtbar. Doch Zoran konnte nichts Schönes mehr an dem Ausblick erkennen. Er wandte sich Odermatt zu und fragte: „Kann ich Sie kurz sprechen?"

Die Männer verließen den Raum.

„Warum laden Sie all die Leute ein?", fragte Zoran leise. Sobald sie die Küche erreicht hatten, fügte er etwas lauter hinzu: „Dann können Sie es doch gleich in die Zeitung setzen!"

„Wir brauchen jede Unterstützung, die es gibt, um solchen Verbrechern das Handwerk zu legen", erklärte Odermatt in einem Tonfall, als wäre er der Polizeipräsident persönlich. Im Brustton der Überzeugung fügte er hinzu: „Ich spiele nicht nach den Regeln von Kriminellen. Wenn wir das tun, haben wir bereits verloren. Verstanden?"

„Wir hätten diskreter vorgehen können, wenn Sie ..."

„Wann wird die Einsatzleitung eintreffen?", fragte Odermatt.

Zoran atmete tief durch. „Hauptkommissarin Vera Lindt wird bald eintreffen", antwortete er, und dann: „Bis dahin habe ich die Leitung. Und ich werde jetzt mit meinem Kollegen eine Hausdurchsuchung vornehmen."

Neben der Spüle standen mindestens fünfzig leere Champagnerflaschen.

„Ich komme mit", sagte Odermatt.

„Besser nicht", entgegnete Zoran. „Bleiben Sie bei Ihrer Frau. Sie braucht Sie. Falls die Entführer anrufen, bevor Hauptkommissarin Lindt mit der Technik eingetroffen ist, haben wir ein Problem. Gibt es einen zweiten Anschluss, über den man mithören kann?"

Odermatt nickte.

„Dann holen Sie den Zweitapparat", sagte Zoran. „Und noch was: Wann und wo haben Sie Ihre Tochter zuletzt gesehen? Haben Sie noch andere Kinder?"

Odermatt starrte auf die Rosen im Waschbecken, als er sagte: „Meine Frau ist heute Morgen um kurz vor fünf aufgewacht. Sie wollte sich ein Glas Wasser holen. Wir hatten gestern eine große Feier, meine Frau hatte Geburtstag. Der Erpresserbrief lag da drüben."

Odermatt deutet zum Tresen hinüber.

„Wir haben noch einen Sohn", fuhr er fort. Zoran hatte das Gefühl, der Mann spulte einen zurechtgelegten Text ab. Noch immer blickte er starr auf die Rosen, als er sagte: „Mein Sohn heißt Mark, er ist elf Jahre alt. Die Kinder haben heute Nacht im Baumhaus übernachtet. Das befindet sich auf der Wiese drüben. Das Grundstück gehört auch mir. Es war nicht das erste Mal, dass die Kinder draußen übernachtet haben. Meine Frau hat mich sofort geweckt, nachdem sie den Brief gefunden hat. Wir sind dann als Erstes ins Baumhaus rüber. Alina war nicht dort. Mark lag mit einer Wunde an der Stirn auf der Matratze, vollkommen verängstigt. Er stand unter Schock. Er berichtete von einem Mann mit einer schwarzen Maske, der in der Nacht im Baumhaus war. Der Mann hat Alina geschlagen. Als Mark ihr helfen wollte, hat er auch ihn geschlagen. An mehr kann sich mein Sohn nicht erinnern. Er muss ohnmächtig geworden sein. Als er wieder zu sich kam, war Alina fort."

„Eine Strumpfmaske?", fragte Zoran.

„Nein", antwortete Odermatt. „Eine Zorromaske."

„Eine was?"

„So eine schwarze Augenbinde", erklärte Odermatt. „Davon gab es auf der Party dreißig bis vierzig Stück. Jemand hatte die Masken mitgebracht für ein Spiel."

„Wo ist Ihr Sohn jetzt?", fragte Zoran und blickte sich um. „Oben in seinem Zimmer", antwortete Odermatt. „Er schläft. Meine Frau hat ihm was zur Beruhigung gegeben." Zoran konnte es nicht fassen. „Haben Sie denn keinen Arzt gerufen?", fragte er. „Vielleicht ist Mark schwerer verletzt, als es aussieht."

„Daran haben wir gar nicht gedacht", gab Odermatt kleinlaut zu. Plötzlich taumelte er. Dann stützte er sich auf dem Tresen ab und schüttelte den Kopf, schwer atmend.

Wieder klingelte es an der Haustür.

Ab jetzt übernahm Hauptkommissarin Vera Lindt das Kommando. Zoran setzte die Kollegin ins Bild. Sie gab ihm und Fischer das Okay für die Hausdurchsuchung. Als Zoran nach oben ging, hörte er noch, wie Vera Lindt und Ilse Meyer-Gärtner sich im Wohnzimmer überschwänglich begrüßten. Die Damen verstanden sich gut.

2. Juli 2006

„Hier, bitte", sagte Thomas Odermatt kühl und übergab Hauptkommissar Zoran den Grundriss der Villa. Es war ein zusammengefaltetes Stück Papier.

„Danke", entgegnete Zoran.

Sie standen zu dritt im Büro der Odermatts, das sich im Erdgeschoss der Villa befand. Die Stimmung war angespannt, beinahe feindselig. Zoran war sich sicher, dass in Odermatts Blick Verachtung ihm gegenüberlag, ganz dicht neben der Angst.

„Sie beschränken sich aufs Haus", wiederholte Odermatt die Worte von Kommissarin Vera Lindt. Der Garten war tabu, falls die Entführer das Haus observierten.

Zoran schwieg.

Während sein Kollege Stefan Fischer den Grundriss studierte, blickte sich Zoran um. In einem dunklen Holzschrank standen Aktenordner hinter Glas, akribisch beschriftet. Über einen halbrunden Schreibtisch verteilten sich ein Computer, ein Laptop, ein Telefon, mehrere Handys, ein Fax und ein Drucker. Zoran ging hin und befühlte wie beiläufig das DIN-A4-Papier, das im Drucker lag. Es war ein 120-Gramm-Papier; dasselbe Papier, auf dem auch der Erpresserbrief geschrieben worden war.

Zoran blickte Odermatt an.

Der verließ das Büro. Er schien Zorans Anwesenheit kaum noch ertragen zu können.

„Riechst du das?", fragte sein Kollege.

Zoran nickte. Auch er hatte den Geruch sofort registriert. Jemand hatte in diesem Büro noch vor Kurzem geraucht. Das Fenster stand zwar gekippt, doch das reichte nicht aus, um den Gestank von kaltem Rauch zu vertreiben. Hier drin hatte jemand eine nach der anderen gequalmt. Jemand, der in Panik gewesen war. Jemand, der nach dem 120-Gramm-Papier gegriffen hatte, um den Erpresserbrief zu schreiben?

Mit spitzen Fingern öffnete Zoran eine Schublade und blickte hinein. Stifte. Verschiedene Stifte. Ein Zigarettenetui. Krimskrams.

„Wir brauchen dringend die Spurensicherung", flüsterte Zoran. Doch solange die Entführer sich noch nicht gemeldet hatten, war klar, dass die Ermittlungen nur mit angezogener Handbremse stattfinden konnten. Sie mussten warten. Die beiden Polizisten nahmen die Treppe zum ersten Stockwerk hinauf. Auf dem Weg zu dem Zimmer des entführten Mädchens kamen sie an einer halb geöffneten Tür vorbei. Sie hörten Stimmen. Zoran blickte hinein. Kitty Odermatt und ein Mann, der sich als Hausarzt Wiglaf Mertens vorstellte, knieten am Bett eines Jungen, der ängstlich zwischen den Erwachsenen hin- und herblickte.

Zoran und Fischer gingen weiter.

Am Ende des Gangs öffneten sie eine weiß lackierte Flügeltür mit bunten Glasverzierungen. Vor ihnen lag ein Kinderparadies wie aus dem Katalog. Laut Plan war das Zimmer 58,25 Quadratmeter groß. Das war größer als Zorans Wohn- und Esszimmer zusammen.

„Krass", sagte Fischer.

Die Möbel waren weiß, die Vorhänge pink und der Teppichboden war aus hellgrauem Langhaar. Das Bett schien über Nacht nicht benutzt worden zu sein, es war frisch gemacht. Ein Teddybär lag auf dem Kopfkissen. Zoran blickte sich um. Auf dem Tisch und über den Fußboden verteilt lagen Geschenke. Manche waren noch ungeöffnet und mit großen, bunten Schleifen versehen. Eine riesige Packung lag aufgerissen herum. Daneben stand ein halbfertiges Schloss aus Lego. Das Dach und der Turm fehlten noch.

Zoran schnupperte.

Es roch seltsam in dem Zimmer, irgendwie nach Hundekacke.

„Soll ich ein Fenster öffnen?", fragte Fischer.

„Besser nicht", antwortete Zoran. „Ich will nicht, dass uns jemand von außen sieht."

Über dem Bett hingen Fotos. Das größte davon zeigte ein kleines, blondes Mädchen, das auf einem Siegertreppchen stand und stolz einen Pokal in die Kamera hielt. Sie hatte ihn beim Eiskunstlauf gewonnen. Das Mädchen war bildhübsch. Zoran hatte noch nie so ein hübsches Mädchen gesehen. Er schluckte, als ihm klar wurde, dass es sich bei diesem Mädchen um das entführte Kind handelte. Auch die anderen Fotos zeigten das strahlende Mädchen vor wechselnder Kulisse: an Weihnachten, beim Skifahren, am Meer, auf einem Pferd sitzend. Zoran drehte sich um. An der Wand gegenüber hing ein Plakat. Er sah das Mädchen auf Schlittschuhen in einem roten Glitzer-Kostüm. *Lea, die kleine Eisprinzessin* stand darunter.

„Sieh mal", sagte er zu seinem Kollegen.

Erst jetzt verstand Zoran. Das entführte Mädchen war ein Filmstar. Das machte alles komplizierter.

„Ach", sagte Fischer. Auch er hatte jetzt verstanden.

Zoran erinnerte sich noch gut an die Premiere des Films, die ein Jahr zuvor in Ravensburg stattgefunden hatte. Damals hatten sie den Marienplatz rund um das Burgtheater abgesperrt, weil ein berühmter Schauspieler aus Hollywood angereist war, der ebenfalls in dem Film mitspielte. Zoran hatte den Namen vergessen. Aber es waren über tausend Leute gekommen, um dem Mann und dem Mädchen zuzujubeln.

Das Mädchen hatte Tausende von Fans.

Zoran warf erneut einen Blick auf den Grundriss. In der ersten Etage befanden sich noch das Elternschlafzimmer und zwei Bäder. Ein großes und ein kleines Bad. Zoran ging zuerst in das kleine Bad, in dem er das Kinderbad vermutete. Richtig. Die beiden Waschbecken waren unter Normalniveau angebracht.

Und dann fand er, was er suchte.

Auf der Badematte war Blut. Im Wäschekorb lagen ein Handtuch, ein T-Shirt in Größe 152 und eine Unterhose in Größe S. Die Wäsche war blutverschmiert. Zoran öffnete die Duschwanne. Es stank nach Erbrochenem. Kleine Brocken lagen im Abfluss, rosa Stückchen, es sah aus wie Scampi oder Lachs. Auf dem weißen Duschboden waren hellrote Schlieren. Blut. Hier hatte sich jemand wortwörtlich das Blut von den Händen gewaschen.

Zoran machte ein paar Fotos mit seiner Kamera.

Auf dem Weg nach unten kamen sie an einem Fenster vorbei, von dem aus man einen guten Blick auf die angrenzende Obstwiese und das Baumhaus hatte. Sofort meldete sich wieder Zorans Magen. Diesmal schoss ihm die Säure bis in den Mund hinauf.

„Geh du schon mal vor", sagte Zoran und schickte Fischer ins Wohnzimmer zurück. Er selbst nahm den Hinterausgang. Das musste früher der Dienstbotenausgang gewesen sein. Zoran blickte hinaus. Sollte er es wagen? Was, wenn die Entführer ihn sahen? Dann fielen ihm wieder die vielen Gäste ein, die Odermatt eingeladen hatte. Wütend überquerte er die Wiese, stieg die Leiter hoch und warf einen Blick in das Baumhaus. Es stank nach Erbrochenem und Bier.

Zwei Matratzen lagen da. Auf einer war Blut, ein runder Fleck von etwa zwanzig Zentimeter Durchmesser. Auf der anderen hatte sich jemand übergeben, wieder ein paar Reste von Scampi, rosa Stückchen. Eine Packung Chips war aufgerissen, der Inhalt war über den Boden verteilt. In der Ecke lag eine umgekippte Flasche Bier.

„Wir brauchen die Spurensicherung", sagte Zoran entschieden, als er kurz darauf das Wohnzimmer betrat. Alle sahen ihn entsetzt an, als er laut hinzufügte: „Und zwar sofort."

„Damit warten wir noch", entgegnete Vera Lindt ruhig. „Ich will kein Risiko eingehen. Die Entführer wollen keine Polizei."

„Aber ...", sagte Zoran. „Wir haben Blut und ..."

Vera Lindt sah ihn streng an. „Es geht um das Leben eines Kindes. Da muss die Spurensicherung warten."

Zoran schluckte.

Das Telefon klingelte. Unruhe brach aus. Das Wohnzimmer der Familie Odermatt glich mittlerweile einem gut gefüllten Kaffeehaus. Zwei Techniker waren anwesend, die jetzt hektisch Drähte hin und her steckten. Am Kamin stand eine Frau, die Zoran bisher nicht gesehen hatte. Sie hatte gerötete Augen, die sie beim dritten Klingeln weit aufriss. Später stellte man sie ihm als Hedwig Krause vor, das Kindermädchen.

Das Telefon klingelte zum vierten Mal.

Die Techniker nickten Kitty zu.

Nach dem fünften Klingeln nahm sie den Hörer ab. Doch es war nur eine Bekannte, die sich überschwänglich für das „wunderbare Fest" bedankte. Frau Odermatt wimmelte sie erstaunlich schnell ab. Zoran fiel auf, was für eine gute Schauspielerin sie war. Am Telefon wirkte sie vollkommen normal, geradezu lebendig, doch sobald sie den Hörer auflegte, verfiel sie in Lethargie.

Schweigen im Raum.

„Haben Sie den Keller auch durchsucht?", fragte Vera Lindt schließlich.

„Noch nicht", gab Zoran zu.

„Worauf warten Sie dann noch?", fuhr Vera Lindt ihn an.

Als Zoran und Fischer nach einer Stunde zurück ins Wohnzimmer kamen, war es 09:45 Uhr. Die braune *McDonald's*-Tüte stand bereits auf dem Tisch. Aber die Erpresser hatten sich noch nicht gemeldet. Die Stimmung im Wohnzimmer war angespannt.

Im Keller war das Mädchen nicht gewesen.

Um 10:52 Uhr, Zoran und Fischer waren gerade im Ankleidezimmer von Kitty Odermatt, hörten sie einen Schrei. Dann noch einen. Zoran öffnete die Balkontür und blickte in den Garten hinab. Die Schreie kamen vom Pool. Zorans Magen zog sich zusammen wie eine giftige Qualle.

Er rannte die Treppe hinab.

Die Tür zur Terrasse stand offen. Der Kommissar stolperte über die Schwelle, strauchelte, fing sich wieder und rannte weiter in Richtung Pool, wo Thomas Odermatt und Felix Trapp standen.

Die ganze Galle kam ihm hoch.

Odermatt hatte das Jackett ausgezogen. Sein Hemd und die Hose waren nass. In den Händen hielt er einen leblosen Mädchenkörper. Das Wasser tropfte aus den Haaren des Mädchens und aus ihrem Kleid herab. Der dünne Hals fiel überstreckt nach hinten. Ein tiefer, rotblauer Schnitt klaffte rundum.

Zoran blickte dem Vater in die Augen.

Dann wandte er den Blick ab und übergab sich unter der Trauerweide. Die Kehle des Mädchens war zwar nicht durchgeschnitten worden, aber es sah aus, als hätte jemand genau das versucht.

7

In einem heißen Sommer heizte sich die Stadt tagsüber auf wie ein Kessel, der lange brauchte, um nachts wieder herunterzukommen. In meiner Dachgeschosswohnung, die nur hundert Meter Luftlinie von der Detektei *Fuchs & Bentwood* entfernt lag, stieg das Thermometer dann auf über vierzig Grad. Auch deshalb blieb ich an diesem Montag länger als sonst im Büro. Die dicken Steinmauern des alten Geschäftshauses hielten die größte Hitze draußen.

Erst gegen sechs Uhr abends verließ ich das Büro. Draußen schlug mir die warme Luft entgegen. Sofort rann mir der Schweiß den Rücken herab. Im *Café Central* saßen noch die letzten Müßiggänger bei Kaffee und Kuchen zusammen, während die ersten Ausgehlustigen bereits mit einem Drink auf den Anbruch eines vielversprechenden Abends anstießen. In der Kirchstraße sah ich mein Auto schon von weitem in der Sonne stehen.

Der rote Lack leuchtete.

Ich fuhr einen Alfa Spider. Alle hatten mir von diesem Auto abgeraten, insbesondere mein damaliger Freund, ein Italiener, der die deutschen Autos für zuverlässiger hielt. Doch der Alfa entpuppte sich als beständig; anders als die Liebe, die den zweiten Sommer nicht überlebt hatte.

Ich steckte den Schlüssel ins Schloss und öffnete die Tür. Eine Höllenhitze. Mit ein paar Handgriffen ließ ich das Verdeck herunter. Die Ledersitze waren heiß. Ich trug meine alten, abgeschnittenen Jeans und konnte kaum stillsitzen. Erst als der Fahrtwind durch den Innenraum wehte, wurde es besser.

Auf der B30 fuhr ich in Richtung Bodensee.

Über mir leuchtete ein blauer Himmel. Meine Haare wehten im Wind. Ich dachte an Sam. Wir hatten uns für die Spätvorstellung um 22:30 Uhr im Burgtheater verabredet. Ich schloss mein Handy an den Lautsprecher an. Sams Lieder gab es bisher nur zum Download, für die Produktion einer richtigen CD suchte er noch einen Sponsor. Ich schaltete die Musik an.

Du hast mein Herz, verdammt,
mit deinem Lächeln gerammt.

Ich gab Gas. In der Ferne schimmerte es bläulich. Ich war auf dem Weg zu Hauptkommissar Emil Zoran, der mittlerweile kurz vor der Rente stehen musste. Bei der Polizei hatten wir nie direkt zusammengearbeitet, weil unsere Einsatzgebiete zu unterschiedlich gewesen waren. Doch jeden Dienstagabend hatten wir nebeneinander auf dem Schießplatz gestanden. Dort hatte er mir erklärt, dass er keine Frauen mochte, die bei der Polizei Karriere machten. Verbrechensbekämpfung sei nun mal Männersache.

Die Straße wurde kurvig. Ich schaltete einen Gang zurück.

Zoran war kein einfacher Zeitgenosse. Zweimal hintereinander hatte ich ihn beim jährlichen Wettschießen abgezogen. Beim ersten Mal musste er mir den Pokal abtreten, den er noch im Vorjahr mit nach Hause genommen hatte. Doch beim zweiten Mal gewann ich seinen Respekt.

Da macht es bumm, sang ich leise mit.

Und ich dreh mich zu dir um.

Und dann stehst du da und schaust mich an,

und fragst, ob unsre Welt auch fliegen kann.

Zoran war einer der Ermittler in der Soko *Alina O.* gewesen. Die Leitung hatte allerdings Vera Lindt gehabt. Irgendwann war Zoran dann nicht mehr zum Schießplatz gekommen. Er hatte sich weg von Ravensburg an den Bodensee versetzen lassen, in ein kleines Revier ohne Kriminalpolizei.

Dafür hatte er sogar, hieß es, eine Gehaltseinbuße in Kauf genommen. Warum, das wusste niemand so genau. Die einen sagten, er habe einen Burnout gehabt, die anderen, er habe sich mit Vera Lindt angelegt.

Der See kam näher.

Die Luft wurde milder.

Zoran hatte sich in ein altes Bauernhaus zurückgezogen. Anscheinend schrieb er seit Jahren an einem Buch über den Fall Alina. Das Buch war bis heute nicht erschienen.

Du hast mein Herz, verdammt,
Mit deinem Lächeln gerammt, komm sag mir …

Während ich über die sanften Hügel dahinfuhr, sang ich laut mit. Nach zwanzig Minuten Fahrt erreichte ich Mariabrunn und schaltete die Musik aus. Das Navi lotste mich durch das Dorf hindurch. Achthundert Meter nach dem Ortsausgang bog ich rechts in einen Feldweg ein. Ich sah das alte Bauernhaus sofort, das windschief im Schatten eines Waldstücks stand. Auf Anhieb wusste ich, dass Zoran hier lebte.

Der Kies knirschte unter meinen Autoreifen.

Ich parkte den Alfa vor der Scheune.

Kein Hund bellte. Auch sonst war es ruhig, nur ein paar Grillen zirpten. Ich stieg aus. Das Scheunentor stand einen Spalt offen. Zögernd blickte ich hinein. In einem gleißend hellen Sonnenstrahl flimmerte der Staub. An einem Dachbalken klebte ein verlassenes Vogelnest.

Whom.

Ein Schlag ließ mich zusammenzucken. *Whom.* Dann wieder: *Whom.* Ich ging um die Scheune herum und sah den alten Mann, der Holz hackte. Es war Zoran. Er blickte auf.

„Emil", sagte ich.

„Ruby", sagte er. Dann nahm er ein neues Scheit.

Wir hatten uns über ein Jahr nicht mehr gesehen, aber Zoran platzierte das Scheit in aller Ruhe auf den Klotz und schlug es entzwei, als wäre nie etwas gewesen. *Whom.* Erst dann fragte er: „Was willst du?"

„Kann ich dir ein paar Fragen stellen? Es geht um den Fall Alina."

Wie in Zeitlupe griff er nach einem neuen Scheit. Nur die verlangsamte Bewegung verriet, dass es in ihm arbeitete. Er platzierte das Scheit. Dann schwang er die Axt. Für einen Moment schwebte sie in der Luft. Zorans Körper war drahtiger geworden, beinahe ausgemergelt. Die Augen stachen deutlicher hervor als früher. Als er mich ansah, erschrak ich. Dann schlug er zu.

Whom.

Zoran stellte die Axt weg und gab mir mit einer Bewegung des Kopfes zu verstehen, ihm zu folgen.

„Meine Meinung zu dem Fall ist klar", sagte er, als wir die Veranda hinter dem Haus erreichten. Es war ein Podest aus Beton und aus Holz, in das eine rechteckige Klappe eingelassen war. Zoran öffnete die Klappe, stieg ein paar Stufen hinab und holte zwei gekühlte Bier heraus. Dann ließ er die Klappe wieder zufallen und reichte mir eine Flasche.

Wir stießen an.

„Alina wurde von ihrem Bruder Mark erschlagen", sagte Zoran und setzte sich in den Schaukelstuhl. „Was danach folgte, war ein Verwirrspiel der Eltern, um das zu vertuschen."

Ich saß auf einer Stufe am Boden und blickte zum Wald hinüber. Ein Weg schlängelte sich hinauf und verschwand in einem schwarzen Loch aus Bäumen.

„Leute wie die Odermatts tun alles für die Aufrechterhaltung der Fassade", erklärte Zoran. Und dann: „Dafür sind sie bereit zu töten. Auch sich selbst."

Ich nahm einen Schluck Bier.

Zoran stellte seine Flasche auf den Boden und griff nach der Pfeife, die auf dem Campingtisch lag. Er sagte: „Wenn ein Kind ermordet wird, kommt der Täter zu 92 Prozent aus der Familie oder ihrem Umkreis."

Ich wusste das.

Die Grillen zirpten.

„Odermatt hat mich beauftragt, seinen Sohn Mark zu finden", sagte ich. Etwas leiser fügte ich hinzu: „Ich habe jetzt eine Detektei in Ravensburg eröffnet."

„Hab ich gelesen." Sein Blick bohrte sich in meine Augen, als er sagte: „Hör mal, so Sachen passieren. Mach dich nicht fertig deswegen. Es war Notwehr."

Ich schwieg. Die beiden Kugeln, mit denen die Männer getötet worden waren, stammten aus meiner Waffe. Ich hatte geschossen. Auch wenn eine interne Untersuchungskommission zu dem Ergebnis gelangt war, dass mich keine Schuld traf, wusste ich: Der Tod dieser beiden Menschen ging auf mein Konto.

Die Grillen zirpten.

Zoran sah mich immer noch forschend an. Ich erwiderte seinen Blick nicht. Ahnte er die Wahrheit? Er wusste, dass ich eine gute Schützin war. Wenn ich die Männer an der Schulter hätte treffen wollen, hätte ich die Schulter getroffen.

Ich lenkte das Gespräch auf den Fall Alina O. zurück: „Kitty Odermatt hat Krebs", sagte ich. „Im Endstadium. Sie hat nur noch wenige Monate. Deshalb soll ich Mark finden."

Zoran stopfte seine Pfeife.

„Das tut mir leid für Kitty", sagte er. „Aber da stimmt etwas nicht."

Ich blickte zum Wald hinauf.

„Nichts gegen *Fuchs & Bentwood*", hörte ich Zoran. „Aber jemand wie Odermatt würde zu einer international renommierten Detektei wie *Truth.com* gehen, die weltweit aufgestellt ist. Odermatt ist ein Stratege, Ruby. Er legt seine wahren Ziele nicht offen."

Ich sah ihn an.

Das Feuer zischte, als er ein Zündholz an der Schachtel rieb.

„Warum bist du so sicher, dass Mark es war?", fragte ich und trank einen Schluck Bier.

„Ich weiß es", sagte er, zog an seiner Pfeife und stieß den Rauch aus. „Und wenn mein Buch erscheint, wissen es alle."

„Hast du es doch geschrieben?"

„Ja", antwortete er. „Ich bin schon seit zwei Jahren damit bei Salzer unter Vertrag. Ein renommierter Verlag. Aber bisher gab es juristische Probleme. Doch plötzlich ist das freigegeben worden. Wie es aussieht, können wir im Herbst damit raus."

„Warum gerade jetzt?"

„Ich bin kein Jurist", antwortete Zoran und betrachtete nachdenklich seine Pfeife. „Anscheinend will der Rumprecht Verlag im September selbst was zu dem Thema bringen, mehr verraten die aber nicht, sehr geheimniskrämerisch das Ganze. Vielleicht müssen die deshalb das Thema allgemein freigeben, vielleicht erhofft sich Rumprecht aber auch nur eine größere Resonanz, wenn das insgesamt wieder hochkocht, keine Ahnung. Ich habe nicht genau nachgefragt."

Der Schaukelstuhl knarzte, während Zoran fortfuhr: „Wichtig ist mir nur, dass die Wahrheit endlich ans Licht kommt. Ich will einen Schlussstrich ziehen. Damals sprach ich mit Hunderten von Zeugen. Jeder Satz meines Buchs beruht auf Tatsachenberichten." Das Knarzen stoppte für einen Moment. „Okay", räumte er ein, „damit es nicht so trocken wird, hat meine Lektorin noch ein paar Dialoge eingefügt. Aber auch das ist alles untermauert durch die Aussagen der Zeugen, die es beobachtet und gehört haben."

Ich sah Zoran an.

Er zog an seiner Pfeife, während er zu erzählen begann: „Als wir damals bei den Odermatts ankamen, es war Sonntagmorgen, der 2. Juli, kurz nach sechs, da trug Kitty noch das Abendkleid. Dabei hatte sie zu Protokoll gegeben, sie sei in der Nacht um zwölf ins Bett gegangen und um fünf Uhr morgens wieder aufgewacht. Warum, gottverdammt, ging Kitty im Abendkleid ins Bett?"

Ich bohrte meinen Zeigefinger in ein Astloch am Boden.

„Weil sie nicht im Bett war", beantwortete Zoran seine Frage selbst. „Kitty war die ganze Nacht wach gewesen. In ihrer Verzweiflung vergaß sie schlicht, sich umzuziehen."

Die Grillen zirpten.

„Es gibt eine Zeugin, die Kitty um kurz nach elf mit ihrem Sohn im Bad gesehen hat. Die Zeugin ist zuverlässig. Es handelt sich um Hedwig Krause, das Kindermädchen. Bei der Hausdurchsuchung habe ich blutige Kleidung im Wäschekorb gefunden."

Eine Stechmücke setzte sich auf meinen Schenkel.

„Dann der Erpresserbrief", fuhr Zoran fort. „Hast du Kittys Handschrift gesehen? Auf dem Vergleichsbogen? Dafür muss man kein Handschriftenexperte sein, um zu sehen, dass die Handschrift von ein und derselben Person stammt. Die Experten redeten um den heißen Brei herum. Sie meinten, aufgrund des Vergleichs könne nicht eindeutig bewiesen werden, dass Kitty den Brief geschrieben hat. Aber sie konnten es auch nicht ausschließen."

Ich schlug die Mücke tot.

„Dasselbe Papier, auf dem der Brief geschrieben wurde, benutzte auch Odermatt. Ein Stapel lag in seinem Büro; weiß, DIN-A4, 120 Gramm."

Ich nickte. Zoran überzeugte mich immer mehr.

„Weißt du, was mich damals am meisten irritierte?", fragte Zoran. „Und immer noch irritiert?"

Ich schüttelte den Kopf.

„Die Entführer machten überdeutlich, dass sie keine Polizei und keine Mitwisser wünschen. In drastischen Worten. Wir schneiden Ihrer Tochter die Kehle durch, drohten sie." Zoran sah mich an. Sein Blick wurde milder, als er fragte: „Hättest du, als Mutter, trotzdem die Polizei gerufen? Und diese Drohungen nicht mal erwähnt? Keine halbe Stunde, nachdem du den Brief gefunden hast? Und dann auch noch deine Freunde eingeladen?"

Ich blickte zum Wald hinauf.

Die Sonne wanderte tiefer.

„Die Odermatts mussten sich so verhalten", sagte Zoran. „Weil ihre Tochter bereits tot war. Sie mussten den fiktiven Entführern einen Grund geben, ihre Tochter zu töten."

Ich nahm einen Schluck Bier.

„Seltsam auch das mit Renate", fuhr Zoran fort. „Sie hat den Notruf entgegengenommen. Kitty hatte den Hörer nicht richtig aufgelegt. Renate hat eindeutig Stimmen gehört. Darunter die Stimme eines Jungen. Das ist wichtig, weil die Odermatts behauptet hatten, ihr Sohn sei zu diesem Zeitpunkt im Bett gewesen."

„Ging das Band mit dem Notruf nicht ins Labor?"

„Doch", entgegnete Zoran. Auch er blickte zum Wald hinauf, als er sagte: „Als es aus dem Labor zurückkam, war nur noch ein Rauschen zu hören."

Ein leichter Wind kam auf.

Zoran nahm einen Zug aus seiner Pfeife. Dann schloss er die Augen. Die Abendsonne legte sich auf sein Gesicht.

Ich dachte an Sam, während ich den Mann beobachtete.

„Warst du mal oben auf dem Friedhof St. Christina?", fragte Zoran mit geschlossenen Augen. „*Geboren am 29. Juni 1998,* steht auf Alinas Grab, *gestorben am 1. Juli 2006*. Das haben die Eltern eingravieren lassen. Der Rechtsmediziner Titus Rosenkranz sagte aber, es sei nicht klar, ob Alina noch in der Nacht des ersten Juli oder erst in den Morgenstunden des zweiten Juli starb."

Ameisen krabbelten in die Ritze hinein. Sie schleppten einen toten Käfer nach unten.

Ich fragte: „Warum hätte Mark seine Schwester erschlagen sollen?"

„Alina hat seine Chips gegessen", sagte er. „Da ist er wütend geworden."

„Chips?"

„Die Kinder bekamen selten Chips. Das Kindermädchen Hedwig Krause hat ausgesagt, dass Mark und Alina sich oft stritten. Wer was bekam, wer mehr bekam, und so weiter. So wie andere Geschwister halt auch."

Ich nahm noch einen Schluck Bier.

Ich war ein Einzelkind.

„Der Kinderpsychologe Konrad Lubitz hat bei Mark eine verzögerte Entwicklung im Reifeprozess diagnostiziert, was das Emotionale anging, außerdem eine mangelnde Fähigkeit zur Affektkontrolle. Auf gut Deutsch: Mark hatte ein Wutproblem."

„Aber Mark war noch ein Kind", sagte ich. „Er war nicht strafmündig. Das heißt, er wäre nicht angeklagt und nicht verurteilt worden."

„Nicht vor einem Gericht", sagte Zoran und rauchte. „Aber denk an die Leute. Das Gerede. Mark wäre vielleicht in eine Psychiatrie gekommen."

„Trotzdem. Täuscht man deshalb eine Entführung vor?"

„Genau weiß ich es nicht, Ruby. Kitty und Thomas konnten in der Nacht ja nicht alles in Ruhe durchdenken. Da war viel Alkohol im Spiel, Panik, Verzweiflung. Anfangs war es vielleicht nur ein Reflex. Weil sie immer alles verheimlicht haben, was dem Bild von Erfolg und Glück widersprach, haben sie es auch diesmal so gemacht. Die Fassade der perfekten Familie wurde zu ihrem Gefängnis."

Ich blickte auf mein Handy.

Es war 19:45 Uhr.

„Man hat nicht immer einen Plan im Kopf. Wir stolpern von einem Stein zum nächsten. Menschen sind Getriebene", sagte Zoran. Forschend sah er mich an, als er fragte: „Verstehst du, was ich meine?"

Ich trank den Rest Bier und stand auf.

„Mein Buch wird wie eine Bombe einschlagen." Zorans Blick wurde härter, als er hinzufügte: „Vielleicht ist es besser, wenn Kitty das nicht mehr erleben muss."

„Darf ich es lesen?", fragte ich.

Der Schaukelstuhl knarzte. Zoran schwieg.

„Bitte", insistierte ich.

8

1. Juli 2006

aus Emil Zoran: Die Wahrheit über den Fall Alina O., rekonstruiert
*aus den Ermittlungsakten der Polizei, unveröffentlichtes Manuskript,
erscheint im Oktober 2018 im Salzer Verlag.*

„Auf dich", sagte Jutta.

„Auf uns", entgegnete Kitty.

In der Nacht des ersten Juli 2006 standen Kitty Odermatt
und Jutta Trapp auf dem Balkon von Kittys Schlafzimmer
im ersten Stockwerk der Villa Odermatt und blickten auf die
Gäste hinab. Die Gläser klirrten. Es war 22:15 Uhr. Die
Zeugin Jutta Trapp schilderte die Szene, die sich auf dem
Balkon und anschließend im Schlafzimmer abgespielt hatte,
sehr anschaulich: Der Pool schimmerte türkisfarben. Der
Garten wurde von Fackeln beleuchtet. Die Leute standen in
kleinen Grüppchen zusammen. Man unterhielt sich angeregt
und lachte viel. Alles, was Rang und Namen hatte, war gekommen. Sogar der Oberbürgermeister hatte Kitty zum
Geburtstag gratuliert.

„Die Party ist ein voller Erfolg", sagte Jutta. „Jetzt habt ihr
es geschafft."

Kitty hatte um diese Uhrzeit bereits „einen Schwips". So
hatte es Hubert Nonnenmacher, der Inhaber der Herren-
schneiderei *Nonnenmacher*, später zu Protokoll gegeben: Kitty
Odermatt war auf dem Weg nach oben über eine Treppen-
stufe gestolpert. Hubert Nonnenmacher hatte sie aufgefan-
gen, sonst wäre sie der Länge nach hingefallen, sagte er aus.

Trotzdem tranken die beiden Frauen noch eine ganze Flasche Champagner leer. Während sie auf dem Balkon standen, blickten sie zu ihren Männern hinab. Thomas Odermatt und Felix Trapp standen zu diesem Zeitpunkt mit der Führungsriege der *Trapp Werke GmbH* am Pool. Dazu gehörten auch Henning Lange und Sven Müller-Horgau. Die Männer stießen mit Schnaps an. Der Barkeeper sagte später aus, er habe den Männern insgesamt sieben Runden Schnaps serviert.

„Frau Odermatt?"

Kitty drehte sich um. Das Kindermädchen Hedwig Krause stand hinter ihr. „Was ist denn?", fragte Kitty.

Um 22:20 Uhr verabschiedete sich Hedwig Krause bei Kitty Odermatt, weil sich das Kindermädchen nicht ganz wohl fühlte. Kitty Odermatt war nicht begeistert, aber nachdem sie hörte, dass die Kinder bereits ins Baumhaus schlafen gegangen waren, schien sie beruhigt. Hedwig Krause informierte Kitty Odermatt noch darüber, dass Trixi und Klaus Marthaler aus München zu dieser späten Stunde angekommen waren. Bevor das Kindermädchen nach Hause ging, bat Kitty Odermatt sie, die übrigen Geschenke von Alina aus dem Garten in das Zimmer des Mädchens zu tragen.

Jutta Trapp ging um 22:30 Uhr alleine wieder nach unten in den Garten. Sie sagte aus, dass ihre Freundin sich „noch kurz frisch machen wollte".

Um 22:45 Uhr wurde Kitty Odermatt von mehreren Zeugen gesehen, wie sie von der Obstwiese kommend in Richtung Tanzfläche ging. Das heißt, sie muss zwischen 22:30 Uhr und 22:45 Uhr noch schnell nach den beiden Kindern gesehen haben, bevor sie zu ihren Gästen zurückkehrte, auch wenn Frau Odermatt das immer bestritt.

Um 23 Uhr fand der Schlumpf-Tanz statt.

Kitty saß auf einem goldenen Stuhl. Die Tanzszene wurde von mehreren Gästen auf Video aufgezeichnet: Nacheinander kamen vier Schlümpfe aus dem Zelt und stellten sich in einer Reihe vor Kitty Odermatt auf. Unter den Kostümen steckten Thomas Odermatt, Felix Trapp, Henning Lange und Sven Müller-Horgau. Es war aber nicht zu erkennen, wer unter welchem Kostüm steckte, so gut waren die Verkleidungen. Das Schlumpflied von Vater Abraham wurde gespielt und die Schlümpfe begannen mit den Köpfen zu wackeln:

Sagt mal, von wo kommt ihr denn her?

Aus Schlumpfhausen, bitte sehr!

Sehen alle da so aus wie ihr?

Ja, die seh'n so aus wie wir.

Die Schlümpfe drehten sich um und wackelten mit ihren Popos. Die Leute grölten und klatschten. Auch Kitty Odermatt klatschte. Die Schlümpfe drehten sich im Kreis, sie gingen ein paar Schritte nach rechts, dann wieder nach links. Zwei Schlümpfe stießen zusammen. Einer fiel auf den Boden, stand wieder auf und rieb sich den Popo.

Die Gäste lachten. Die Angestellten von Trapp pfiffen auf den Fingern, um die Schlümpfe anzufeuern.

Und nun alle zusammen: La, la, la, la, la, la, la, la, la….

Zum Abschied stellten sich die Schlümpfe im Kreis auf und wackelten nochmals mit den Popos, die nach außen zu den Gästen zeigten.

Das Publikum war begeistert.

„Genial!", rief jemand.

„What a fun!", ein anderer.

Die Schlümpfe winkten und gingen im Polonaisemarsch von der Bühne in Richtung Bar. Der DJ nahm das Mikrofon und sagte: „Die Tanzfläche ist eröffnet!"

Im Anschluss an die Vorführung ging Kitty Odermatt zurück in die Villa. Zu der Zeugin Maria Forgione sagte sie, sie habe Kopfschmerzen und wolle sich eine Tablette holen. Da war es 23:10 Uhr. Auf dem Weg ins Schlafzimmer muss Kitty Odermatt bemerkt haben, dass jemand im Kinderbad war. Sie ging nachschauen und fand ihren Sohn Mark unter der Dusche. Die Taschenlampe lag in der Duschwanne.

Das Kindermädchen Hedwig Krause war auf dem Weg in Alinas Zimmer gewesen und nur zufällig Zeugin dieses Vorfalls geworden. Die Tür zum Bad stand einen Spalt offen. Hedwig Krause konnte hören, was drinnen gesprochen wurde:

„Mark", sagte Kitty perplex. „Was machst du hier?"

Mark reagierte nicht.

„Warum duschst du mitten in der Nacht?", fragte sie. Auf dem Boden lagen Marks T-Shirt und seine Unterhose, beides blutverschmiert.

„Mark, sieh mich an!", sagte sie. In Kitty Odermatts Stimme schwang Panik mit. „Was ist passiert?"

Mark schien unter Schock zu stehen.

„Mark, du sagst mir jetzt sofort ...!"

Kitty Odermatt riss ihren Sohn herum. Er rutschte aus und schlug mit dem Schulterblatt gegen die Armatur.

„Oh Gott, das tut mir leid, Schatz", sagte Kitty Odermatt. Danach übergab sie sich in die Duschwanne.

„Du Arsch!", schrie Mark die Mutter an.

Hedwig Krause hörte deutlich, dass Mark sagte: „Ich war das nicht."

„Was warst du nicht?", fragte Kitty.

„Alina", sagte Mark.

„Alina?", fragte Kitty. Und dann: „Was ist mit Alina?"

In diesem Moment musste Kitty Odermatt bereits geahnt haben, dass etwas Schreckliches passiert war, denn jetzt schaltete sie auf „Maschine" um und begann zu handeln. Sie nahm ein Handtuch, trocknete ihren Sohn ab und ging frische Kleidung holen. Sie befahl Hedwig Krause, die noch immer vor der Tür stand, sie solle endlich nach Hause gehen. Alina habe wahrscheinlich Bauchweh, aber Kitty Odermatt würde sich selbst darum kümmern.

Um 23:20 Uhr gingen Kitty und Mark Odermatt zusammen zum Baumhaus hinüber. Dabei benutzten sie den Hinterausgang, der direkt zur Obstwiese führte. Trotzdem wurden sie von zwei Zeugen gesehen. Außer dem Kindermädchen Hedwig Krause sah auch Dirk Leitz, wie die beiden zum Baumhaus gingen. Dirk Leitz war der Sohn eines Geschäftspartners von Felix Trapp. Er urinierte um 23:20 Uhr hinter dem Haus in eine Hecke. Später nahm Dirk Leitz diese Aussage zurück. Zum 01.01.2007 fing er bei *Trapp Werke GmbH* im Vertrieb an.

Kitty Odermatt muss ihre Tochter bereits gegen 23:25 Uhr leblos im Baumhaus entdeckt haben. Wahrscheinlich hat sie versucht, das Mädchen zurück ins Leben zu holen, doch es gelang ihr nicht. Dabei muss sie sich ein zweites Mal übergeben haben. Die Essensreste in der Duschwanne und im Baumhaus waren identisch.

Zwischen null und zwei Uhr verabschiedete Thomas Odermatt die Gäste ohne seine Frau. Kitty sei mit Kopfschmerzen bereits zu Bett gegangen, ließ er sie entschuldigen. Der Zeugin Traudel Großner fiel auf, dass Odermatt wie benommen wirkte. Sie schrieb das der Wirkung des Alkohols zu.

9

Am nächsten Morgen, es war Dienstag, der 26. Juni, klingelte ich um elf Uhr bei Hedwig Krause an der Haustür. Das ehemalige Kindermädchen der Familie Odermatt öffnete. Ich erschrak.

Die Frau hatte ein Gesicht wie ein frisch aufgeworfenes Grab, es war aufgeschwemmt und hatte kleine Furchen und Löcher. Das starke Make-up machte die Sache nicht besser. Auf den Fotos von damals hatte sie ganz anders ausgesehen. Ich lächelte, um mein Entsetzen zu verbergen.

„Darf ich Ihren Ausweis sehen?", blaffte sie mich an.

„Natürlich", erwiderte ich und zog das Dokument aus meiner Tasche. Sie studierte es genau. Dann blickte sie mir forschend ins Gesicht.

Ich lächelte wieder, diesmal reflexhaft.

Hedwig Krause wohnte in einem Reihenhaus in Weingarten, Martinusweg 72. Ihre Haushälfte war hellgelb gestrichen. Ein Herz aus Efeu hing an der Tür, eine schmiedeeiserne Eule bewachte den Eingang. Rote und weiße Geranien säumten den Weg durch den Vorgarten. Auch in den Blumenkästen am Fenster waren Geranien gepflanzt.

„Wo ist Ihr Partner?", fragte sie. „Herr Bentwood?"

„Auf Mallorca."

Am Telefon hatte ich ihr bereits gesagt, dass wir nach Mark suchten. Jetzt fragte sie: „Wann ist Herr Bentwood nach Mallorca geflogen?"

Ich blickte auf die Uhr. Es war 11:03 Uhr. Um sieben hatte ich John zum Flughafen gefahren. „Er müsste eben gelandet sein", folgerte ich.

„Haben Sie ein Foto von John Bentwood?", fragte sie.

Das Misstrauen der Frau irritierte mich. Ich kramte einen Flyer unserer Detektei aus meiner Tasche, auf dem ein Foto von John war.

Hedwig betrachtete ihn genau und sagte: „Gut. Kommen Sie rein." Wir standen bereits im Flur, als sie erklärend hinzufügte: „Gestern war ein Mann hier. Er sagte, er wäre von der Polizei. Er sagte, sein Name wäre Hans Mayer."

„Hans Mayer?", fragte ich. Ich kannte keinen Hans Mayer.

„Ich habe ihn gebeten, im Wohnzimmer Platz zu nehmen", fuhr Hedwig fort. „Dann rief ich bei der Polizei an. Die sagten, sie kennen keinen Hans Mayer. Als ich zurück ins Wohnzimmer kam, war der Mann weg. Beide Schubladen im Wohnzimmerschrank waren durchwühlt."

„Seltsam", sagte ich und blickte in einen ovalen Spiegel, der über der Kommode hing. *Du bist göttlich*, stand darauf. Eine Holztreppe führte hinauf in den oberen Stock.

„Können Sie den Mann beschreiben?", fragte ich.

„Etwa Mitte fünfzig, lichtes Haar, untersetzt, ganz normales Gesicht."

„Nichts Besonderes?"

„Nein", sagte sie. „Obwohl. So ein roter Fleck fiel mir auf, wie ein Muttermal, nur eben rot. Hier am Hals." Sie fasste sich seitlich an den Hals. Dann sah sie mich an und sagte: „Wissen Sie, jetzt war jahrelang Ruhe. Und plötzlich wollen alle wissen, wo Mark ist. Der arme Junge. Sie sollen ihn doch einfach in Ruhe lassen."

Es klang wie ein Vorwurf.

Schweigend gingen wir ins Wohnzimmer. Mit einem Schwamm hatte sie die weiß gestrichenen Wände gelb übertupft. Um die Vorhangstangen war ein roter Seidenstoff gewickelt. In der Ecke stand ein Salzkristall, der von innen leuchtete.

„Heute umgebe ich mich wieder mit Licht", sagte sie. „Die schlimmen Jahre sind vorbei."

Hedwigs Bemühen, ihre Umgebung positiv zu gestalten, wirkte beklemmend auf mich. An der Wand hing das Foto, das auch im Internet kursierte: Es zeigte eine strahlende Hedwig Krause, die einen Arm um ein kleines Mädchen gelegt hatte, den anderen um einen etwas größeren Jungen. Man hätte denken können, Hedwig sei die Mutter.

„Wie war das damals", fragte ich, nachdem wir uns an den ovalen Tisch gesetzt hatten, „als Mark verschwand?"

Hedwig wischte unsichtbare Brösel vom Tisch.

„Mark wollte mit seinen Kumpels übers Wochenende ins Allgäu fahren", begann sie zu erzählen. „Felix fuhr ihn morgens noch zum Bahnhof runter, ließ ihn aber nur schnell aussteigen, weil er im Geschäft einen Termin hatte. Was dann passierte, wissen wir nicht. Mark muss einen anderen Zug genommen haben als den geplanten. Die Kreditkarte zeigte an diesem Morgen eine Abbuchung von der Bahn über 120 Euro. Marks Freund Jonas erhielt dann gegen zwölf eine SMS von Mark, in der er behauptete, krank zu sein. So bemerkten wir erst am Sonntagabend, dass Mark nicht auf der Hütte gewesen war. Zwei Wochen später kam die erste Postkarte aus München. Wir sollten uns keine Sorgen machen, schrieb er. Er bräuchte einfach nur etwas Abstand. Anfangs dachten wir, er käme nach ein paar Tagen wieder zurück, aber dann …"

„Wie heißen die jungen Männer, mit denen Mark auf die Hütte wollte?"

Einen Moment zögerte sie. Dann sagte sie: „Jonas Leitner und Finn Roche."

„Hat er Ihnen gegenüber etwas angedeutet?", fragte ich.

„Dass er weg wollte?"

„Nein."

„Hat er Sie mal angerufen?"

„Nein. Er schreibt mir jedes Jahr zu Weihnachten eine Postkarte. Das ist alles."

„Warum sind Sie eigentlich nie nach Mallorca geflogen, um ihn zu suchen? Ich meine, Mallorca liegt ja nicht am Nordpol. Sie hätten sich doch einfach mal in den Flieger setzen können."

„Es ging mir nicht gut in den letzten Jahren."

Ich blickte auf den Salzkristall.

„Aber Annette Harms hat Mark getroffen", hörte ich Hedwigs Stimme plötzlich.

„Annette Harms?"

„Die frühere Trainerin von Alina", antwortete Hedwig. „Nach Alinas Tod riefen Thomas und Felix eine Stiftung ins Leben. Die *Alina Odermatt Stiftung* fördert junge Talente im Eiskunstlauf. Mark sollte die Stiftung überschrieben bekommen, dafür brauchte Annette Harms eine Unterschrift. Sie trafen sich in einem Café in La Palma, soweit ich das verstanden habe. Vielleicht sprechen Sie einfach mal mit ihr."

Ich notierte mir den Namen.

Hedwig Krause wischte die unsichtbaren Brösel vom Tisch, während sie sagte: „Wissen Sie, Mark hatte es nach dem Tod von Alina nicht leicht gehabt. Aber zuvor hatte er es auch nicht immer leicht gehabt."

„Wie meinen Sie das?"

„Mark war ein schwieriges Kind. Von Anfang an. Ich sollte Ihnen das vielleicht nicht erzählen, aber ich hatte immer …"

Eine dicke Schicht Lipgloss bedeckte ihre Lippen. Sie leckte darüber, bevor sie fortfuhr: „Ich hatte immer das Gefühl", sagte sie, „Mark genoss es auch ein wenig, nach Alinas Tod wieder im Mittelpunkt zu stehen."

Hedwig blinzelte angestrengt.

Ich nickte.

„Seit Alina auf der Welt war, drehte sich alles um das Mädchen", fuhr Hedwig fort. Ihre Mundwinkel zuckten, als sie hinzufügte: „Alle liebten Alina. Mit dem ganzen Rummel um den Kinofilm wurde es nur noch schlimmer."

Plötzlich wurde mir die Nähe zu Hedwig Krause unangenehm. Mein Brustkorb fühlte sich eng an. Ich stand auf, ging ans Fenster und blickte in den schmalen Streifen Garten hinaus.

„Wollen Sie vielleicht einen Kaffee?", hörte ich ihre Stimme. „Oder ein Wasser?"

„Ein Wasser genügt."

Während sie aufstand, um etwas zu trinken zu holen, dachte ich an Sam. Vergangene Nacht hatte er am Eingang des Burgtheaters auf mich gewartet, die Hände in der Jeans, die Schultern nach oben gezogen, lächelnd. Es war das Lächeln eines Jungen gewesen, halb verschmitzt, halb unsicher. Nur der Blick war der eines erwachsenen Mannes gewesen. Sam hatte …

„Hat Thomas Ihnen eigentlich den Text gegeben?", hörte ich Hedwig, die mit einer Flasche Wasser und zwei Gläsern zurückgekommen war. „Den von diesem Journalisten? Der die Tatnacht nacherzählt?"

Ich nickte. Dass der Text für jedermann im Internet verfügbar war, erwähnte ich nicht.

„So war Mark aber gar nicht", sagte sie, während sie einschenkte. „So hätte sein Vater ihn gerne gesehen. Aber Mark konnte sehr jähzornig sein. Es gab viel Streit zwischen den Geschwistern."

Ich beobachtete ein Stück Holz, das in dem kleinen Gartenteich langsam von einer Seite zur anderen glitt. Der Blick zum Nachbarn war mit geflochtenen Trennwänden verstellt. Ein Rasenmäher ging an.

„Man hätte das nicht alles schönreden dürfen", sagte Hedwig.

Ich drehte mich zu ihr um und fragte: „Meinen Sie das mit dem Eishockeyschläger?"

„Auch." Hedwig fiel es schwer, die Hand auf dem Tisch ruhig zu halten, als sie hinzufügte: „Oder das skatologische Problem."

„Was für ein Problem?"

„Skatologisch."

Ich sah sie an.

„Mark hat seinen Kot auf Alinas Sachen geschmiert", erklärte Hedwig und wischte jetzt wieder über die Platte. „Auch noch kurz vor ihrem Tod. Alina hat an Kittys Geburtstag viele Geschenke erhalten, weil sie selbst ja erst Geburtstag gehabt hatte. Ich brachte die Geschenke in der Nacht hoch in ihr Zimmer. Da bemerkte ich, dass ein paar Sachen wieder mit Kot verschmiert waren. Geht das wieder los, dachte ich. Später hörte ich, wie Kitty mit Mark im Badezimmer schimpfte. Zuerst glaubte ich, es wäre deshalb."

Ich setzte mich wieder und fragte: „Dann glauben Sie also auch, dass Mark es getan hat?"

Sie öffnete die Schuhschachtel, die auf dem Tisch stand, und nahm einen blauen Ordner heraus. „Nein", sagte sie. „Nicht mehr. Heute glaube ich, es war Kitty."

Draußen ging der Rasenmäher aus.

Plötzlich war Stille.

Eine Stille, als fiele man in ein Loch.

„Sie glauben, Kitty hat die Entführung vorgetäuscht?", fragte ich nach.

„Nein", sagte Hedwig entschieden. „Kitty hat Alina erschlagen. Deshalb hat sie die Entführung vorgetäuscht. Nicht wegen Mark, sondern wegen sich. Kitty war doch viel zu egoistisch, wegen Mark so einen Aufwand zu betreiben.

Ihren Mann ließ sie freilich in dem Glauben, Mark wäre es gewesen."

Ich blickte in ihr aufgequollenes Gesicht.

„Kitty war keine gute Mutter", fuhr Hedwig fort. „Es ging ihr nie um Mark, auch nicht um Alina, sondern immer nur um sich selbst. Kitty hat Alina doch zu Höchstleistungen geprügelt. Fragen Sie mal Frau Harms, die Trainerin. Wenn das Kind keine Lust zum Trainieren hatte, rutschte der Mutter schon mal die Hand aus."

Ich starrte sie an.

Alles an Hedwig Krause war verschwommen, wässrig, seicht. Nur ihr Hass auf Kitty schien Kontur zu haben.

„Ich sage ja nicht, dass Kitty es vorsätzlich getan hat", räumte sie ein. „Aber Kitty war überfordert. Die meisten Mütter sind einfach nur überfordert."

Ich sah sie aufmerksam an.

„In der Nacht des ersten Juli ist Kitty gegen halb zwölf ins Baumhaus rüber", erzählte Hedwig. „Die Filmleute sind kurz davor angekommen. Ich glaube, sie wollte Alina holen, damit sie noch kurz Hallo sagte. Aber Alina wollte nicht. Es kam zum Streit, Kitty stand unter Stress und war betrunken. Sie wusste, dass die Gäste warteten. Doch Alina wurde immer bockiger. Und irgendwann schlug Kitty dann halt zu. Wenn sie die Nerven verlor, kam das schon mal vor. Dabei muss sie Alina unglücklich am Kopf getroffen haben."

Der Rasenmäher ging wieder an.

„Schwer vorzustellen", sagte ich.

„Finden Sie?" Hedwig hob ihre stark gezupften Augenbrauen. „Ich habe über dreißig Jahre mit Kindern und Eltern gearbeitet. Zuletzt in einer Präventionsstelle gegen Gewalt. Ich kann mir das sehr gut vorstellen."

Sie hatte recht. Natürlich hatte sie recht.

Dann räumte sie ein: „Es ist nicht so, dass Schläge bei Kitty zur Erziehung gehörten. So etwas darf man in unserer Zeit ja nicht mehr. Aber Kitty hat es selbst nicht anders kennengelernt. Auch ihr Vater hat sie verprügelt als Kind, das hat sie mir selbst erzählt. Sie hat das als schlimm empfunden, aber man weiß ja, dass Gewalt sich wiederholt, zumal unter Druck."

„Haben Sie das der Polizei gesagt?", fragte ich.

Hedwig schwieg.

„Nein", sagte sie schließlich. „Mir wurde das auch erst später klar. Mark erzählte die Geschichte mit dem bösen Mann ja sehr überzeugend. Ich habe Mark geglaubt. Ich sprach Kitty auch nie darauf an, warum sie gegenüber der Polizei verschwiegen hatte, dass sie noch im Baumhaus gewesen war. Zoran hatte ja eh die Familie auf dem Kieker. Das wäre doch Öl ins Feuer gewesen."

Hedwig öffnete die Mappe.

Ein *M* stand darauf. *M* wie *Mark*.

„Mark war ein sensibler Junge", sagte Hedwig. „So mit fünfzehn fing er an, Gedichte zu schreiben. Also nicht wie Goethe, sondern mehr so Hip-Hop."

Hedwig reichte mir ein Blatt Papier, auf dem mit Schreibmaschine ein paar Zeilen getippt waren. Ich las:

Meine Mutter mag es hart wie ein Stein
Mein Vater fickt sie jede Nacht, das Schwein.
Meine Mutter trinkt Schnaps und trägt Rot,
Meine Mutter nimmt die Flasche und schlägt damit die Schwester
tot.
Sie schlägt damit die Schwester tot.
Sie schlägt damit die Schwester tot.

„Ist das von Mark?", fragte ich und schluckte.

Hedwig nickte.

„Das muss nichts bedeuten", sagte ich nachdenklich. „In dem Alter geht es meist um Geschlechtsverkehr, um zu provozieren. Aber vor dem Hintergrund von Alinas Tod ist es schon heftig, so einen Text zu schreiben."

Hedwig betrachtete ihre Hände. Ihre Finger waren kurz und dick. Sie trug keinen Ehering. Sie sagte: „Thomas hat mich gebeten, mit niemandem darüber zu sprechen." Dann wischte sie wieder mit der flachen Hand über den Tisch. Doch plötzlich hielt sie in ihrer Bewegung inne und starrte durch mich hindurch. Mit monotoner Stimme sagte sie: „Thomas und ich standen uns einmal nahe. Sehr nahe sogar. Warum soll ich eigentlich nicht darüber reden dürfen?"

Ich sah sie an.

Jetzt erkannte ich die Enttäuschung in ihrem Gesicht. Das Make-up hatte sie nicht verdecken können.

„Nach Marks Verschwinden hat Kitty Thomas unter Druck gesetzt", sagte sie. „Ich wurde entlassen. Thomas brach den Kontakt nach und nach ab." Noch einmal wischte sie die Vergangenheit vom Tisch. Dann sagte sie: „Aber ich habe damit abgeschlossen. Heute ist wieder Licht in meinem Leben."

Sie versuchte ein Lächeln. Es schwamm wie ein aufgeweichtes Stück Holz in einem Teich.

„Kitty ist genug gestraft", sagte sie. „Der Tumor frisst sie auf. Und selbst wenn ich zur Polizei ginge, die würden mir doch nicht glauben." Dann griff sie in den Schuhkarton, zog einen hellblauen Umschlag heraus, reichte ihn mir und sagte: „Aber vielleicht können Sie ja etwas damit anfangen. Als ich bei den Odermatts entlassen wurde, hat Kitty mir alle Briefe zurückgegeben, die ich an Thomas geschrieben habe. Auch diesen hier."

10

Hedwig Krause stand am Fenster und blickte in den Garten hinaus. Sie war froh, dass diese Privatdetektivin wieder weg war. Es war noch nicht lange her, da hatte Hedwig es doch in der Zeitung gelesen: Hauptkommissarin Ruby Fuchs hatte zwei Menschen erschossen. Deshalb hatte man sie bei der Polizei auch rausgeworfen. Die Frau war ein Killer. Wusste Thomas das nicht?

Aber vielleicht unternahm Ruby Fuchs ja tatsächlich etwas gegen Kitty.

Hedwig öffnete die Balkontür und trat hinaus. Dann schaltete sie den Wassersprenkler ein. Eine Weile beobachtete sie, wie der Wasserstrahl hin und her schwenkte, ging wieder hinein und stand unschlüssig im Raum. Das Gedicht lag noch auf dem Tisch.

Meine Mutter mag es hart wie ein Stein.

Mein Vater fickt sie jede Nacht, das Schwein.

Hedwig setzte sich und legte den Kopf in ihre Hände. Wie oft hatte sie zu dem Kind gesagt: „Das ist Sünde, was deine Eltern da tun!" Wie oft? Viel zu oft. Sie hatte Moral gepredigt, wo Eifersucht sie zerfressen hatte.

Draußen surrte leise der Sprenkler.

Hedwig legte das Gedicht in die Mappe zurück und nahm ein Kinderfoto von Mark heraus: seine Stupsnase, der rote Kindermund, sein unsicheres Lächeln. Marks Verletzlichkeit. Seine Aggression. All das sah sie in seinem Gesicht.

Sie legte das Foto wieder zurück.

Es war 12:20 Uhr.

Der Geruch nach frisch gemähtem Gras drang herein. Der Wasserbogen schwenkte hin und her. Manchmal, so wie jetzt, glaubte sie, Kinderstimmen zu hören. „Hedi!", rief Mark. Manchmal glaubte sie, noch immer den kleinen Körper des Vierjährigen zu spüren, der seine Ärmchen um ihren Hals schlang.

Hedwig nahm die rosa Plastikkamera aus der Schuhschachtel und starrte darauf. Es war die Kamera, die Alina damals geschenkt bekommen hatte. Hedwig hatte sie gefunden, als sie im Baumhaus sauber gemacht hatte. Natürlich hatte sie gewusst, dass sie das Erbrochene nicht hätte wegwischen dürfen. Aber sie hatte sich dumm gestellt. Thomas zuliebe.

Hedwig erhob sich.

Sie hatte den Film zur Entwicklung gegeben. Es waren Bilder vom Feuerwerk darauf. Den Mann mit der Zorromaske hatten die Kinder nicht fotografiert. Dafür aber Thomas und Felix, wie sie in ihren Schlumpfkostümen im Baumhaus saßen und Bier tranken. Die Köpfe hatten sie abgenommen. Es gab auch ein Foto, auf dem Felix Mark aus seiner Bierflasche trinken ließ.

Hedwig knipste die Salzlampe aus.

Ihre Beine waren schwer, als sie sich über die Holztreppe nach oben schleppte. Im Bad setzte sie sich auf den Badewannenrand und drehte das Wasser auf. Dann schüttete sie ein Tütchen Base hinein.

Er fickt sie jede Nacht, das Schwein.

Hedwig knöpfte ihre Bluse auf und öffnete den schweren, festen BH. Ihre Brüste sanken herab. Sie streifte die Kompressionsstrümpfe von den Waden und massierte die Stelle, wo die Strümpfe einschnitten. Dann nahm sie ein Wattepad, tränkte es mit Öl und schminkte sich ab. Dabei blickte sie in den Spiegel. Wenn sie den gemalten Bogen ihrer Augenbraue abwischte, blieb nichts zurück.

Hedwig ließ sich in die Wanne gleiten.

Das Wasser tat gut.

Mit elf Jahren hatte Mark Taucher werden wollen. Stundenlang hatte er damals im Wasser bleiben können. Wenn er so weitermachte, bekomme er noch Schwimmhäute, hatte Thomas immer gesagt.

Das Wasser strömte aus dem breiten Hahn.

In den Leitungen gluckerte es.

Hedwig fuhr sich über die Brüste. Sie hatte in der Therapie gelernt, dass Thomas ihr nicht guttat. Aber sie dachte immer noch an ihn. Thomas hatte so eine fordernde Art gehabt, sie zu nehmen, sehr dominant, beinahe wütend, aufbrausend – bis er dann vollkommen erschöpft über ihr zusammenbrach. Bei ihr hatte er sich immer zu Hause gefühlt. Da hatte er Trost bekommen, Heimat, die vertraute Sprache und das gute Essen.

Bei Kitty, das war doch nur Sex gewesen.

Wenn Thomas damals nicht nach Bratislava gefahren wäre … wenn er Kitty nicht getroffen hätte … dann wären sie ein Paar geworden. Aber Kitty hatte alles getan, damit er sie heiratete … jeden Tag war sie ihm hörig gewesen, diese slowakische Schlampe.

Hedwig drehte den Wasserhahn zu.

Sie lauschte.

Hatte sie die Balkontür unten überhaupt geschlossen? Alles war still. Sie glitt noch ein Stück tiefer in die Wanne und massierte ihre Schläfen. Dann ließ sie warmes Wasser nachlaufen.

Es klopfte an der Badezimmertür.

Hedwig erstarrte.

Ihr Hals war wie zugeschnürt, als sie fragte: „Ja?"

Statt einer Antwort klopfte es wieder.

„Wer ist da?", rief sie und legte instinktiv die Hände vor die Brust.

Die Tür war nicht abgeschlossen.

Keine Antwort.

„Elvira?", rief Hedwig. „Bist du das?"

Wieder das Klopfen. Diesmal sehr laut. Als schlüge jemand mit einem Boxhandschuh gegen die Tür.

„Wer ist da?", stammelte Hedwig. „Hallo?"

Schnell kletterte sie aus der Wanne und schlang sich ein Handtuch um den Leib. Ihr Herz hämmerte in ihrer Brust. Sie hörte schwere, dumpfe Schritte, die in Richtung Treppe davongingen. Es klang, als hätte jemand mitten im Sommer Winterstiefel an.

Ihr war eiskalt. Sie zitterte immer heftiger. Schnell drehte sie den Schlüssel herum und setzte sich auf den Hocker. Sie wartete, bis das Rauschen in ihren Ohren nachließ.

Das Telefon war unten.

Ein Handy hatte sie nicht, die Strahlen zerstörten die positive Aura.

Ganz ruhig, sagte sie sich. Das war kein Einbrecher. Ein Einbrecher würde nicht zu ihr kommen. Und ein Vergewaltiger würde nicht extra anklopfen. Also war es doch Elvira gewesen? Elvira Kienzle war die Nachbarin. Sie hatte einen Ersatzschlüssel. Vielleicht hatte sie zuvor geklingelt und, nachdem niemand geöffnet hatte, war sie hochgekommen? Aber Elvira hätte nicht so an die Tür geklopft, nicht so drohend, brutal.

Hedwig zog sich an.

Dann öffnete sie die Tür und spähte hinaus. Niemand war da. Sie überprüfte, ob das Schmuckkästchen noch in der Schublade war. Nichts fehlte. Lautlos schlich sie in den Flur und spähte die Treppe hinab. Alles war ruhig. Hedwig nahm eine Stufe nach der anderen.

Im Esszimmer sah sie es sofort.

Der Inhalt der Schuhkartons war über den Tisch verstreut. Marks Gedicht war zerknüllt, das Kinderfoto zerrissen. Die

Kamera fehlte. Hedwigs Puls schnellte nach oben, als sie ein Geräusch hinter sich hörte.

Schnell drehte sie sich um.

Für einen Moment hörte ihr Herz auf zu schlagen. Sie öffnete den Mund, bekam aber kein Wort heraus. Auf dem Sofa saß ein Schlumpf. Seine Plastikaugen starrten sie an. „Thomas?", krächzte sie schließlich. Es war das Kostüm von damals.

Der Schlumpf legte den Kopf schief.

„Felix?", brachte sie mühsam hervor.

Der Schlumpf grinste sie an.

Hedwig stolperte rückwärts bis zum Telefon. Mit der rechten Hand griff sie bereits nach dem Hörer, als der Schlumpf sich erhob. Er schüttelte den Kopf.

„Was wollen Sie?", fragte Hedwig.

Der Schlumpf steckte die blaue Pranke in seinen Bauch, holte ein Mikrofon heraus und hielt es unter den schwarzen Mund. Mit heller, verzerrter Stimme sagte er: „Denkst du noch an Alina?"

Hedwigs Hals war wie zugeschnürt.

„Warum konntest du das Mädchen nie lieben?", fragte der Schlumpf. „Aber dafür seine Mörder?"

Hedwig fasste sich mit beiden Händen an den Hals. Sie bekam plötzlich schwer Luft.

„Warum hast du nie die Wahrheit gesagt?", fragte der Schlumpf. Sein Gesicht war eine lächelnde Grimasse, als er sagte: „War es das Geld?"

Hedwig rang nach Atem.

„Oder war es die Missgunst? Die Eifersucht?"

Hedwig hätte wegrennen können. Jetzt. Der Schlumpf hielt sie nicht fest. Sie hätte es probieren können. Doch sie stand wie angewurzelt da und starrte in die großen, toten

Plastikaugen des Schlumpfs, in denen sie eine Wahrheit erkannte, gegen die sie all die Jahre angekämpft hatte. Eine grausame Wahrheit.

11

„Okay, danke", sagte ich, legte den Hörer auf und betrachtete meine Fingernägel.

Über eine Stunde hatte ich herumtelefoniert, nur um bestätigt zu bekommen, dass Mark Odermatt tatsächlich vom Wintersemester 2012/2013 bis zum Sommersemester 2014 an der Universität München für den Studiengang Informatik immatrikuliert gewesen war. Allerdings hatte er keine einzige Prüfung abgelegt; diese Information war neu. Zum Pflichttermin bei der psychologischen Studienberatung war er ebenfalls nicht erschienen. Deshalb war er nach vier Semestern automatisch wieder exmatrikuliert worden.

Der Nagellack an meinem Zeige- und Mittelfinger war abgesplittert. Meine Haare waren noch feucht. Ich hatte eben erst geduscht, aus der Küche drang noch Wasserdampf herüber. Da es kein richtiges Bad in unserem Büro gab, hatten wir eine Duschkabine in die Küche gestellt.

Es war 16:05 Uhr.

Ich checkte meine Mails.

Über Facebook hatte ich mehrere Leute angeschrieben, die zur selben Zeit wie Mark in München Informatik studiert hatten. *Sorry, ich kenne keinen Mark Odermatt*, hatte Ina Kramm aus Günzburg geantwortet. *Ich kann mich an keinen Mark erinnern*, schrieb Carsten Geiger.

Ich schloss das Mailprogramm wieder und starrte auf das Foto, das noch auf meinem Bildschirm geöffnet war. Es war eine Woche nach Alinas Tod entstanden. Die Leute hatten Kerzen vor dem Eingang der Villa Odermatt abgestellt. Auch Blumen lagen da und Kuscheltiere. Ein gestreiftes Einhorn blickte mit großen, traurigen Augen in die Welt hinaus. Auf einem rosafarbenen Papier stand in geschwungener Mädchenschrift: *Lea, du lebst in meinem Herzen.*

Ich schloss das Foto.

Dann schloss ich, nur für einen Moment, meine Augen. Sofort sah ich wieder Sams Gesicht vor mir, verschwommen und doch ganz klar. Nach dem Kino hatten wir …

Plötzlich fuhr ich zusammen. Es klingelte.

Ich blickte auf die Uhr. Es war 16:25 Uhr, und ich erwartete keinen Besuch.

„Kriminalpolizei", sagte der Mann, der draußen vor der Tür stand.

„Brandner", sagte ich. Auch das noch. Ich fragte: „Was gibt's denn?"

Ich hatte Paul Brandner seit über einem Jahr nicht mehr gesehen. Aber er trug noch immer den dunkelblauen Anzug mit der schmalen Krawatte, auch im Sommer. Seine kurzen Haare waren noch immer mit viel Gel nach oben gestylt. Sein Grinsen verursachte mir noch immer Übelkeit.

„Was verschafft mir die Ehre?", fragte ich.

Er trat ein und blickte sich um. „Schön hast du's hier", sagte er und grinste wieder.

Brandner war der klassische Karrieretyp, der nach oben buckelte und nach unten trat. Solche Typen gab es überall, leider auch bei der Kripo. Er drehte sich um. Seine kleinen Augen bohrten sich in meine, als er fragte: „Ruby. Wo warst du heute zwischen elf und vierzehn Uhr?"

Ich war lange genug Polizistin gewesen, um zu wissen, dass bei solchen Fragen eine einfache, sachliche Antwort die beste war.

„Um elf hatte ich einen Termin bei Frau Hedwig Krause", antwortete ich. „Martinusweg 72, ein Reihenhaus in Weingarten. Gegen zwölf bin ich zurück ins Büro gefahren." Ich blickte auf die Uhr und fügte hinzu: „Seitdem bin ich hier und arbeite."

Er umkreiste mich einmal.

„Ich nehme an, es gibt Zeugen?", fragte er mit einem skeptischen Blick auf meine feuchten Haare.

„Da liegst du falsch", sagte ich.

„An deiner Stelle würde ich das nicht auf die leichte Schulter nehmen", erwiderte er und blieb vor dem Foto meiner Mutter stehen.

„Um was geht es denn?", fragte ich.

„Hedwig Krause wurde heute zwischen elf und vierzehn Uhr ermordet", sagte er.

Ich setzte mich.

Der Schreibtischstuhl knarzte.

„Und zwar in ihrem Reihenhaus, Martinusweg 72, in Weingarten", fuhr Brandner fort. Dann blickte er mich wieder an und sagte: „Neben der Leiche lag ein Flyer der Detektei *Fuchs & Bentwood*. Ein Nachbar sagte aus, eine weibliche Person zur Tatzeit in der Wohnung gesehen zu haben."

Er zog ein Notizbuch aus der Innenseite seines Jacketts und las laut vor: „Groß, schlank, lange, dunkle Haare, Alter schwer zu schätzen, irgendwo zwischen dreißig und vierzig, katzenartige Augen."

Brandner sah mich an.

Ich blickte auf meine Fingernägel.

„Wie wurde sie ermordet?", stammelte ich.

Brandner kam näher. Schließlich blieb er vor meinem Schreibtisch stehen und presste seinen Unterleib gegen die Tischplatte. Er fixierte mich, als er sagte: „Hedwig Krause wurde erschossen." Dann hielt er den Zeige- und Mittelfinger der rechten Hand an die Schläfe, machte eine kurze Bewegung und sagte: „Peng. Peng."

Ich schüttelte ungläubig den Kopf.

„Mit einer *Heckler & Koch*", sagte er.

Die Polizei von Baden-Württemberg benutzte Dienstpistolen von *Heckler & Koch*. Er wusste das. Ich wusste das.

„Kaliber 9x19 Millimeter", fügte er hinzu.

Das war ein Dienstwaffenkaliber.

„Wo ist eigentlich deine Dienstwaffe?", fragte er. „Im Lager habe ich sie nicht gefunden."

Ich starrte auf meine Hände.

„Thomas Odermatt hat mir den Auftrag gegeben, seinen Sohn Mark zu suchen", erklärte ich meine Lage. „Mark ist der Bruder des Mädchens, das vor zwölf Jahren in Ravensburg ermordet worden ist. Deshalb war ich heute Morgen bei Hedwig Krause. Sie war das Kindermädchen. Als ich ging, war sie noch am Leben."

„So, so, am Leben." Brandner verschränkte die Arme.

„Frau Krause hat mir erzählt", fuhr ich fort, ohne seinen nach vorne gereckten Unterleib zu beachten, „dass gestern Abend ein Mann bei ihr gewesen sei. Er gab sich als Hans Mayer aus. Er sagte, er wäre von der Polizei. Frau Krause war misstrauisch, sie hat das überprüft. Natürlich hat er gelogen. Als sie zurück ins Wohnzimmer kam, war der Mann dann auch weg."

„Hans Mayer", wiederholte Brandner dümmlich grinsend.

„Er hat hier ein rotes Mal", sagte ich und legte den Finger auf die Halsschlagader.

„Ein rotes Mal", wiederholte er.

„Das ist eine wichtige Spur", sagte ich. „An deiner Stelle würde ich mich mal in der Nachbarschaft umhören, wer da was gesehen hat."

„Du bist nicht mehr meine Vorgesetzte", zischte er mit plötzlich verächtlicher Stimme. Und dann: „Ich weiß selbst, was ich tun muss."

Ich sah ihn einfach nur an. Brandner war und blieb ein Idiot. Anstatt zu kooperieren, spielte er Machtspielchen. Ich packte meine Tasche und sagte: „Sonst noch was?"

Plötzlich packte er mich am Arm und sagte: „Behandle mich nicht wie einen Idioten, Ruby."

Mit einer schnellen und kraftvollen Bewegung befreite ich mich aus seinem Griff und drehte ihm den Arm auf den Rücken. Brandners Atem ging schnell und laut. Ich sah den Hass in seinen Augen, aber auch Erregung. Er hatte es mir nie verziehen, dass ich ihn damals abserviert hatte.

„Mir kannst du nichts vormachen", sagte er mit gepresster Stimme. „Das war kein Zufall, dass du die beiden Männer erschossen hast. Und schon gar keine Notwehr."

Für einen Moment blickten wir uns in die Augen. Dann ließ ich ihn los. Brandner rieb sich die Schulter, dann zog er ab.

12

Es war kurz nach fünf. Genau wie am Vortag fuhr ich mit offenem Verdeck über die B30 in Richtung Bodensee. Der Himmel war ebenso blau und die Sonne schien ebenso hell. Trotzdem war alles anders. *Hedwig Krause ist erschossen worden.*

Der Satz hämmerte in meinem Kopf. Der Fahrtwind klatschte mir die Haare ins Gesicht. Ich musste mit Zoran sprechen. Meine Hand auf dem Lenkrad zitterte. Ich presste sie fester um das Leder. *Sie wurde mit einer Dienstwaffe erschossen.* Ich bremste scharf ab, als plötzlich ein Lastwagen vor mir auf die Bundesstraße einbog. Der Laster war schwarz. Ich starrte darauf.

Mein Handy vibrierte auf dem Armaturenbrett. *John ruft an*, stand auf dem Display.

„Ja?" Ich setzte den Kopfhörer auf.

„Holla", sagte John. Er klang fröhlich. Im Hintergrund war das Knattern einer Vespa zu hören, dann das helle Lachen einer Frau.

„Gut gelandet?", fragte ich schlecht gelaunt.

„Si."

Ich hörte Schritte, John schien unterwegs zu sein. „Ich bin jetzt in Manacor", sagte er. „Nach Palma ist das die zweitgrößte Stadt auf der Insel. Hat ungefähr vierzigtausend Einwohner, vier Prozent davon sind deutsch."

„Okay", sagte ich und drosselte das Tempo. Vor mir schwankte der schwarze Lastwagen. *Translogistik* stand darauf.

„Den Sportladen habe ich gefunden", hörte ich John wieder.

Athlon Sports war unsere wichtigste Spur. Dort hatte Mark noch vor drei Wochen Wanderschuhe im Wert von 250 Euro gekauft. Vielleicht war er ein Stammkunde. Vielleicht kannten sie ihn dort.

„Der Laden hat aber leider geschlossen", sagte John. „Bin mal gespannt, wann die heute Abend aufmachen. Die machen hier ja ausgiebig Siesta."

Ich zuckelte hinter dem Laster her. Die Straße in Richtung See verdiente die Bezeichnung Bundesstraße nicht, sie war kurvig und eng. Der Gegenverkehr brach nicht ab. Nervös trommelte ich auf das Lenkrad. *Hedwig Krause ist erschossen worden.*

„Ich habe das Foto von Mark verschiedenen Leuten gezeigt, Busfahrern, Restaurantbesitzern, Bedienungen. Niemand kann sich an ihn erinnern. Scheint nicht sehr auffällig gewesen zu sein, der junge Mann. Andererseits ist das in einer Stadt von vierzigtausend Einwohnern auch nicht ungewöhnlich, zumal sich hier viele Touristen herumtreiben."

Ich fuhr weiter hinter dem Laster her.

„Doch dann sah ich mitten am Marktplatz in der Innenstadt diesen Immobilienmakler", sagte John. „Im Schaufenster hängen Fotos von Ferienhäusern, die man kaufen kann. Das war der einzige Laden, der über die Mittagszeit geöffnet hatte. Also bin ich rein. Der Inhaber ist ein Deutscher, Fabian Reber aus Köln. Ich hab ihm das Foto von Mark gezeigt. Und jetzt pass auf …"

Ich blickte in den Rückspiegel.

Hinter mir war ein weißer Fiat. Doch dahinter näherte sich mit großer Geschwindigkeit ein dunkler Mercedes. Der Wagen war mir schon in der Stadt aufgefallen.

„Stell dir vor, der Mann hat ihn wiedererkannt", sagte John.

„Was? Wer?"

„Fabian Reber. Mark hat vor einem Jahr ein Ferienhaus bei ihm gekauft. Das liegt eine gute Stunde Autofahrt von Manacor entfernt im Naturschutzgebiet an der Ostküste."

Der weiße Fiat scherte immer wieder nach links aus, um die Lage für ein Überholmanöver zu checken.

„Und dieser Herr Reber hat dir einfach so die Adresse gegeben?", fragte ich.

„Ich hab mir was einfallen lassen", kam es zurück. Der Stolz in Johns Stimme war unüberhörbar. Die Leute vertrauten ihm.

„Ich fahre heute Abend noch hin", erklärte er dann.

„Halt mich auf dem Laufenden", entgegnete ich. In diesem Moment zog der Fiat raus und raste an mir und dem *Translogistik*-Auflieger vorbei. Ein gewagtes Manöver. Ich hupte. Das entgegenkommende Fahrzeug hupte ebenfalls. Dann blickte ich wieder in den Rückspiegel. Der dunkle Mercedes war jetzt direkt hinter mir.

„Bei dir auch alles klar?", fragte John.

„Nein", sagte ich. „Hedwig Krause wurde erschossen. Kurz nachdem ich bei ihr war."

Schweigen am anderen Ende.

„Ruby", kam es leise zurück. „Das ist nicht gut."

„Ganz und gar nicht", sagte ich.

„Aber du hast doch nicht etwa …?" John brach seine Frage ab.

„Etwa was?", fragte ich giftig.

„Also ich meine, du hast doch nicht etwa was damit zu tun?"

Wutschnaubend legte ich auf. Dann schluckte ich auf einmal Tränen herab, aber nur kurz. Denn jetzt erkannte ich im Rückspiegel den Fahrer des schwarzen Mercedes. Es war Paul Brandner, der mir folgte. Er schien einen neuen Dienstwagen bekommen zu haben. Bei nächster Gelegenheit fuhr ich rechts raus in eine Parkbucht. Brandner fuhr an mir vorbei und drehte den Kopf in meine Richtung. Für einen Moment schien die Zeit stillzustehen. Deutlich erkannte ich seine Haifischaugen, die mich anstarrten.

13

Polizeikommissar Stefan Fischer saß zu Hause an seinem Schreibtisch. Es war ein kleiner, schmaler Holzschreibtisch, den er von seinem Vater geerbt hatte. Der Schreibtisch war noch echte Handarbeit. Stefans Arbeitszimmer lag im Keller. Sie brauchten den Platz oben für die Kinder, das Haus war nicht besonders groß.

Stefan hielt das Telefon noch in der Hand.

Zoran hatte ihn soeben angerufen. Das Buch komme jetzt doch raus, hatte Zoran gemeint. Im Herbst werde es erscheinen. Der Fall Alina werde dann mit großer Wahrscheinlichkeit neu aufgerollt.

Stefan atmete tief ein. Er erschrak über das Geräusch, das aus seiner Kehle kam. Vor Jahren hatte er einen Hund aus einem Keller befreit, der gequält worden war. Diese arme Kreatur hatte ähnlich geklungen wie er selbst.

Er lauschte.

Doch von oben drangen nur die Laute des Fernsehers zu ihm herab. Das Haus war hellhörig. Seine Söhne schauten noch ihre Vorabendserie, danach war Bettgehzeit. Max und Paul hießen die beiden Jungs, sie waren fünf und sieben Jahre alt. Seit der Geburt der Kinder arbeitete seine Frau nicht mehr. Sie hatten das beide so gewollt.

Stefan hustete.

In seiner Brust war es eng. Seit Jahren litt er an Herzrhythmusstörungen. Oft war er wochenlang krankgeschrieben deshalb. Doch in der Herzklinik fanden sie die Ursache nicht. Die Klappen seien okay, sagten die Ärzte, die Gefäße ebenso. Ein Psychologe hatte von Burnout gesprochen, ein Spezialist von einer seltenen Erbkrankheit.

Doch Stefan kannte die Ursache. Der Fall Alina O. hatte ihn krankgemacht. Über zwei Jahre hatten sie damals ermittelt, geprüft, gesammelt. Sie hatten Tag und Nacht gearbeitet. Doch dann waren Dinge passiert, die nicht hätten passieren dürfen. Der Fall war immer bizarrer geworden. Er griff sich ans Herz.

Wenn er nicht die Verantwortung für seine Familie hätte, dann …

Stefan öffnete die Word-Datei in seinem Computer. Die ganzen Jahre über hatten Zoran und er an diesem Brief geschrieben. Ursprünglich wollten sie den Brief mal der Presse zukommen lassen. Doch sie hatten sich nicht getraut, ihn abzuschicken. Stefan las ihn noch einmal durch.

Sehr geehrter Herr Polizeipräsident,

wir, Hauptkommissar Emil Zoran und Kommissar Stefan Fischer, haben uns dazu entschieden, das Schweigen im Fall Alina Odermatt zu brechen.

Draußen polterte es.

Wahrscheinlich wieder die streunende Katze, die in den Mülltonnen nach Futter suchte. Er musste etwas dagegen unternehmen.

Es ist unsere aufrichtige Überzeugung, dass sowohl die Staatsanwaltschaft als auch die leitende Ermittlerin der Soko Alina O. den Fall falsch behandelt haben und immer noch behandeln. Wir haben wiederholt unsere Bedenken geäußert. Wir haben mit den Fäusten auf den Tisch geschlagen. Doch nichts ist passiert. Nun geht bald der achte Todestag des ermordeten Mädchens ins Land, und die wahren Täter sind immer noch auf freiem Fuß.

Stefan löschte den „achten Todestag" und schrieb den „zwölften Todestag" darüber.

Die Soko bestand aus zwanzig Leuten. Das war nicht gerade viel für so einen Fall. Aber wir gingen alle motiviert an die Arbeit. Schließlich war ein Kind ermordet worden. Doch die Staatsanwaltschaft und die leitende Ermittlerin – namentlich Hauptkommissarin Vera Lindt – haben die Ermittlungen von Anfang an in eine ganz bestimmte Richtung gelenkt. Alles andere wurde abgeblockt. Dafür möchte ich nur ein paar Beispiele anführen:

1. *Wir haben die Erlaubnis beantragt, Telefon- und Kreditkartenaufzeichnungen der Familie Odermatt einsehen und auswerten zu dürfen. Sie wurde abgelehnt.*

2. *Anstatt uns Ermittlern mit der Beantragung von Hausdurchsuchungen und Dateneinblick zu helfen, wurde uns immer nur geraten, „die Erlaubnis der Odermatts" dafür einzuholen.*

3. *Wir haben Experten wie den renommierten Profiler Dirk Hämmerle um ein Täterprofil gebeten. Seine Meinung wurde verworfen.*

4. *Zeugen und Verdächtige, die bei der Ermittlungsarbeit rund um die Familie Odermatt nicht mit uns kooperieren wollten, wurden nie amtlich vorgeladen.*

5. *Ein anonymer Informant aus der Staatsanwaltschaft hat uns gewarnt, dass Polizeikommissar Emil Zoran aus den Ermittlungen abgezogen und bei Widerstand „zerstört" werden sollte. Tatsächlich häuften sich die Angriffe gegen Kommissar Zoran, sodass er sich nach zwei Jahren Mobbing freiwillig versetzen ließ. So wurde ein guter Mann als Dissident verunglimpft und zum Schweigen gebracht.*

6. *Die Staatsanwaltschaft riet mir, mit bestimmten Zeugen nicht zu sprechen. Auch von der Durchführung bestimmter Ermittlungen, über die ich die Staatsanwaltschaft in Kenntnis gesetzt habe, wurde mir abgeraten.*

7. *Unschuldige Verdächtige wurden öffentlich nicht rehabilitiert, auch wenn ihre Unschuld einwandfrei bewiesen worden war. Ihr Ruf und ihr Leben blieben zerstört. Vor allem sozial schwache und wehrlose Menschen wurden schamlos in der Presse gebrandmarkt.*

8. *Die Staatsanwaltschaft erinnerte uns immer wieder daran, wie mächtig und wie talentiert bestimmte Verteidiger seien. So als hinge die Entscheidung der Staatsanwaltschaft, eine Anklage gegen die Odermatts zu erheben, davon ab. Eine Anklageerhebung fand nie statt.*

9. *Es gibt wichtige Beweise, die für die Untersuchung von entscheidender Bedeutung wären, die bis heute nicht erbracht werden konnten, weil Durchsuchungsbefehle oder andere Mittel dafür von der Staatsanwaltschaft nicht unterstützt wurden. Ganz zu schweigen von den bis heute ungeprüften Beweisen, die noch immer im Labor lagern.*

Stefan starrte vor sich hin. Für sie alle war klar gewesen, dass der Junge seine Schwester erschlagen hatte. Man hatte das sofort gemerkt. Der Junge hatte niemandem mehr in die Augen sehen können. Die Eltern hatten dann die Entführung vorgetäuscht, um den Sohn zu schützen. Einerseits verständlich. Andererseits hatten sie damit mehr zerstört als gewonnen. Sie hatten den Jungen dazu verdammt, mit einer Lebenslüge aufzuwachsen. Stefan war von diesem Ermittlungsansatz von Anfang an überzeugt gewesen. Zoran auch. Und alle anderen auch.

Nein, nicht alle.

Das interne Team um Vera Lindt hatte natürlich vor allem in die Richtung ermittelt, die Lindt und die Staatsanwaltschaft vorgegeben hatten: Offizieller Hauptverdächtiger war Uwe Sigg, ein Angestellter der Cateringfirma *Festland*. Er war bereits wegen Besitzes von kinderpornografischem Material vorbestraft gewesen.

Kurz und gut: Wir Ermittler mussten bei der Staatsanwaltschaft regelrecht dafür kämpfen, einen alternativen Ermittlungsansatz weiterverfolgen zu dürfen. Wir haben Zehntausende von Quittungen gesammelt, weil wir keinen Einblick in die Kreditkartenabrechnung bekamen. Dabei ging wertvolle Zeit verloren.

Gleichzeitig wurde eine Kampagne der Fehlinformationen gesteuert, die wir über die Medien mitverfolgen mussten.

Ich habe mir immer wieder gesagt: Okay, wenn sie noch diese Grenze überschreiten, dann ist Schluss. Und sie haben diese Grenze überschritten, aber es war nicht Schluss. Wir haben alle geschwiegen.

Stefan starrte in die Leere, die sich zwischen den Zeilen auftat. Dann schüttelte er den Kopf und zwang sich, weiterzulesen:

Auf der Gästeliste von Kitty Odermatts Geburtstagfeier stand neben anderen einflussreichen Leuten aus Politik und Wirtschaft auch der Justizminister Heiner Salbach. Heiner Salbach und Felix Trapp, der engste Vertraute von Thomas Odermatt, waren in ihrer Studentenzeit in Tübingen in derselben schlagenden Verbindung gewesen.

Das alles wissen wir.

Doch wir wissen bis heute nicht, warum wir im September 2008 plötzlich die Ermittlungen gegen Thomas Odermatt und seine Frau Kitty einstellen sollten. Das war ein Schlag ins Gesicht.

Die Tür ging leise auf. Stefan brauchte sich nicht umzudrehen. Er wusste, dass Irma hereinschlich, seine Frau. Sie legte ihre Hand auf seine Schulter.

„Schlafen die Jungs?", fragte Stefan.

„Sie wollten, dass du ihnen noch etwas vorliest", antwortete Irma.

„Bald werde ich mehr Zeit haben", versicherte Stefan und drückte kurz Irmas Hand.

„Schreibst du etwa immer noch an diesem Brief?", fragte Irma.

„Er ist fertig", sagte Stefan.

„Rudolf meint ..."

„Ich weiß", sagte er.

„Sie werden schlechte Sachen über dich erzählen", sagte Irma. „Unsere Kinder werden es schwer haben in der Schule. Jutta Trapp ist immer noch Elternbeiratsvorsitzende, und sie hat mich auf dem Schulbasar letztens schon nicht mehr gegrüßt."

Schweigen.

„Ich geh dann mal wieder hoch", sagte Irma. „Soll ich dir noch was zum Essen machen? Ich könnte das Schnitzel von gestern anbraten."

„Nee, lass mal."

Irma schlich wieder nach oben.

Stefan bekam schlecht Luft. Immer wenn Irma dagewesen war, bekam er schlecht Luft. Die Ängste seiner Frau machten seine Brust eng. Er las:

Es bleibt für mich ein gewisser Trost, dass es eine größere Gerechtigkeit gibt als die unseres Systems. Der wahre Täter wird sich vor Gott verantworten müssen. Davon darf ich als guter Christ überzeugt sein.

Das war gut. Aber sollte er den nächsten Abschnitt nicht doch besser löschen?

Ich stamme aus einem kleinen Dorf bei Ravensburg. Der Respekt vor dem Gesetz und der Ordnung wurde mir sozusagen mit der Muttermilch eingeflößt. Ich wollte nie das System herausfordern. Ich wollte nie die Arbeit meiner Kollegen untergraben. Ich wollte nur Gerechtigkeit für ein achtjähriges Kind.

Stefan sah zum Fenster hinauf, das halb über der Erde, halb darunter lag. Er konnte nichts erkennen, aber er glaubte, ein Schatten sei vorbeigehuscht.

Wir haben oft genug eine unabhängige Kommission gefordert, die diesen Fall überwacht. Vielleicht trägt dieser Brief doch noch dazu bei, dass ...

Stefan hörte Schritte. Sie waren schwer und dumpf, als trüge jemand Winterstiefel mitten im Sommer. Die Schritte kamen über die Außentreppe zum Keller herab.

Es klopfte an der Tür zur Waschküche.

Stefan stand vom Schreibtisch auf.

Uwe? Reinhold? Hatte sich Zoran doch noch ins Auto gesetzt? Der Kommissar durchquerte die Waschküche. Er lief auf Socken. Der Boden war kalt. Neben der Waschmaschine stand ein Korb für Weißwäsche, einer für Buntes und einer für 90 Grad.

Er öffnete die Tür.

„Was soll das?", fragte Stefan und lachte. Es war ein Lachen, mit dem man versuchte, die Absurdität zu begreifen.

Der Schlumpf neigte den Kopf. Zwei Plastikaugen sahen ihn an. Sein Mund war ein offenes, schwarzes Lachen. Er griff in seinen Bauch, zog ein Mikrofon heraus und sagte mit einer hellen, verzerrten Stimme: „Stefan Fischer. Deine kleine Welt hat dich blind gemacht für die Wahrheit. Am Ende hast du doch nur der Lüge gedient. Deshalb verurteile ich dich zum Tod."

Der Schlumpf steckte das Mikrofon zurück in seinen Bauch. Dann zog er eine *Heckler & Koch* hervor und richtete sie auf ihn.

Der Kommissar erkannte die Waffe sofort. Er griff sich ans Herz.

14

Die schwere Eisentür fiel hinter mir ins Schloss. Der Rechtsmediziner Doktor Titus Rosenkranz stand im hellen Lichtkegel über eine Leiche gebeugt. Er blickte auf, als ich eintrat.

„Titus", sagte ich.

„Ruby", sagte er und zog den Mundschutz über das Kinn herab.

„Ich habe gehofft, dich hier zu treffen", sagte ich. Titus war früher dienstags immer bis spät in die Nacht im Institut geblieben. Heute war Dienstagabend, kurz nach neun. Manche Dinge änderten sich nie.

„Ruby, du bist ..." Er brach den Satz ab, als ich näherkam.

Auch Titus und ich hatten uns seitdem nicht mehr gesehen. Doch Titus hatte sich in dem Jahr nicht verändert. Er würde sich nie verändern. Dieser Mann schien sich selbst konserviert zu haben in seinem Formaldehyd. Blass und hochgewachsen ragte er in dem Kellerraum empor wie ein ewiger Junge, der das Geheimnis des Lebens erforscht.

„Kommt eine Leiche zum Arzt", sagte ich, als ich vor ihm stand.

Titus erwiderte: „Herr Doktor, ich habe immer so kalte Füße."

Dann legte er das Skalpell weg. Wir lächelten uns an. Viele Kollegen hatten nicht gewusst, wie sie mir begegnen sollten. Manche hatten einfach weggeschaut, wenn man sich zufällig über den Weg lief. Andere hatten sich hinter Phrasen verschanzt. Doch Titus' Lächeln war wie immer, keine Show, keine Extras.

„Ich brauche den Obduktionsbericht im Fall Alina Odermatt", sagte ich.

Titus legte die Schürze ab, deckte die Leiche zu und streifte die dünnen Plastikhandschuhe von den Händen. Dann wusch er sie gründlich. Seine Handgriffe waren mir so vertraut, als führte ich selbst sie aus. Wir gingen nach oben auf die Dachterrasse und stießen mit einer Cola an. So wie früher.

„Alina Odermatt", sagte Titus nachdenklich, als wir auf einem Dachvorsprung saßen. Er nahm einen Schluck von seiner Cola und fügte hinzu: „Ein tragischer Fall. Ich erinnere mich sehr gut."

Beide blickten wir über die Stadt, die in der Dämmerung zu leuchten begann. Die großen Türme strahlten. Sie wurden die ganze Nacht von hellen Spots angeleuchtet wie Schauspieler auf einer Bühne.

Ich nahm einen Schluck Cola.

„Ich werde aus den medizinischen Fakten nicht schlau", sagte ich dann. „Einmal heißt es, Alina wurde erschlagen. Dann wieder, sie wurde erwürgt. Dabei bleibt immer vage, ob sie nun vergewaltigt worden ist oder nicht."

Unter uns führte eine viel befahrene Straße vorbei.

Rote und weiße Lichterketten zogen sich dahin, das gleichmäßige Rauschen der Motoren drang herauf.

„Habt ihr die Hinweise auf sexuellen Missbrauch damals aus ermittlungstechnischen Gründen zurückgehalten?", fragte ich. „Oder gab es keine?"

„Alina hatte ein Schädel-Hirn-Trauma erlitten", antwortete er und begann, das Etikett von seiner Flasche zu lösen. „Ausgelöst durch einen Schlag mit einem harten Gegenstand. Tatwaffe war die Taschenlampe. Nach außen sah die Verletzung nicht schwer aus. Der Schädel war nicht zertrümmert. Aber nach innen hatte der Schlag eine Gehirnblutung ausgelöst. Das Mädchen war vermutlich nicht sofort bewusstlos, die Einblutungen erfolgten in drei Phasen."

„Alina war also nicht sofort tot?"

„Nein", sagte er. „Wenn sie ins Krankenhaus gekommen wäre, hätte sie vermutlich überlebt."

Ein gelblicher Dunst zog von der Veitsburg zum Himmel auf. Der Mond verhedderte sich darin wie in einem Netz.

„Zusätzlich zum erlittenen Schädel-Hirn-Trauma hat jemand versucht, das Mädchen zu erdrosseln. Ich sehe die Tatwaffe noch genau vor mir: Der oder die Täter haben einen dicken Zwirn benutzt, die Enden waren an Stöcken befestigt, die als Griffe dienten. Dadurch ist ein größerer Zug möglich. Trotzdem hatte sich die Schnur nur einen halben Zentimeter rundum in den Hals eingegraben."

„Also zuerst der Schlag auf den Kopf, dann das Erdrosseln?"

„Ja", sagte Titus. „Alina war bewusstlos oder bereits tot, als sie erwürgt wurde. Anhand der Wundränder lässt sich so was eigentlich genau feststellen. Aber damals kam erschwerend hinzu, dass die Täter die Leiche noch in den Pool geworfen haben. Sie lag mindestens eine Stunde im Wasser, bevor man sie fand."

Wir schwiegen. Unter uns rauschte der Verkehr.

Titus kratzte die Reste vom Etikett ab, als er hinzufügte: „Für mich sah das damals so aus, als hätte jemand versucht, dem Mädchen die Kehle zu durchtrennen. Der Versuch blieb aber halbherzig. Als hätten der oder die Täter es nicht geschafft, dem Kind derart wehzutun."

„Ein Hinweis auf die Eltern?"

„Zum Beispiel."

Die Mauer, auf der wir saßen, war noch immer warm.

„Im äußeren Genitalbereich waren leichte Schürfwunden", sagte Titus. „Aber keine Risse oder Hämatome. Kein Sperma, aber Kondomspuren."

Titus nahm einen Schluck Cola.

Ich tat es ihm gleich.

„Du meinst, es hat so ausgesehen, als hätte jemand versucht, eine Vergewaltigung vorzutäuschen?", fragte ich.

„Jemand, der es aber nicht geschafft hat, das Kind zu penetrieren?"

„Zum Beispiel."

Wir sahen uns an.

Titus' Augen waren zwei graue Kiesel, zugleich geschärft und blind gemacht von einem Meer der menschlichen Grausamkeit.

„Damals war ich mir ziemlich sicher, dass es so gewesen sein musste", sagte er nachdenklich. „Zoran hatte die passende Geschichte zu den Verletzungen: Der Bruder hat das Mädchen mit der Taschenlampe erschlagen. Die Eltern haben die Entführung und die sexuelle Gewalt vorgetäuscht, um den Verdacht auf jemanden außerhalb der Familie zu lenken. Tragisch daran ist, dass sie Alina vermutlich hätten retten können, wenn sie das Mädchen sofort ins Krankenhaus gefahren hätten."

Titus drückte sich die kalte Flasche an die Schläfe.

„Heute habe ich Zweifel an dieser Theorie", sagte er dann. „Es gibt noch andere Geschichten, zu denen die Verletzungen ebenfalls passen. Manchmal schlägt die Wahrheit ein paar Haken. Deshalb müssen wir vorsichtig sein."

Ich hielt mir die Flasche ebenfalls an die Schläfe.

„Es waren über hundert Gäste auf dem Fest", sagte Titus. „Unter anderem ein junger Mann, der bereits wegen Besitz von kinderpornografischem Material verurteilt worden war. Es ist möglich, dass er den Kindern hinterhergeschlichen ist, so wie Vera das rekonstruiert hat. Das würde sich mit der Aussage von Mark Odermatt decken, dass plötzlich ein fremder Mann im Baumhaus gestanden war. Es ist möglich, dass es diesen Mann erregt hat, Alina eine Schlinge um den Hals zu legen und sich an ihr zu reiben. Keine Ahnung. Denkbar ist alles. Nachdem das Mädchen tot war, hat er die Gelegenheit ergriffen, um noch Geld herauszupressen. Als er merkte, dass die Nummer zu groß für ihn war, ließ er das Vorhaben fallen."

Ich schwenkte den Rest Cola in meiner Flasche.

„Aber warum interessiert dich das, Ruby?", fragte Titus und trank seine Cola leer. Er sah mich dabei nicht an. Auch dann nicht, als er hinzufügte: „Du bist doch nicht etwa wieder auf eigene Faust unterwegs?"

Wieder.

„Ich war damals auch nicht auf eigene Faust unterwegs, Titus", sagte ich.

Er schwieg.

„Thomas Odermatt bat mich, seinen Sohn zu finden", erklärte ich.

Titus starrte zur Veitsburg hinauf.

„Marks Verschwinden hat mit dem Fall zu tun", fuhr ich fort. „Mittlerweile bin ich mir da ziemlich sicher. Im Herbst wird Zorans Buch über den Fall erscheinen, außerdem soll noch eine Publikation in Vorbereitung sein. Und plötzlich suchen verschiedene Leute nach Mark, nicht nur ich. Bei dem ehemaligen Kindermädchen der Familie Odermatt war gestern noch ein Mann, der sich als Polizist ausgab und nach Mark fragte. Und heute wurde sie ermordet. Das ist doch kein Zufall."

Titus nickte. Er sah mich nicht an. War Brandner also schon bei ihm gewesen?

„Das Kindermädchen hat mir gegenüber behauptet, Kitty Odermatt habe ihre Tochter getötet", sagte ich. „Was hältst du davon?"

Titus sah mich an. „Nach dreißig Jahren Dienst lege ich meine Hand für niemanden mehr ins Feuer", sagte er. „Selbst für Leute nicht, die ich wirklich mag."

Ich blieb sitzen.

Titus erhob sich und ging in Richtung Fenster, das auf die Dachterrasse führte. Dann drehte er sich noch mal zu mir um und sagte: „Pass auf dich auf, Ruby."

15

Nach dem Besuch bei Titus fühlte ich mich den Toten näher als den Lebendigen. Auch deshalb parkte ich meinen Alfa in der Nähe der Detektei und ging zu Fuß weiter. Meine Wohnung lag mitten in der Altstadt von Ravensburg, in der es um diese Uhrzeit noch so lebendig zuging wie in Italien. An den Ecken versammelten sich die Jugendlichen mit ihren Motorrädern, an den Brunnen saßen Leute und aßen Eis, Pärchen schlenderten Hand in Hand durch die Gassen. Herausgeputzte Bürger tranken nach dem Besuch des Konzerthauses noch ein Glas Wein, andere holperten mit dem Fahrrad über das Kopfsteinpflaster in Richtung Kino oder Kleinkunstbühne. Die Türme strahlten. Für solche Nächte liebte ich diese Stadt. Hin und wieder lockte sie mit dem Abenteuer und dem Lebensgefühl einer Großstadt, auch wenn sie keine war.

Vor den Cafés saßen die Leute noch draußen.

Gelächter drang aus den Bars heraus.

Aber es gab noch einen anderen Grund, warum ich zu Fuß unterwegs war. Ich wollte sehen, ob Brandner mich überwachen ließ.

Es war 21:45 Uhr.

Immer wieder blickte ich mich um. Doch ich konnte niemanden erkennen. Anscheinend hatte sich Brandner nur wieder aufgespielt. Selbst nach dem komplizierten Zickzack-Kurs durch die verwinkelten Gassen der Altstadt war da niemand, der mir folgte. Schließlich ging ich nach Hause. Im Erdgeschoss des vierstöckigen Gebäudes lag eine Pizzeria. Auch hier saßen die letzten Gäste noch draußen und schnitten mit konzentrierten Gesichtern ihre Pizzas klein. Mein Blick streifte einen Mann, der über sein Notizbuch gebeugt saß, Dreitagebart, weißes T-Shirt, muskulöse Arme.

Dann blieb ich stehen.

„Ruby", sagte Sam, nachdem ich an seinem Tisch stand. „Ich warte seit zwei Stunden."

„Wir waren doch gar nicht verabredet", entgegnete ich.

„Ich habe trotzdem gewartet."

Er sah mich an. Wieder hatte er dieses Grinsen eines frechen Jungen im Gesicht. Und wieder war es der Blick eines erwachsenen Mannes, der mich nicht mehr losließ.

Fünf Minuten später standen wir in meinem Treppenhaus. Meine Hand zitterte, als ich sie unter Sams T-Shirt schob.

Seine Haut war warm. Sein Brustkorb hob und senkte sich. Sam nahm mein Gesicht in seine Hände, als wir uns küssten. Bis ins Dachgeschoss waren es sechs Treppen und drei Absätze. Wir taumelten hinauf. Auf dem ersten Absatz war ich noch nervös, ab dem zweiten fühlte ich mich sicherer und beim dritten mischte sich Gier in unsere Küsse.

„Moment", sagte ich, als ich den Schlüssel aus meiner Tasche kramte.

Oben stand die Luft. Die Sonne hatte das Dachgeschoss den ganzen Tag über aufgeheizt. Meine Wohnung bestand aus einem großen Raum, einem kleinen Bad und einer winzigen Küchenecke. Mehr brauchte ich nicht. In der Mitte des Raums stand das Bett. Ich hatte es direkt unter das Dachfenster geschoben. Im Sommer seien die Nächte hier oben nur auszuhalten, erklärte ich Sam, wenn man das Dachfenster und die Tür zur Dachterrasse gleichzeitig offenstehen ließ und sich dann nackt aufs Bett legte.

„Verstehe", sagte er.

Ich öffnete die Tür zur Dachterrasse.

Sam legte sich aufs Bett. Ich legte mich zu ihm. Eine Brise wehte durch den Raum. Unten knatterte eine Vespa durch die Gassen. Jemand spielte *Don't let me down*, die Chainsmokers. Sams warme, raue Stimme war nah an meinem Ohr. Er sagte Dinge, die verrückt klangen und gleichzeitig wahnsinnig schön. Als mein Handy auf dem Nachttisch klingelte, sagte er: „Bitte nicht."

Nach und nach verlor alles an Kontur. Paul Brandner, Hedwig Krause und Thomas Odermatt lösten sich in meinen Gedanken auf. Die Vergangenheit spielte keine Rolle mehr und es gab keine Zukunft. Es gab nur noch Sam und das Blinken eines Flugzeugs, das über uns durch den Nachthimmel zog.

Ermattet lagen wir nebeneinander.

Ich wartete, bis Sams Atem neben mir ruhig und gleichmäßig ging.

Es war kurz vor Mitternacht. Leise stand ich auf, nahm meine Tasche und ging auf die Dachterrasse hinaus. Die Nachtluft war kühl geworden. Ich ging noch mal rein und holte mir ein großes Tuch, das ich mir provisorisch um den Leib schlang. Dann setzte ich mich draußen zwischen die Pflanzen in meinen Korbsessel. Über mir funkelten die Sterne, unter mir die Lichter der Stadt. Die Türme wachten über Ravensburg. Der dicke *Mehlsack* schien empört seinen breiten Schädel zu schütteln. Der kleinere, spitze *Grüne Turm* zwinkerte mir lächelnd zu.

Ich nahm mein Handy aus der Tasche und blickte auf das Display. Es war John gewesen, der vorhin versucht hatte, mich zu erreichen. Obwohl es schon spät war, als ich ihn zurückrief, nahm John sofort ab.

„Ruby", sagte er. „Gibt's was Neues?"

„Nein", sagte ich leise. „Bei dir?"

Bei John lief ein Fernseher im Hintergrund. Er war offensichtlich im Hotelzimmer. Er sagte: „Ich habe das Haus gefunden, aber niemand war da. Später habe ich eine Haushälterin am Telefon erreicht, sie heißt Maria Concitas. Sie sagt, Mark sei zurzeit auf einer Wanderung im Norden der Insel. Sie erwartet ihn erst am Wochenende zurück."

„Aber sie hat bestätigt, dass Mark dort wohnt?"

„Ja."

„Hat er kein Handy?"

„Anscheinend nicht."

Ich schwieg. Dann sagte ich: „Am Wochenende also."

„Soll ich solange bleiben?"

„Ja", antwortete ich. „Behalte diese Maria Concitas im Auge. Und wer weiß, vielleicht kommt Mark doch früher."

„Und wann kommst du?", wollte John wissen.

„Ich will noch mit ein paar Leuten hier sprechen", sagte ich. „Aber spätestens am Freitag komme ich nach."

„Also übermorgen", sagte John.

Ich nickte, obwohl er das nicht sehen konnte.

Nach dem Telefonat steckte ich das Handy zurück in meine Tasche und zog den hellblauen Umschlag hervor, den Hedwig Krause mir gegeben hatte. Es war kein Brief im eigentlichen Sinn. Bei den beiden Seiten handelte es sich um Kopien aus Hedwigs Tagebuch, welches sie während eines Kuraufenthalts in Isny im Allgäu geschrieben hatte. Nur auf der ersten Seite hatte sie mit Kugelschreiber darübergeschrieben: *Lieber Thomas. Damit du siehst, was ich durchmache.*

Ich hatte die beiden Seiten schon zweimal gelesen, doch vielleicht war mir ja etwas entgangen. Gähnend angelte ich nach dem Päckchen Zigaretten, das ich für Gelegenheiten wie diese unter dem Blumentopf deponiert hatte. Das Feuerzeug klickte, die Glut glomm in der Dunkelheit auf.

„Ach, hier bist du", sagte Sam, der plötzlich in der Balkontür stand. Dann stellte er sich hinter mich und legte seine Hände auf meine Schultern. Sie waren warm. Wieder glomm die Glut in der Dunkelheit auf.

„Was liest du da?", fragte er.

„Nichts", sagte ich. Für einen Moment überlegte ich, den Tagebucheintrag wieder in meiner Tasche verschwinden zu lassen. Dann entschied ich mich anders. Ich reichte Sam die beiden Seiten und sagte: „Lies mal. Das hat Hedwig Krause mir heute gegeben."

Das Papier raschelte. Sam fragte: „Hedwig Krause? Ist das nicht die Frau, die heute in Weingarten erschossen wurde?"

16

Lieber Thomas. Damit du siehst, was ich durchmache.

Isny, den 6. Juni 2010

Seit einer Woche bin ich nun in der Klinik Alpenblick. Ich dachte immer, ich schaffe das. Aber es geht nicht mehr. Mein Gesicht fühlt sich fremd an, wenn ich es berühre. Die Haut ist taub. An manchen Tagen spüre ich meine Beine nicht. Das hat mit den Nerven zu tun. Die Neurologen haben aber organische Ursachen ausgeschlossen. Deshalb bin ich hier in der Psychosomatik.

Mein Therapeut Ralf Brunner sagt, es sei erstaunlich, dass ich überhaupt vier Jahre durchgestanden habe. Das sei, weil ich stark bin, eigentlich.

Aber ich fühle mich schwach.

Bald jährt sich der vierte Todestag von Alina. Als Thomas und die anderen den Schlumpf-Tanz aufführten, befand ich mich oben in Alinas Zimmer. Das Lied drang herauf. Es verfolgt mich bis heute:

Sagt mal, von wo kommt ihr denn her?

Aus Schlumpfhausen, bitte sehr!

Sehen alle da so aus wie ihr?

Ja, die seh'n so aus wie wir.

Mark hatte mal wieder seinen Kot auf Alinas Geschenke geschmiert. Gott sei Dank nicht an die Wände oder in das Bett. Während ich das Zeug wegwischte, liefen mir die Tränen über die Wangen. Thomas' Liebeserklärung an Kitty war Show gewesen, aber es tat trotzdem weh.

Draußen grölten die Leute.

Und nun alle zusammen: La la lala lalala lala.

Als das Spektakel zu Ende war, wollte ich ins Bad, um das dreckige Wasser wegzuschütten. Doch ich blieb vor der Badezimmertür stehen, weil ich Kittys Stimme hörte. Sie hackte mal wieder auf dem Jungen herum. Ich hörte ihre keifende Stimme, die Sätze sagte wie:

„Mark, sieh mich an!"

„Hörst du mich?"

„Mark, du sagst mir jetzt sofort, was los ist!"

Dann hörte ich einen dumpfen Schlag. Kitty war also mal wieder die Hand ausgerutscht. Im nächsten Moment entschuldigte sie sich bei ihrem Sohn. Das tat sie immer. Für einen Moment überlegte ich, hineinzugehen. Doch meistens macht es die Sache nur schlimmer, wenn ich mich in den Streit zwischen Kitty und Mark einmische. Außerdem ist Kitty unberechenbar. Einmal hat sie mich sogar geschlagen. Sie hat mir die Faust in den Bauch gerammt. Danach hat sie sich entschuldigt.

Manchmal habe ich richtig Angst vor Kitty.

Deshalb habe ich auch niemandem gesagt, dass Kitty zusammen mit Mark um 23:15 Uhr ins Baumhaus gegangen ist. Was genau dort geschah, weiß ich nicht. Jahrelang habe ich Marks Geschichte mit dem fremden Mann geglaubt. Ich kenne den Jungen von klein auf. Er hat das nicht erfunden, das hätte ich gemerkt. Das Kind hat nur die zeitliche Abfolge durcheinandergebracht, dachte ich. Denn es konnte ja nicht sein, dass der Mann mit der Zorromaske schon kurz nach zehn im Baumhaus war, so wie Mark es erzählt hatte. Weil Kitty ja noch um 23:15 Uhr dort war. Der Mann muss also später gekommen sein, dachte ich.

Heute weiß ich, dass Mark an einer posttraumatischen Belastungsstörung leidet. Doktor Mertens hat mir das erklärt. Da kann es geschehen, dass das Gehirn zum Selbstschutz die „verbotenen" Bilder durch „erlaubte" Bilder ersetzt.

Das, was Mark wirklich gesehen hatte, ist einfach zu schrecklich für so ein Kinderhirn: Es war seine Mutter, die Alina erschlagen hatte. Deshalb hat ihm sein Gehirn einen Streich gespielt. Deshalb schreibt er diese furchtbaren Gedichte. Deshalb hat er manchmal Angst vor seiner Mutter, auch noch heute, mit sechzehn Jahren.

Außerdem hat Mark mir gegenüber erwähnt, dass Alina im Baumhaus mal wieder einen ihrer „Zustände" gehabt habe. Als kleines Kind hatte sie das relativ oft: Sie wimmerte nachts im Bett, aber sie war nicht wirklich wach. Man durfte das Mädchen dann auf keinen Fall wecken. Wenn man sie in den Arm nahm oder mit ihr sprach, wurde alles nur noch schlimmer. Dann wütete sie, als ob ein Dämon in ihr steckte.

Meist passierte das nach Tagen, an denen viel los gewesen war. Wenn Alina auch in dieser Nacht einen ihrer Zustände hatte, dann ist für mich die Sache klar: Kitty versuchte um 23:15 Uhr das Kind zu wecken. Ich sehe das Ganze genau vor mir. Manchmal träume ich die Szene auch:

Kitty rüttelt Alina an der Schulter und sagt, sie soll aufwachen. Kitty will, dass Alina noch kurz zu den Filmleuten Hallo sagt, die erst später aus München gekommen sind. Doch Alina schreit: „Lass mich! Geh weg!" Kitty rüttelt heftiger an dem Kind. Alina schlägt um sich. Kitty versucht, sie zu beruhigen. Alina schreit lauter. Alina schlägt ihrer Mutter die Füße in den Bauch und ins Gesicht. Davon hatte Kitty auch das blaue Auge gehabt. Kitty ist betrunken, sie kann nicht mehr klar denken. Wütend und verzweifelt greift Kitty schließlich zu der Taschenlampe. Sie schlägt zu.

Ich weiß, dass auch ich Schuld an den furchtbaren Ereignissen dieser Nacht habe. Ich hätte nicht nach Hause gehen dürfen. Ich wusste ja, dass Kitty mit den Kindern überfordert war. Aber ich wollte Thomas zeigen, wie Kitty wirklich ist. Er sollte es endlich merken! Deshalb bin ich früher gegangen. Kitty sollte sich um ihre Kinder kümmern müssen, anstatt sich zu amüsieren. Diese Schuld muss ich mir eingestehen und zugleich mir selbst verzeihen, sagt mein Therapeut Herr Brunner. Morgen haben wir wieder ein Gespräch.

17

Am Mittwochmorgen betrat ich die Eissporthalle Ravensburg. Sofort kam eine elegante Erscheinung auf mich zu. Ein langer, weißer Schal wehte hinter ihr her. Sie reichte mir die Hand. Es war Annette Harms, Alinas ehemalige Trainerin. Mittlerweile musste sie fast sechzig sein, aber sie war immer noch groß und schlank und schritt extrem aufrecht durch die Zuschauerreihen des Eisstadions. Während ich ihr folgte, richtete ich mich automatisch auf.

„Sie haben Mark Odermatt in La Palma getroffen", kam ich sofort zum Punkt. Annette Harms wusste bereits, dass ich von Thomas Odermatt den Auftrag hatte, seinen Sohn zu suchen. „Wann genau war das? Wie haben Sie Kontakt zu ihm aufgenommen? Hat er erzählt, wo er wohnt?"

Annette Harms blickte auf die Eisfläche. Es war erst 08:30 Uhr. Auf dem Eis trainierten bereits zwei Mädchen. Ich schätzte sie auf höchstens zehn.

Die Trainerin verfolgte die Bewegungen der Mädchen, während sie sagte: „Ich brauchte eine Unterschrift von Mark wegen der *Alina Odermatt Stiftung*. Dafür bin ich extra nach Mallorca geflogen. Das war vor zwei Jahren. Ich hatte per Mail Kontakt mit Mark aufgenommen. Er schlug ein Café in La Palma vor. Dort hab ich über eine Stunde auf ihn gewartet. Später entschuldigte er sich, auch per Mail, es sei ihm etwas dazwischengekommen. Wir haben das mit der Unterschrift dann per Fax geklärt."

„Von wem hatten Sie die Mailadresse?"

„Von Herrn Odermatt."

Ich schwieg. Es gab jedes Mal einen dumpfen Knall, wenn die Kinder absprangen und wieder auf dem Eis landeten.

Von ihren jungen, konzentrierten Gesichtern und den schmalen Körpern, die sich über das Eis bewegten, ging ein eigentümlicher Zauber aus.

„Alina hatte immer viele blaue Flecken", sagte Annette Harms plötzlich.

„Blaue Flecken?", fragte ich nach. „Vom Training?"

„Das dachte ich zuerst auch."

„Aber dann?"

„Auch der Junge hatte solche Flecken, also Mark. Und der trainierte nicht. Das wies auf häusliche Gewalt hin, meines Erachtens."

„Sie glauben also auch, dass Kitty Odermatt ihre Tochter geschlagen hat?"

„Nein", sagte sie. „Das habe ich nie gesagt. Ich habe nur auf die blauen Flecken hingewiesen. Das andere hätte ich besser verschwiegen. Die Ermittler stürzten sich ja wie Bluthunde darauf."

„Auf was?"

Für einen Moment war nur das schleifende Geräusch der Kufen auf dem Eis zu hören. Dann sagte Annette Harms: „Kitty hatte ein Alkoholproblem." Etwas leiser fügte sie hinzu: „Manchmal stank sie schon vormittags danach. Kitty dachte immer, man riecht das nicht, wenn sie sich parfümiert."

„Kitty war Alkoholikerin?"

„Das habe ich nicht gesagt", sagte Annette Harms, schüttelte den Kopf und fuhr fort: „Kitty war selbst sehr talentiert gewesen. Aber ein Unfall hat ihre Jahrhundertkarriere beendet. Das war tragisch. Sie erzählte mir jeden Tag davon."

Die Bande rund um die Eisfläche war voll mit Werbung. Regionale Unternehmen warben für Obst, Milch oder Kleidung. Dazwischen tauchte immer wieder dieselbe Anzeige auf: *Trapp. Wenn es gut werden muss,* prangte die rote Schrift auf schwarzem Grund. Auch in den Umkleiden hatte ich das *Trapp*-Logo gesehen.

„Wissen Sie", fuhr Annette Harms fort, „unter den Besten schaffen es am Ende nur fünf Prozent an die Spitze. Entscheidend ist da nicht mehr die Leistung, die liegt bei allen hoch, sondern der Zufall. Sie brauchen Glück. Das ist wie beim Roulette. Und Kitty hatte nun mal Pech gehabt. Aber sie wollte mit Alina zurück ins Spiel."

Das Mädchen im blauen Trikot nahm Anlauf, sprang ab und patzte bei der Drehung. Sie lief eine Runde und versuchte den Sprung erneut.

„Damals im Osten", sagte Annette Harms. „Die waren doch alle viel härter als wir hier. Deshalb waren die auch so gut. Bei Tieren und Kindern gehören Schläge dazu, um Höchstleistungen zu erreichen. So dachte man damals. Kindern fehlt ja noch die Disziplin, um sich zu überwinden. Der Leistungsgedanke schleicht sich erst mit den Jahren in den Körper der Kinder ein. Wenn Kitty ihrer Tochter also mal einen Klaps gegeben hat, dann geschah das nicht in böser Absicht. Ich habe nie gesagt, dass Kitty ihre Tochter geprügelt hat. Nie."

Das Mädchen im blauen Trikot schaffte die Drehung wieder nicht.

Annette Harms rief: „Los, Constanze, probier es gleich noch einmal!"

„Trapp scheint ja ein großer Sponsor hier zu sein", sagte ich.

Annette Harms wendete sich mir zu. Sie wuchs nochmals einen Zentimeter, als sie mir erklärte: „Die *Alina Odermatt Stiftung* finanziert hier fast alles. Auch ich stehe damit indirekt auf der Gehaltsliste von Trapp." Sie lächelte. „Aber ich bin nicht käuflich, wenn Sie das meinen. Kitty hat Fehler gemacht mit Alina. Das bereut niemand mehr als sie selbst.

Aber sie hat ihre Tochter nicht erschlagen, auch nicht aus Versehen. Wenn Frau Krause das noch immer behauptet, tut sie mir leid." Ihr Blick war fest, als sie hinzufügte: „Jeder weiß, warum Frau Krause das behauptet. Sie wollte Thomas gegen Kitty aufbringen. Aber Frau Krause konnte Kitty nie das Wasser reichen. Gar kein Vergleich diese beiden Frauen. Wenn überhaupt, dann war Frau Krause eine schlechte Kopie von Kitty."

Hedwig Krause wurde gestern erschossen, wollte ich sagen, aber ich schwieg.

Annette Harms rief: „Na los, Constanze, nicht nachlassen. Probier es noch mal! Na komm!"

Während das Mädchen erneut Anlauf nahm, sagte Annette Harms zu mir: „Kitty hat sich seit dem Tod von Alina sehr verändert. Sie hat sogar angefangen, zu studieren. Sie ist eine kluge, nachdenkliche Frau geworden."

Das Mädchen im blauen Trikot fuhr nun rückwärts, beschleunigte, holte Schwung und sprang. Es gab einen lauten Knall. Die Kleine lag rücklings auf dem Eis, das Gesicht nach oben gerichtet und bewegte sich nicht. Ich erstarrte.

Annette Harms lief sofort zu ihr.

Das andere Mädchen trainierte einfach weiter.

Wenig später saß das gestürzte Mädchen neben Annette Harms auf der Bank. Sie fasste sich an die Brust und sagte: „Es tut mir beim Atmen weh."

„Ich glaube, es ist besser, wenn Sie jetzt gehen", sagte Annette Harms zu mir und zog ihr Handy aus der Tasche.

„Okay", sagte ich und lächelte dem Mädchen aufmunternd zu. „Nur noch eine Frage. Sie sprachen von häuslicher Gewalt. Gleichzeitig nehmen Sie Kitty in Schutz. Wie passt das zusammen?"

„Sprechen Sie mal mit Konrad Lubitz, dem Kindertherapeuten", entgegnete sie knapp. Dann drehte sie mir den Rücken zu und telefonierte.

Ich verließ die Eiskunsthalle. Am Eingang begegnete ich einer Mutter, die ihr heulendes Kleinkind in die Halle zerrte.

18

Mein Atem ging schnell. Mit angewinkelten Ellenbogen stand ich im Trainingsraum meiner Kampfschule und blickte in den Spiegel. Meine Hände waren zu Fäusten geballt. Ich schlug in die Luft, wieder und wieder, bis mir der Schweiß die Schläfe herablief. Seit einer Stunde war ich im Training.

Mein Handy klingelte. Ich warf einen Blick auf das Display: *Zoran ruft an.*

„Ja?" Ich klemmte mir das Ding zwischen das rechte Ohr und den Hals.

„Ruby", hörte ich Zoran. Da war ich bereits auf dem Weg zu den Umkleiden. Nur stoßweise brachte er die Worte hervor: „Gerade war ... Brandner bei mir. Verdammt ... jetzt geht das wieder los."

„Was geht wieder los?"

„Die wollen mir was anhängen", sagte er. „Wegen dem Mord an Hedwig Krause. Die wollen verhindern, dass ich das Buch rausbringe, Ruby. Brandner wollte meine Waffe sehen. Völliger Schwachsinn!"

Zoran lachte. Es klang unheimlich.

„Auch über dich hat er mich ausgefragt", hörte ich Zoran. Ich setzte mich.

„Verdammt, Ruby", hörte ich ihn wieder. „Es geht wieder los. Die wollen uns was anhängen, dir auch. Du hast zu viele Fragen gestellt. Die wollen uns zum Schweigen bringen."

„Moment", sagte ich, schloss den Spind auf und nahm meine Trinkflasche heraus. Das Wasser rann mir über das Kinn herab, als ich sagte: „Brandner blufft doch. Dem ist doch nur langweilig. Er hat gar nichts gegen dich in der Hand. Lass dich nicht verrückt machen."

Dann sagte Zoran: „Stefan Fischer ist tot."

„Wie bitte?"

Eine Frau, die ich noch nie gesehen hatte, sah mich seltsam an. Ich ging auf die Toilette, schloss mich ein und setzte mich auf den Klodeckel.

„Stefan ist heute Nacht gestorben", hörte ich Zoran. „Herzinfarkt."

Ich starrte auf die weißen Kacheln.

„Vielleicht war es aber auch kein Herzinfarkt", sagte er.

Ich schloss die Augen.

„Gestern Abend habe ich noch mit Stefan telefoniert. Ich hab ihn über das Buch informiert. Wir haben überlegt, den Brief doch noch an die Presse rauszugeben."

„Welchen Brief?"

„Wir haben einen Brief geschrieben, da ist genau aufgezählt, was damals schiefgelaufen ist im Fall Alina Odermatt."

„Und den wolltet ihr an die Presse geben?"

„Ja."

Schweigen. Ich blickte auf meine Pulsmessuhr. Mein Puls lag bei 135 Schlägen pro Minute. Der Klodeckel war kalt. Ich stand wieder auf, ging hinaus zu den Waschbecken und sah in den Spiegel. Eine Strähne hing mir ins Gesicht. Schweiß stand auf meiner Stirn. Ich zog den Haargummi aus den Haaren und ging zurück in die Umkleide.

„Jemand sollte bei Irma vorbeischauen", sagte Zoran.

„Ich kenne Irma kaum", entgegnete ich. Die Umkleide war jetzt leer. Ich ging zu meinem geöffneten Spind und suchte in meiner Sporttasche nach der Haarbürste. Ich fand sie nicht.

„Bitte", sagte Zoran. Und dann: „Der Brief ist auf Stefans Rechner."

154 Schläge pro Minute, als ich entdeckte, dass die Haarbürste auf der Konsole neben dem Föhn lag. Ich hatte sie da nicht hingelegt. War es möglich, dass die Frau an meinem Spind gewesen war? Dass sie Haare von mir mitgenommen hatte, um mir was anzuhängen? 161 Schläge.

Dann setzte ich mich auf die Bank und vergrub mein Gesicht in den Händen. Zoran machte mich noch ganz verrückt.

19

Das ehemalige Neubaugebiet Sonnenbrühl lag in der Ravensburger Weststadt. Hier war alles auf Kinder ausgerichtet: die Häuser, die Autos und das Leben der Eltern. In den Gärten standen Schaukeln, Sandkästen oder Trampoline. Auf der Straße standen Schilder mit der Aufschrift *Spielstraße*. Vor den Häusern standen Fahrräder mit Fahrradanhängern.

Die Sonne stand im Zenit.

Am Mittwochmittag, kurz vor zwölf, erreichte ich das Haus mit der Nummer 26. Es sah aus wie alle anderen Häuser auch: Satteldach, zwei Kinderzimmer, gepflegt. Hier hatte Stefan gelebt, mit zwei Söhnen und einer Frau. Es kam mir absurd vor, dass das Haus noch stand, aber Stefan nicht mehr da sein sollte.

Ich parkte meinen Alfa seitlich an einer Thujahecke. Wenn Stefans Frau Besuch hatte, würde ich nur kurz mein Beileid aussprechen und gleich wieder weiterfahren. Ich stieg aus. Doch als ich die Einfahrt betrat, sah ich Irma sofort. Sie bepflanzte den Blumenkübel neu. Neben ihr standen ein grüner Sack und ein Karton mit Pflanzen.

„Irma", sagte ich und ging auf sie zu. „Es tut mir so leid. Zoran hat mich angerufen. Aber stimmt das denn wirklich?"

Sie sah auf. Ihre Augen starrten ins Leere.

„Mein herzliches Beileid", sagte ich.

Irma nahm die Hände aus dem Kübel. Sie trug grüne Plastikhandschuhe. Erde klebte daran.

„Ich", sagte sie, schüttelte den Kopf und sah auf ihre Hände, „es ist noch so unwirklich, ich … muss mich ablenken … muss irgendwas tun, sonst …"

„Du musst dich nicht entschuldigen", sagte ich.

„Stefan lag in der Waschküche", sagte sie. „Der Arzt meinte, er wäre schon gestern Nacht gestorben. Aber ich habe ihn erst heute Morgen gefunden. Ist das nicht schrecklich?"

„In der Waschküche?", wiederholte ich ungläubig.

„Stefan war gestern noch bis spät im Büro gewesen", erklärte sie. „Ich bin mit den Kindern schon ins Bett. Spätestens ab neun schlafe ich immer, ich muss ja früh raus."

Ich nickte und blickte zu dem Kellerfenster hinab. Da unten hatte Stefan sein Arbeitszimmer gehabt. Vor Jahren hatte ich ihn dort besucht. Ich erinnerte mich, dass er mich über die Außentreppe durch die Waschküche in sein Büro gelotst hatte, damit wir die Kinder nicht aufweckten, die damals noch Babys gewesen waren.

„Hatte Stefan gestern Nacht noch Besuch?", fragte ich vorsichtig.

Irma starrte weiterhin ins Leere, doch bei der Frage hatten ihre Mundwinkel gezuckt.

„Stefan war ein guter Mann", sagte sie schließlich. „Und er war ein guter Polizist. Mein Mann war kein Dissident wie Zoran oder so."

„Irma", sagte ich und ging einen Schritt auf sie zu. „Wenn du etwas weißt, dann sag es."

Ihre Hände zitterten. Sie steckte sie wieder in die Blumenerde.

„Wir haben zwei kleine Kinder, Ruby", sagte sie, und eine Träne lief über ihre Wange hinab.

Ich blickte auf das Laufrad, das in der Einfahrt stand.

„Stefan hatte ein schwaches Herz", hörte ich Irma. Ihre Stimme klang jetzt beinahe trotzig. Ich sah sie an. Sie wischte sich mit dem Handschuh über das Gesicht. Ein Streifen Erde blieb zurück. „Wir hofften, zusammen alt zu werden", sagte sie. „Aber der Herrgott hatte andere Pläne."

„Der Herrgott hat damit nichts zu tun!" Ich kniff die Augen zusammen. Dann sagte ich: „Stefan wollte mit Insiderwissen im Fall Alina Odermatt an die Öffentlichkeit gehen. Weißt du etwas von dem Brief?"

Ich ging einen Schritt auf sie zu.

Sie sah mich ängstlich an.

„Bitte geh jetzt", stammelte sie. „Stefan ist an einem Herzinfarkt gestorben. Doktor Mertens hat das eindeutig diagnostiziert."

„Wo ist Stefans Rechner?", fragte ich. „Darf ich ihn mal sehen?"

„Den hat die Polizei heute Morgen schon mitgenommen."

„Die Polizei?", fragte ich. „Stefan hat einen Herzinfarkt, und die Polizei nimmt seinen Computer mit?"

„Das war ein Dienstcomputer", sagte sie. „Hauptkommissar Brandner meinte, sie nähmen den immer mit. Dann hätte ich keine Scherereien deshalb. Hauptkommissar Brandner meinte auch …"

Sie brach mitten im Satz ab und sah mich mit weit aufgerissenen Augen an.

Ich versuchte, meine Wut zurückzuhalten.

„Wir haben zwei Söhne", fuhr sie fort, ohne mich anzusehen. „Max ist erst fünf, aber er kann schon Fahrradfahren. Die beiden Buben sind bei meiner Schwester drüben. Wir helfen uns gegenseitig. Hier halten die Familien noch zusammen." Irma kniete sich auf den Boden, nahm einen Topf mit roten Blumen aus dem Karton und setzte ihn in den großen Blumenkübel. Dann sagte sie mit starrem Blick in die Erde: „Geh jetzt, bitte. Ich muss die Primeln neu pflanzen. Wie sieht das sonst aus, wenn die Leute kommen. Was sollen die denn denken. Stefan war immer ein ordentlicher Mensch gewesen."

20

John Bentwood fuhr auf einer kleinen Landstraße in Richtung Meer. Die Straßenränder waren brüchig. Er versuchte, sich in der Mitte zu halten. Rechts erkannte er die Trattoria *Il Pergola*, von der der Immobilienmakler gesprochen hatte. Dann kam der Zitronenhain. John setzte den Blinker und bog links in einen kleinen Feldweg ab. Das Auto holperte über die Steine. Nach hundert Metern erreichte er den Parkplatz, ein Rechteck aus festgetretenem Sand und Erde. Ein kleiner, blauer Transporter mit drei Rädern stand im Schatten eines Ölbaums. Sonst war der Parkplatz leer.

John parkte seinen Mietwagen und stieg aus. Die Grillen zirpten laut. Nach einem Fußmarsch von zehn Minuten würde er eine kleine Bucht erreichen, hatte der Makler gesagt. John marschierte los. Er dachte an Ruby. Damals in der Ausbildung hatten alle Männer um ihre Aufmerksamkeit gebuhlt, auch er. Doch John war kein Kämpfer, nicht in diesem Sinn. Schnell hatte er sich mit der Rolle des besten Freundes abgefunden. Inzwischen war er ganz froh darüber. Seit Constantins Tod waren Rubys Männerbeziehungen nur von kurzer Dauer. So würde es auch bei diesem Sam sein.

John blickte auf sein Handy.

Es war 16:20 Uhr, und er hatte keinen Empfang hier draußen.

Der Pfad schlängelte sich zwischen Gestrüpp dahin. Die Stämme der alten Ölbäume waren knorrig. Bisweilen entstanden skurrile Formen. Er glaubte, ineinander verschlungene Liebende zu erkennen und andere wahnsinnig gewordene Kreaturen. John gefiel es nicht, dass Ruby sich mit diesem Schnulzensänger traf.

Die Luft schmeckte nach Salz.

John konnte die Brandung bereits hören.

Constantin war ebenfalls Polizist gewesen, außerdem so etwas wie Rubys Verlobter. John hatte ihn nie kennengelernt, weil Constantin ein halbes Jahr vor Johns Ankunft in Ravensburg bei einem Einsatz erschossen worden war – und zwar von Narkans Schergen. Deshalb glaubten manche, Ruby hätte Narkan mit Absicht erschossen, und seinen Kumpel Snajdrom gleich mit dazu.

John stolperte über eine Wurzel.

Nach der nächsten Biegung sah er das Meer. Für einen Moment blieb er stehen und blickte auf den weiten, blauen Horizont. John atmete tief ein. Unter ihm lag eine kleine Bucht, die Wellen schlugen sanft auf einen weißen Sandstrand. Kein Tourist hatte sich hierher verirrt. Die Bucht wurde auf beiden Seiten von hohen Felsen abgeschirmt. Der Wind blies ihm ins Gesicht. Auf dem linken Felsen erkannte er das Haus. Es war Marks Haus. Der Makler hatte es ihm auf einer Fotografie gezeigt. Es war ein einfaches, rechteckiges Steingebäude mit grünen Fensterläden und einem flachen Satteldach. Das Haus sah robust aus, wehrhaft. Die Terrasse schien direkt in den Fels gehauen worden zu sein, ebenso die Steintreppe, die zum Strand hinabführte.

Am Horizont glitt ein Schiff vorüber.

Die Wellen rauschten gleichmäßig.

John stand an einer Weggabelung. Der kleinere Pfad führte in die Bucht hinab. Er ging auf dem breiteren Pfad weiter. Nach etwa hundert Metern erreichte er die Vorderseite des Hauses, eine massive Holztür ohne jeden Schnörkel. Er erkannte kein Namensschild. Es gab auch keine Klingel. Der Türklopfer war aus Bronze und hatte ein grimmiges Gesicht.

John schlug zweimal mit dem Ring darauf.

Sogleich wurde innen ein Schlüssel herumgedreht.

Eine ältere Dame öffnete. Das musste Maria Concitas sein. Ihr Gesicht erinnerte ihn an das Holz der Ölbäume ringsum. Es war faltig und freundlich und immer noch schön. Ihre Augen musterten ihn neugierig.

„Hallo, ich bin John Bentwood", sagte er. „Wir haben telefoniert."

„Maria Concitas", sagte sie, wischte sich die Hände an einer Schürze ab und reichte ihm die rechte Hand. Ihre Hand war warm und feucht. „Kommen gerne herein", sagte die Haushälterin.

Ihr Deutsch entsprach nicht den Regeln der Grammatik, aber ihr Wortschatz war beachtlich, das hatte John bereits am Telefon bemerkt. Er folgte ihr in das Haus hinein, Steinfußböden, darauf gewebte Teppiche und Möbel aus dunklem Holz. Maria führte ihn in die Küche und deutete auf den Stuhl, der neben dem Gasherd stand. Ein großer Topf stand darauf. Es roch nach Tomatensauce.

„Sie sagen, Herr Odermatt schicken Sie nach Mark?" John erzählte abermals die Geschichte von Kitty Odermatt und dem Krebs. Maria nickte sorgenvoll und sagte immer wieder: „Oh Dios! La probre dama." Zwischendurch nahm sie den Kochlöffel und schmeckte den Inhalt des Topfes ab. Rote Spritzer landeten auf ihrer Schürze. Sie drehte die Flamme kleiner.

„Mark lebt hier seit zehn Monaten", sagte sie dann. „Leider der junge Herr ausgerechnet jetzt nicht da. Ausgerechnet jetzt auf großer Wanderung."

„Hat er wirklich kein Mobiltelefon?"

„Leider nichts erreichbar."

„Wo genau wollte er hin?"

„Ich weiß nichts genau, leider. Im Norden wo."

„Ist er alleine unterwegs?"

„Mit einem Freund."

„Wie heißt der Freund?"

„Ich weiß nichts genau, leider."

„Wohnen Sie hier in dem Haus?", versuchte es John mit einer letzten Frage.

„No, no esso", sagte sie. „Ich nur sauber machen und kochen für den jungen Herrn. Das hier wird eingefroren später. Dann hat der junge Herr etwas, wenn er heimkommt."

„Am Wochenende, sagten Sie?"

„Si. Genau. Aber ob Freitag oder Samstag kann ich nicht sagen."

Maria nahm den Topf vom Herd. Dann begann sie mit dem Abwasch. Als sie damit fertig war und John noch immer auf dem Stuhl saß, sagte sie: „Ich mussen gleich gehen, leider. Mann warten zu Hause. Hat Hunger."

126

John fragte: „Kann ich nur kurz die Toilette benutzen?"

Der Flur lag im Halbdunkel. Es gab ein Fenster, aber die Fensterläden waren geschlossen. Das größte Zimmer im Erdgeschoss war das Wohnzimmer. Die Tür stand offen. John blickte hinein. Ein großes, blaues Sofa stand darin, ein Tisch, ein paar Stühle. Das Zimmer führte zur Terrasse hinaus und verfügte über einen atemberaubenden Meerblick. Die Balkontür stand offen. Er konnte hören, wie die Wellen unten an die Felsen schlugen.

Dann hörte er wieder Maria mit dem Geschirr klappern.

John öffnete das Fenster im Flur und auch den Riegel der Fensterläden. Dann zog er beides wieder zu, ohne es zu schließen. John ging auf die Toilette und drückte die Spülung.

„Ich lasse Ihnen meine Karte da", sagte er zu der alten Dame. „Sobald Mark zurück ist, soll er sich bitte bei mir melden."

Maria nickte und begleitete ihn zur Haustür. Am Gartentor winkte er noch einmal und folgte dem Weg zurück bis zur Weggabelung.

John sah sich um.

Dann ging er in die Bucht hinab. Über die Felsstufen stieg er zur Terrasse des Hauses hinauf. Die Balkontür stand noch offen. Er hörte, wie Maria im Flur telefonierte. Sie sprach sehr laut. Ihr Deutsch kam ihm besser vor als vorhin.

„Er war hier", sagte sie. „Ja, er will den Jungen persönlich sehen."

John presste sich gegen die Mauer. Sie war warm. Eine Ameise krabbelte seinen Arm hinauf.

„Si. Si. Si", hörte er Maria wieder. Dann legte sie auf.

John hörte Schritte. Er hielt den Atem an. Maria schloss die bodentiefen Fensterläden. Dann schloss sie innen die Balkontür. Die Wellen schlugen gegen die Felsen. Nach zehn Minuten glaubte John, die Haustür ins Schloss fallen zu hören. Zur Sicherheit wartete er weitere zehn Minuten. Dann schlich er um das Haus, griff von unten in die Fensterläden und öffnete sie vorsichtig. Er drückte das Fenster auf, kletterte hinein und ging in den Flur. Am Telefon drückte er auf Wahlwiederholung: *0049751...* Das war eine Ravensburger Nummer. Er notierte sich die Zahlenfolge und schlich in das obere Stockwerk.

Oben gab es drei Zimmer und ein Bad. In jedem Zimmer standen ein robuster Holzschrank und ein französisches Bett. Die Betten waren frisch gemacht. Eine gewebte Tagesdecke lag darüber. Die Schränke waren bis auf eine braune Filzdecke und ein paar Handtücher leer. John machte mit seinem Handy Fotos. Auch im Bad fand er keine persönlichen Dinge.

21

Es war 19 Uhr vorbei. Hauptkommissar Zoran hackte Holz. Er konzentrierte sich ganz auf die wiederkehrende Bewegungsabfolge, auf das regelmäßige Krachen und auf den Geruch von frischem Birkenholz. Er hackte seit über dreißig Minuten, jetzt hielt er inne.

Da war ein Knacken gewesen.

Aber nicht im Holz.

Zoran blickte zum Wald hinauf. Die Sonne war bereits halb hinter dem schwarzen Streifen verschwunden. Ihr glutroter Kranz hing in den Wolken. In der Ferne war das Knattern eines Traktors zu hören.

Zoran hackte weiter.

Das konnte doch kein Zufall sein. Nun, da sein Buch bald rauskam, wurde Hedwig Krause ermordet – und Stefan starb an einem Herzinfarkt. Konnte das wirklich ein Zufall sein? Frau Krause war seine wichtigste Zeugin gewesen. Sie hatte gesehen, wie Kitty Odermatt zusammen mit ihrem Sohn Mark in der Tatnacht um 23:20 Uhr in das Baumhaus hinaufgeklettert war.

Zoran wischte sich den Schweiß von der Stirn.

Das mit der *Heckler & Koch* gab ihm zu denken. Zum Glück war seine Dienstwaffe dort, wo sie immer war: im Nachttisch neben seinem Bett. Es fehlte keine Patrone. Er hatte dreimal nachgezählt. Aber trotzdem. Jemand wollte den Verdacht auf einen Polizisten lenken. Das war ja offensichtlich. Oder auf eine Ex-Polizistin. Hatte Ruby zu viele Fragen gestellt?

Zoran nahm das nächste Scheit Holz und schlug zu.

Es krachte.

Ruby sei ja eine brillante Schützin, hatte Brandner zu ihm gesagt. Ob er sich mal mit ihr über Gerechtigkeit unterhalten habe?, hatte Brandner wissen wollen. Diese Frau habe ja extreme Ansichten, hatte Brandner behauptet. Sie halte sich wohl für eine Nemesis des 21. Jahrhunderts, hatte Brandner gemeint. Ob Zoran wisse, was eine Nemesis sei?

Natürlich wusste er, wer Nemesis war. Eine Rachegöttin. Zoran warf das gespaltene Holz auf den Stapel und nahm ein frisches. Dann schlug er wieder zu. Nemesis war die Verkörperung des gerechten Zorns.

Es krachte.

Und natürlich wusste Zoran, dass Privatjustiz in Deutschland verboten war. Was für ein Kleingeist Brandner doch war. Allein die Unterstellung war ungeheuerlich: Brandner deutete an, Ruby könnte die Detektei nur zur Tarnung eröffnet haben. In Wahrheit wolle sie die offenen Fälle der letzten zwanzig Jahre auf eigene Faust klären. Was für ein Schwachsinn! Zoran fragte sich, ob Brandner das wirklich glaubte. Oder ob er Zoran nur hatte provozieren wollen. Zoran stapelte die kleinen Holzscheite an die Wand des Schuppens.

Er wischte sich den Schweiß ab.

Ruby hatte mehr Format als Brandner und all diese Duckmäuser zusammen. Das ertrugen sie einfach nicht. Aus Autonomie machten sie Dissidententum. Aus gesundem Zorn kranke Raserei. Kritik am Staat war schon Terrorismus. Zoran kannte das. Es war doch immer dasselbe.

Er blickte zum Wald hinauf.

Etwas irritierte ihn.

Ruby war eine brillante Polizistin gewesen. Er hoffte, dass sie eines Tages zurückkehrte. Ja, er hatte auch gehört, dass Ruby im Gerichtssaal mal ausgerastet sei. Weil ein Schwerverbrecher, gegen den sie jahrelang ermittelt hatte, aus Mangel an Beweisen freigesprochen worden war. Aber was bewies das schon? Wir waren doch alle nur Menschen.

Zoran stützte sich auf das Beil.

Abermals wischte er sich mit dem Ärmel übers Gesicht. Er blinzelte. Dann blickte er wieder zum Wald hinüber. Tatsächlich, er hatte sich nicht geirrt: Eine große, schwarze Gestalt kam den Weg herab. Die Gestalt trat in die Abendsonne und seine Farben leuchteten grell auf. Zoran blinzelte noch einmal. Dann lachte er. Für einen Moment zweifelte er an seinem Verstand. Das, was da auf ihn zukam, war ein Riesenschlumpf.

Hellblau und weiß.

Doch sein Lachen brach abrupt ab. In diesem Moment wusste Zoran, was er jahrelang übersehen hatte. Seine Hände schlossen sich fester um das Beil. Der Schlumpf kam bereits über die Wiese, direkt auf Zoran zu. Das große, schwarze Lächeln rückte bedrohlich näher. Das linke Plastikauge hing herab und starrte irre in die Gegend.

Zorans Hände wurden feucht. Der Holzstiel wurde rutschig. Der Schlumpf kam immer näher. Zwei Meter vor dem Stapel blieb er stehen. Das rechte Auge schien ihn anzublicken. Dann griff der Schlumpf in seinen Bauch, zog ein Mikrofon heraus und sagte mit hoher, heliumartiger Stimme: „Emil Zoran. Wie schön, dich zu sehen."

Zoran sagte nichts.

„Weißt du, warum ich hier bin?", fragte der Schlumpf.

Zoran sagte nichts.

„Ich möchte, dass du die Wahrheit endlich erkennst", sagte der Schlumpf.

Zoran umklammerte den Holzgriff seines Beils. Seine Arme zitterten. Auf dem Plüsch waren Flecken. Am Bauch wirkten die Fasern dünner. Zoran starrte darauf. Auf Alinas Jogginganzug waren damals hellblaue Flusen gefunden worden, die weder Mark Odermatt noch Uwe Sigg hatten zugeordnet werden können. Zoran war überzeugt gewesen, dass diese hellblauen Flusen von einer Fleecejacke für Jungen stammten, die nie gefunden worden war, weil Kitty sie im Kamin verbrannt hatte.

„Du warst verbohrt", sagte der Schlumpf und neigte den Kopf. Sein schwarzes Dauerlächeln wirkte plötzlich traurig. Die helle Stimme sagte: „Warum konntest du nicht von dem Jungen ablassen? Warum nicht?"

Zoran wusste, dass jedes falsche Wort die Situation zum Eskalieren bringen konnte. Deshalb schwieg er. Wenn sich jemand die Mühe machte, in solch einer Maskerade hier aufzutauchen, dann war er nicht nur wahnsinnig, sondern hatte auch einen Plan. Und den musste Zoran durchkreuzen.

„Ich möchte, dass du es aussprichst", sagte der Schlumpf.
Wieder neigte er den Kopf. Das Lächeln wirkte jetzt bedrohlich.

„Was?", krächzte Zoran.

„Warum bist du so hart gegen den Jungen vorgegangen?"

„Er war dringend tatverdächtig", brachte Zoran mühsam hervor.

Der Schlumpf schüttelte den Kopf. Dann nahm er das Mikrofon in die andere Hand und zog aus seinem Bauch etwas hervor. Es war eine Pistole. Eine *Heckler & Koch*.

Zoran blickte sich panisch um. Seine Hände ...

„Beil weg", sagte der Schlumpf und zielte mit der Waffe auf Zorans Brustkorb.

Zoran warf das Beil weg.

Der Schlumpf kam näher. Er richtete die Waffe direkt auf Zorans Gesicht, als er sagte: „Sprich mir nach: Ich mochte diesen verwöhnten Schnösel einfach nicht. Deshalb suchte ich nach Beweisen für seine Schuld."

„Ich ..." Zoran schluckte.

Der Schlumpf tat noch einen Schritt auf ihn zu. Zoran sah, dass die Waffe geladen war.

„Ich ... mochte diesen Jungen nicht", stammelte Zoran. „Deshalb suchte ich nach Beweisen für seine Schuld."

„Noch einmal", sagte der Schlumpf. „Und diesmal richtig. Du hast den Jungen doch mehr als einmal einen Schnösel genannt."

Zoran musste die beiden Sätze immer wieder wiederholen. Er wusste nicht, ob sie stimmten oder nicht. Aber er wusste, dass er sterben würde. So oder so. Der Schlumpf war zum Äußersten bereit. Obwohl Zoran das wahre Gesicht des Maskenträgers nicht erkennen konnte, spürte er, dass dieser Mensch die Normalität bereits verlassen hatte.

„Ich mochte diesen verwöhnten Schnösel einfach nicht",
sagte er jetzt zum elften Mal. In diesem Moment führte der
Schlumpf das Mikrofon wieder an den Mund. Zoran nutzte
den Moment der Unachtsamkeit, sprang auf, rempelte gegen
das Plüschmonstrum und rannte los.

Das Adrenalin schoss ihm ins Blut. Er hörte nur noch seinen eigenen Atem. Zoran rannte um sein Leben. Er schlug
Haken wie ein Hase. Er drehte sich nicht um. Erst nach vier
Sekunden, glaubte er, fiel der erste Schuss. Zoran rannte
weiter. Dann noch ein Schuss. Diesmal fühlte er ein Brennen an der Schulter. Doch Zoran rannte weiter. Auch der
dritte Schuss verfehlte ihn knapp. Weiter. Schneller. Sein
Herz raste. Es platzte gleich. Zoran wurde zum Tier. Keuchend erreichte er die Terrasse.

Die Balkontür war geschlossen. Er war vorher über die
Haustür nach draußen gegangen.

Sein Herz.

Sein keuchender Atem.

Panisch blickte er sich um. Dann sah er die Luke in der
Veranda.

22

„Frau Lindt", sagte ich.

Wir begrüßten uns per Handschlag.

Forschend sah sie mir in die Augen.

„Wie geht es Ihnen, Ruby?", fragte sie.

„Gut, danke", sagte ich. Wir setzten uns.

„Es war nicht Ihre Schuld", fing sie wieder damit an. „Die Kommission hat Sie eindeutig entlastet. Es war Notwehr."

„Schuld", sagte ich, blickte zum Tresen und fügte hinzu: „Ein schwieriges Thema."

„Warum gehen Sie nicht zu einem Therapeuten? Achim Hardenberg kann ich Ihnen nur empfehlen."

„Ich komme klar, danke", sagte ich und hoffte, das Thema sei damit erledigt.

Es war Mittwochabend, 21 Uhr. Vera Lindt hatte damals die Leitung in der Soko *Alina O.* gehabt. Mittlerweile war sie zur Kriminalrätin aufgestiegen. Sie hatte richtig Karriere gemacht. Viele glaubten, sie könne sich irgendwann sogar Chancen für den Posten der Polizeipräsidentin ausrechnen. Damit wäre sie die erste Frau in einem Amt, das bisher nur für Männer reserviert war.

„Danke, dass Sie sich Zeit genommen haben", sagte ich.

Vera Lindt nickte kurz. Dann blickte sie auf ihre Uhr, als wollte sie mir demonstrieren, dass ich ihre Zeit nicht vergeuden solle. Wir saßen an einem dunklen Holztisch. Das *Humpis* war voll, die Bedienung nahm unsere Bestellung auf. Vera Lindt war Ende fünfzig, hatte schulterlange, blonde Haare und ein sympathisches Lächeln.

„Sie ermitteln jetzt also in diesem furchtbaren Fall?", fragte sie und zog die Augenbrauen nach oben.

„Ich ermittle nicht", entgegnete ich. „Ich bin Privatdetektivin. Ich suche nach Mark Odermatt."

„Natürlich", sagte sie und lächelte.

In der Generation von Vera Lindt gab es kaum Frauen, die es so weit nach oben geschafft hatten. Und schon gar nicht bei der Polizei. Ihr freundliches Oma-Lächeln war reine Tarnung.

„Was wollen Sie von mir wissen?", fragte sie. Wieder blickt sie auf ihre Uhr.

„Warum ist nie gründlich ermittelt worden?", fragte ich. „Warum war es nicht möglich, Mark Odermatt eindeutig als Täter zu identifizieren? Warum ist nie Anklage gegen die Odermatts wegen Vortäuschen einer Straftat erhoben worden? Darauf steht immerhin eine Freiheitsstrafe von bis zu drei Jahren."

„Weil die Beweislage nicht ausreichend war", antwortete sie gelassen. „Nicht einmal für einen Indizienprozess hatte es gereicht. Die Ermittlungen sind eingestellt worden."

„Einige der Ermittler im Team waren da anderer Meinung", sagte ich.

„Sie meinen Emil Zoran." Sie nickte und fügte hinzu: „Es gibt immer Leute, die anderer Meinung sind."

Sie lächelte.

„Aber da stimmt doch etwas nicht", versuchte ich es über den direkten Weg. Ich sagte: „Vorgestern wurde Hedwig Krause erschossen. Mit einer *Heckler & Koch*. Und gestern starb Stefan Fischer. Beide hatten mit dem Fall Alina Odermatt zu tun. Der Fall ist nicht abgeschlossen."

Die Bedienung brachte mein Bier und eine Holunderblütensaftschorle für Vera Lindt. Wir tranken schweigend.

Dann blickte Vera Lindt zum Tresen hinüber und sagte: „In der Gegend rund um den Martinusweg gibt es seit einem Jahr eine Reihe von Einbrüchen. Organisierte Kriminalität, damit kennen Sie sich ja aus." Sie sah mich an. „Das ist zwar das erste Mal, dass diese Bande vor Mord nicht zurückschreckt, aber es passt ins Muster. Und eine alte *Heckler & Koch* bekommen Sie heutzutage überall. Internet, Darknet, Beziehungsnetz."

Ihr Gesicht verriet nichts.

Ich nahm noch einen Schluck Bier.

„Das mit Kommissar Fischer ist tragisch", fuhr sie fort. „Er war noch so jung. Und seine arme Frau. Furchtbar. Für Irma wird es schwer, alleine klarzukommen."

„Wissen Sie, dass Stefan Fischer mit brisanten Informationen im Fall Alina Odermatt an die Öffentlichkeit wollte?", fragte ich.

Sie zuckte mit den Achseln. „Es wundert mich, dass Zoran und Fischer es nicht schon lange getan haben. Aber das wäre ein Eigentor gewesen. Es gibt keine brisanten Informationen."

Peter Saalbach betrat das Lokal. Er war ein stadtbekannter Unternehmer, der sich auch im Gemeinderat engagierte. Vera Lindt begrüßte ihn herzlich. Die beiden tauschten Small Talk aus. Mit dem Verschwinden von Peter Saalbach verschwand auch das Lächeln aus Vera Lindts Gesicht.

„Es ist nicht unsere Aufgabe, die Leute für ihren Lebensstil zu verurteilen, Ruby", sagte sie und nahm ihr Glas in die Hand. „Zoran war von Anfang an gegen die Familie Odermatt eingestellt. Doch das darf keine Rolle spielen. Wir sind nicht die Ethikkommission, Ruby. Wir sind die Mordkommission."

Sie nahm einen großen Schluck Schorle. Als sie das Glas wieder abstellte, sah sie mich an. Ich erkannte echte Besorgnis in ihrem Blick.

„Ja, es gab Hinweise, dass der Junge seine Schwester im Streit erschlagen haben könnte", sagte sie. „Aber die Hinweise waren einfach nicht ausreichend. Staatsanwalt Bassini ist ein erfahrener Mann. Er konnte das beurteilen."

Ich nahm einen Schluck Bier.

„Zoran hat sich verrannt", fuhr sie fort. „Für seine Unterstellung, die Eltern hätten die Entführung nur vorgetäuscht, gab es aber nichts Handfestes."

Ich nahm noch einen Schluck Bier.

„Aber wir verrennen uns alle mal", sagte sie. „Zorans Fehler bestand nicht darin, dass er mit seinen ewig linken Vorurteilen in die Ermittlung ging. Jeder Kommissar und jede Kommissarin hat seine Überzeugungen. Wir sind alle nur Kinder unserer Zeit." Sie blickte zum Fenster, dann fuhr sie fort: „Zoran hat nur alle anderen Möglichkeiten ausgeblendet. Er war wie blind für das, was nicht in seine Weltanschauung passte. *Das* war sein Fehler. Und das werfe ich ihm heute noch vor."

Ich blickte auf meine Hände.

Auch Vera Lindt betrachtete ihre Hände, dann sagte sie: „Wegen Zoran gingen uns damals wichtige Beweismittel verloren. Zoran hat durch sein Verhalten selbst dazu beigetragen, den Fall auszubremsen. Doch das wollte er nicht sehen. Lieber fantasierte er sich eine Verschwörung gegen ihn zurecht." Sie drehte ihre Hände um und fügte hinzu: „Letztlich ist auch Zoran ein tragischer Fall. Dabei mag ich den Mann, ehrlich. Wir haben schon in Tübingen zusammen demonstriert."

Sie lächelte kurz.

Dann blickte sie zum Fenster und spulte ihren Text herunter: „Unser Hauptverdächtiger war Uwe Sigg, ein Aushilfsarbeiter der Agentur *Festland*. Uwe Sigg war bereits wegen Besitzes von kinderpornografischem Material vorbestraft. Außerdem lag eine Anzeige gegen ihn vor wegen sexueller Belästigung eines sechsjährigen Mädchens." Sie trank einen Schluck, dann fuhr sie fort: „Uwe Sigg war am Samstag, den ersten Juli 2006 die ganze Nacht in der Nähe des Tatorts. Zudem hatte er das Mordopfer zwei Tage vorher auf dem Kindergeburtstag bereits kennengelernt. In der Wohnung von Uwe Sigg waren Filmaufnahmen von Alina gefunden worden, die das Mädchen nackt zeigten. Auf dem Tisch im Gartenhaus war Blut von Uwe Sigg sichergestellt worden. Also genau dort, wo der Leichnam des Mädchens gelegen hatte, bevor der Täter sie in den Pool warf."

Ich legte beide Hände um das Bierglas.

„Verdammt noch mal", regte sich Vera Lindt auf. „Und was macht Hauptkommissar Emil Zoran? Er ermittelt gegen die Eltern! Dabei ging er aggressiv und respektlos vor. Jeden Tag kamen Beschwerdeanrufe wegen ihm. Zoran latschte mit dreckigen Stiefeln über Teppiche, die ein Vermögen gekostet haben. Juristisch hielt er sich an keine Regel. Viele der angeblichen Beweise, die er vorlegte, wären vor Gericht ohnehin nicht verwertbar gewesen. Einmal platzte er sogar ins Schlafzimmer, als das Ehepaar Odermatt Geschlechtsverkehr hatte."

„Nackt?", fragte ich.

„Ich nehme an", sagte Vera Lindt und zog amüsiert eine Augenbraue nach oben.

„Nein", erwiderte ich. „Ich meine, es gibt wirklich Aufnahmen von Uwe Sigg, auf denen Alina nackt zu sehen ist?"

„Am Pool", bestätigte Vera Lindt. „Uwe Sigg hat das Mädchen heimlich gefilmt."

Das klang verdammt noch mal nicht gut.

„Und warum wurde Uwe Sigg dann freigesprochen?", fragte ich.

„Die DNA, die in Alinas Jogginghose gefunden wurde, stimmte nicht mit der DNA von Uwe Sigg überein. Sie stimmte aber auch nicht mit der DNA der Familie überein. Eine Kollegin von *Festland* hat bestätigt, dass Uwe Sigg zuvor einen Sonnenschirm im Gartenschuppen verstaute und sich dabei an einer Harke verletzt hatte. Deshalb das Blut.

Neben der DNA gab es noch andere Indizien, die auf einen unbekannten Täter verwiesen. Zum Beispiel auffällige Stoffflusen auf dem Jogginganzug des Mädchens. Die konnten in der ganzen Wohnung von Uwe Sigg nicht nachgewiesen werden."

Vera Lindt trank ihre Schorle leer und blickte sich nach der Bedienung um. Sie wollte zahlen.

„Zoran ist kein Opfer", sagte sie, nachdem die Bedienung signalisiert hatte, sofort zu kommen. „Bei der Durchsuchung der Wohnung von Uwe Sigg hat Zoran wichtiges Beweismaterial übersehen. Zum Beispiel den besagten Film. Erst mein Team hat bei einer Zweitdurchsuchung das Material sichergestellt. Ich könnte Ihnen jetzt noch mehr Dinge erzählen, die Zoran als nicht besonders guten Ermittler dastehen lassen."

Ich trank mein Bier leer. Es schmeckte mir nicht mehr.

Vera Lindt rief erneut: „Zahlen, bitte."

„Obwohl Uwe Sigg freigesprochen worden war, wurde er in den Medien geradezu hingerichtet", sagte ich. „Auf tv3 brachten sie doch diese Dokumentation, die angeblich den Tathergang schilderte. Im Internet gibt es den Film immer noch zu sehen. Dort wird Uwe Sigg als Mörder präsentiert. Warum hat Bassini die Ausstrahlung nicht verbieten lassen?"

„Dagegen muss Uwe Sigg vorgehen", erklärte sie. „Bassini ist nicht für die ganze Welt zuständig. Herr Sigg wäre im Recht, zweifellos. Diese Dokumentation war damals schon ein Skandal. Doch Uwe Sigg hat den Sender nie verklagt. Er hat das alles einfach so hingenommen."

Wir zahlten.

Gemeinsam verließen wir das Lokal. Für einen Moment standen wir schweigend da. Beide blickten wir auf die riesigen, kegelartigen Spielfiguren, die gegenüber auf einer Aussichtsplattform standen. Normalerweise waren sie anderthalb Zentimeter klein, hier hatte man sie so groß wie die Menschen gemacht, die um sie herum standen.

Ich fragte: „Sind Ihnen wirklich nie die Widersprüche in den Aussagen der Eltern aufgefallen?"

Vera Lindt reichte mir ihre Hand zum Abschied. Sie sagte: „Die Eltern sind gestraft genug."

Ich sah sie an. Ihr Blick glitt seitlich aus meinem heraus.

Ein Beweis, der vor Gericht nicht verwertbar gewesen wäre.

23

aus: Drehbuch für die Dokumentation auf tv3: „Der Mord an einer kleinen Eisprinzessin", ausgestrahlt am 24. Juli 2008.

Szene 1: Außen, Wochenmarkt in historischer Altstadt, Samstagvormittag, der 1. Juli 2006
Greta: „Wie ist es gestern gelaufen?"
Uwe: „Hat Spaß gemacht, doch."
Die Menschen drängen sich durch die Gassen der Altstadt von Ravensburg. Rechts und links sind Stände aufgebaut mit Brot, Käse, Schnaps, Obst oder Gemüse. Greta Frisch schlendert mit ihrem Klienten Uwe Sigg über den Wochenmarkt. Als Sozialarbeiterin an der Justizvollzugsanstalt ist sie für die Resozialisierung und soziale Integration von Ex-Häftlingen zuständig.
Greta: „Und heute Abend bist du gleich wieder eingeteilt?"
Uwe nickt.
Die Kamera zeigt Gretas Gesicht, das sich entspannt. Natürlich hat sie sich Sorgen gemacht, dass etwas bei Uwes neuer Arbeit schieflaufen könnte. Zumal er gleich bei einem Kindergeburtstag eingesetzt worden war.
Greta begutachtet einen Rettich.
Sie legt ihn wieder weg.
Vor fünfzehn Jahren trat sie die Stelle an der JVA noch voller Idealismus an. Heute ist sie Mutter von zwei kleinen Kindern und abends so erschöpft, dass sie keine Zeit mehr für Ideale hat. Schlafen, Füttern und Arbeit nach Plan – wenn sie das am Ende des Tages geschafft hat, fällt sie ins Bett. Sie hat keine Kraft mehr für die Prügel, die sie jeden Tag einstecken muss. Niemand ist begeistert, wenn Greta

von Resozialisierung spricht. Die Arbeitgeber nicht, die Ämter nicht und die Nachbarn schon gar nicht. Sobald die Leute erfahren, wer neben ihnen einziehen soll, gibt es Ärger. Deshalb diskutiert sie nicht mehr. Ihre Klienten sind nicht verpflichtet, bei einem Bewerbungsgespräch ihre Vergangenheit zu erwähnen.

Greta: „Hast du deine Hose für die Arbeit reinigen lassen? Der Antrag auf die Waschmaschine ist noch nicht durch."

Uwe nickt.

Zurzeit betreut Greta Frisch insgesamt 72 Ex-Häftlinge. Viele werden in ein oder zwei Jahren wieder straffällig. Selbst Greta glaubt das, auch wenn sie es nicht zugibt. Doch bei Uwe Sigg hat sie von Anfang an ein gutes Gefühl gehabt. Er will etwas aus seinem Leben machen. Greta hat ihm geholfen, die Bewerbungsunterlagen für *Festland* zusammenzustellen. Und sie hat sich gefreut, als er die Stelle bekam. Es ist zwar keine feste Stelle, aber es ist ein entscheidender Schritt in die richtige Richtung.

Greta: „Und, wie war das für dich, wieder mit Kindern zu arbeiten?"

Uwe: „Kein Problem. Ganz normal."

Greta: „Ich meine wegen …"

Uwe: „Fuck! Ich bin kein Sexmonster!" Ärgerlich. „Das haben mir die Schweine damals angehängt, wie oft soll ich das noch sagen!"

Greta begutachtet die Strauchtomaten.

Auch die legt sie wieder zurück.

Uwe hatte die Kinderbetreuung in einem Wellnesshotel geleitet. Doch eine Mutter hatte sich beschwert, weil er ihre Tochter auf dem Schoß hatte, als sie das Kind abholte. Als der Hoteldirektor auf dem Computer der Kinderbetreuung kinderpornografisches Material entdeckt hatte, wurde Uwe fristlos gekündigt und angezeigt. Das Gericht hatte ihn zu sechs Monaten Haft verurteilt, drei davon auf Bewährung. Uwe hatte sich vorbildlich verhalten und war nach drei Monaten wieder draußen gewesen. Der einstmals übergewichtige, junge Mann hatte in der Zeit der Haft sein Körpergewicht deutlich verringert. Nur seine Wut auf die Gesellschaft war gewachsen.

Uwe: „Ehrlich, *man*. Ich war das nicht. Du klickst irgendwo drauf und schon startet so ein Scheiß-Download."

Greta bleibt an einem Gemüsestand stehen. Die Marktfrau begrüßt sie mit dem Familiennamen. Greta kauft ein Pfund von den Kartoffeln. Es muss furchtbar sein, wenn einem niemand glaubt.

Uwe reibt sich die Augen.

„Denk an deine Augentropfen!", sagt Greta. „Die Apotheken machen heute um dreizehn Uhr zu."

In diesem Moment schlagen zwei Kirchturmuhren gleichzeitig. Es ist 11:30 Uhr. Greta muss zurück zu ihren Kindern und zu ihrem Mann. Sie zieht ein rotes Heft aus ihrer Tasche und gibt es Uwe.

Greta: „Das ist ab jetzt unser sogenanntes Konflikt-Buch. Wenn es ein Problem bei der Arbeit gibt, flippst du nicht gleich aus, sondern schreibst deine Wut da rein. Verstanden?"

Uwe blickt zu den Kindern am Brunnen, die mit Wasser spritzen.

Greta: „Hast du verstanden?"

Uwe: „Yup. Na klar, *man*."

Szene 2: Innen, Sozialwohnung, Nachmittag.

1-Zimmer-Wohnung, kaum möbliert, die Rollläden sind heruntergelassen, zwischen den Lamellen fällt das Sonnenlicht herein und zeichnet Kettenmuster auf den PVC-Boden. Uwe sitzt im Schneidersitz vor einem großen Fernseher, im

Schoß ein Spielknüppel. Auf dem Bildschirm ist ein Computerspiel zu sehen. Uwe muss so viele Dorfbewohner wie möglich abschlachten. Konzentriert schießt er die Wächter ab.

Uwe reibt sich die Augen. Er nimmt die Machete und geht in das Dorf.

Zehn Minuten später zieht er den Stecker der Spielkonsole aus dem Fernseher und schließt die Videokamera an. Der Film startet: Alina bläst die Kerzen auf ihrer Geburtstagstorte aus. Sie strahlt in seine Kamera. Fast so wie in *Lea, die kleine Eisprinzessin*. Uwe hat den Film in der Kinderanimation gezeigt. Niemals hätte er gedacht, dass er das Mädchen einmal in echt sehen würde.

Seine Augen sind trocken. Er greift nach den Tropfen, die auf dem Boden neben ihm liegen. Er bricht das Fläschchen auf. Dann wandert sein Blick wieder auf den Bildschirm. Alina rennt durch den Garten. Ihre langen, blonden Haare hat sie zu einem Pferdeschwanz zusammengebunden. Sie winkt ihm zu.

Mit der linken Hand spreizt Uwe seine Augenlider auseinander und träufelt mit der rechten Hand die Tropfen hinein.

Er blinzelt.

Als er wieder sehen kann, sieht er Alinas strahlendes Gesicht. Er schaltet auf Zeitlupe. Sie spielt mit den Händen an ihrem Rock herum. Der pinke Schlüpfer ist zu sehen.

Uwe hält das Bild an.

Tränen rinnen ihm die Wange hinab. Er wischt mit dem Ärmel darüber. Dann legt er sich auf die Matratze. Zum Abschluss der Szene fährt die Kamera in Nahaufnahme über das Leintuch, das mit hellgelben Flecken übersät ist.

Szene 3: Außen, Garten einer Villa, Nacht.

Das Geburtstagsfest ist in vollem Gang. Die Kamera schwenkt über elegant gekleidete Gäste in einer luxuriösen Umgebung: Pool, Villa, Fackeln, Champagner. Die älteren Herren tragen Krawatte oder Fliege. Die jüngeren Männer tragen ihre Hemden weit offen. Dann verfolgt die Kamera einen jungen Mann, der sich zwischen den Gästen hindurchschlängelt: Es ist Uwe Sigg. Er trägt eine schwarze Hose und ein weißes Hemd. Die eleganten Leute beachten ihn kaum.

Uwe räumt die leeren Gläser und Flaschen weg, die auf den Tischen herumstehen, aber auch auf dem Boden und sogar in der Toilette. Er hat viel zu tun. Mit einem vollen Tablett eilt er in die Küche und kommt mit einem leeren wieder heraus.

„Ein Pils bitte", sagt ein älterer Herr mit weißen Haaren, als Uwe mit seinem Tablett vorbeikommt.

„Für mich einen Kaffee", sagt die Dame neben dem Weißhaarigen.

Uwe nickt. Für den Bedienservice gibt es extra Leute, aber er ist angehalten, die Bestellungen ebenfalls aufzunehmen, wenn die Leute ihn ansprechen. Uwe bringt den Herrschaften ein kühles Pils und einen Kaffee.

„Entschuldigung", sagt die Dame mit einem süffisanten Lächeln: „Aber ich trinke meinen Kaffee gerne warm. Den hier können Sie gleich wieder mitnehmen."

„Aber", sagt Uwe. Dann nickt er und bringt einen frischen Kaffee. Der ist ebenso heiß wie der alte, aber die Dame nickt jetzt zufrieden.

Als das Feuerwerk leuchtende Bilder in den Nachthimmel zeichnet, wischt Uwe eine Gulaschsuppe vom Fußboden. Ein betrunkener Gast stolpert über den Putzeimer.

Der Gast sagt: „So passen Sie doch auf!"

Uwe: „Entschuldigung."

Die braune Flüssigkeit breitet sich aus. Uwe holt Tücher und wischt alles weg. Als er die dreckige Brühe zurück ins Haus trägt, sieht er die Kinder. Sie schlüpfen durch das Loch in der Hecke.

Uwe kippt die dreckige Brühe in die Toilette. Dann verlässt er die Villa durch die Hintertür. Durch das Gatter gelangt er auf die benachbarte Wiese mit den Apfelbäumen. Die Kamera zoomt auf Uwes Schritte, die das hohe Gras teilen. Seine Hände sind zu sehen. Sie zittern. Sein Atem geht schnell.

Er weiß, dass die Kinder im Baumhaus übernachten. Leise klettert er hinauf und versteckt sich auf der Veranda. Dort beobachtet er die Kinder zunächst. Alina sitzt in ihrem Jogginganzug auf der Matratze und isst Chips.

Regieanweisung: Da der Tathergang noch nicht genau rekonstruiert ist, folgen ab jetzt einzelne, kurze Sequenzen und Tonspuren, die das Verbrechen nur andeuten:

Der Schweiß auf der Stirn des Mannes. Sein keuchender Atem. Die weit aufgerissenen Augen des Mädchens. Die Taschenlampe in der Hand des Mannes. Dünne Mädchenarme, die versuchen, die Schläge abzuwehren. Der Bruder, der entsetzt alles mit ansehen muss. Der Bruder, der versucht, den Angreifer mit seinem Taschenmesser abzuwehren und sich dabei selbst verletzt.

Uwe Sigg, der den leblosen Mädchenkörper in den Schuppen trägt. Der das Mädchen entkleidet und missbraucht. Die Kamera zeigt die weit aufgerissenen Augen des Mädchens, während das Keuchen des Mannes zu hören ist.

Folgender Text wird im Abspann eingeblendet:

Nach der Tat verrichtet Uwe Sigg seelenruhig seine Arbeit als Kellner. Als sich die Gäste gegen 23 Uhr an der Tanzfläche versammeln, um eine Vorführung anzusehen, serviert er bereits wieder Getränke. Gegen ein Uhr ist seine Schicht beendet. Vermutlich fasst Uwe Sigg den Plan mit der Entführung spontan und trifft die entsprechenden Vorbereitungen in der Nacht. Die Leiche des Mädchens liegt die ganze Zeit im Gartenschuppen. Erst als Uwe Sigg gegen zehn Uhr vormittags zu der Überzeugung gelangt, dass sein Plan gescheitert ist, wirft er die Leiche in den Pool. Dann geht er zurück in seine Sozialwohnung, duscht und legt sich schlafen. Als seine Sozialarbeiterin Greta Frisch am Sonntagabend bei ihm klingelt, liegt er noch im Bett und schläft.

Einen Tag später schreibt Uwe Sigg in sein rotes Heft: „Diese Odermatts sind solche Schweine. Das Leben ihres Kindes ist ihnen weniger wert als das ganze Geld."

24

Am Donnerstagmorgen, es war der 28. Juni, fuhr ich schon früh zur Villa Odermatt hinauf. Es sei dringend, hatte Kitty Odermatt am Telefon gesagt, ob ich sofort kommen könne. Es war 08:20 Uhr. Während sich in der Altstadt alle geschäftig auf den anbrechenden Tag vorbereiteten – an den kleinen Boutiquen rasselten die Eisengitter nach oben, die Verkäuferinnen arrangierten Schaufensterpuppen neu, die Lieferwagen quetschten sich durch die engen Gassen –, brauste ich mit offenem Verdeck den Berg hinauf. Der Wind war noch angenehm frisch. Über mir stand ein strahlend blauer Himmel. Unter mir lag der Müll der letzten Nacht. Im Fußraum türmten sich zwei Pappbecher, eine Papiertüte und eine leere Flasche Wein. Aus dem Lautsprecher kam laut Sams Musik. Er sang von der Revolution der Liebe, ich summte leise mit:

Revolution. Du hast mich, verdammt,
mit deinem Lächeln gerammt.
Für diesen Kuss, oh mein Gott, sterben wir unterm Schafott
wie einst Danton.

Mein Oberarm zitterte, als ich das Lenkrad nach rechts drehte. Die Serpentinen zur Veitsburg hinauf hatten es in sich. Hinter meinen Augen brannte es wie Feuer. Ich war erschöpft, zugleich aber hellwach. Auch letzte Nacht hatte Sam wieder vor meiner Tür gestanden. Ich musste aufpassen, dass ich nicht die Kontrolle verlor. Ich sollte ihn mitnehmen nach Mallorca, hatte er gesagt. Warum ich meine Zeit mit Leuten wie den Odermatts vergeude, hatte er wissen wollen.

Ich konnte es ihm nicht erklären. Vielleicht wollte ich es ihm auch nicht erklären. Ich hatte keine Lust mehr, mich zu rechtfertigen. Streit mit ihm lag mir fern. Er sollte mir einfach nur nahe sein und Lieder von der Liebe singen, die ich mittlerweile längst auswendig konnte:

Sieh, mein Königreich brennt. Du hast meine Wächter erhängt.
Nun komm – und töte mich heut Nacht,
ganz sacht.

Seeblick 64, ich war da. Den Alfa parkte ich vor der Villa. Das Verdeck ließ ich offen, nur meine Augen, die schloss ich für einen Moment. Ich atmete tief durch. Dann schaltete ich die Musik aus, den Motor und zuletzt meine Gedanken an Sam. Es ging weiter. Ich blickte mich um. Auf der Wiese, wo früher das Baumhaus gewesen sein musste, stand heute ein Mehrparteienhaus. Die Vögel zwitscherten.

Der Eingang sah immer noch aus wie auf den Fotos von damals, dunkles Holz, Goldbeschläge, die Platte mit dem eingravierten Familiennamen: *Odermatt.*

Ich klingelte.

Kitty Odermatts Gesicht schob sich durch den Spalt. Es schien noch schmaler geworden zu sein.

„Ich habe Sie erwartet", sagte sie und öffnete die Tür. Dann reichte sie mir ihre Hand, die genauso kalt und knochig war wie am Montag, und fügte hinzu: „Treten Sie ein, Ruby."

Ich folgte Kitty durch das Haus.

Der Marmor glänzte. Eine Skulptur aus Bronze stand in der Ecke, an den Wänden hingen abstrakte Gemälde neben klassischen Szenen. Kitty führte mich auf die Terrasse hinaus. Im Schatten einer Pergola stand ein Tisch, der für zwei Personen gedeckt war, das Service hatte Goldränder.

„Setzen Sie sich doch", sagte sie.

„Gerne", entgegnete ich.

Zwei weiße, gepolsterte Gartenstühle standen so, dass wir das Haus im Rücken hatten und den Garten im Blick. Wir setzten uns. Ein Meer aus Blumen lag unter uns, weiße, rote, aber auch gelbe und orangefarbene Rosen blühten. Darüber wiegten sich große, alte Bäume im Wind. Ich erkannte eine Trauerweide. Nur den Pool erkannte ich nirgends.

„Wunderschön", sagte ich. „Und dieser Blick, traumhaft." Eine Weile starrte ich schweigend in die Ferne. Von hier aus sah man weit über die Stadt, die sich ins Schussental schmiegte wie ein Baby in seinen Tragekorb. Sanfte Hügel umschlossen die Stadt. Rechts drängte sich wieder der dicke *Mehlsack* ins Bild, vor mir glänzte die türkisfarbene Spitze der Stadtkirche aus einem Meer von rötlichen Satteldächern, Giebeln und Zinnen. Von hier oben fiel mir auf, wie grün Ravensburg war.

Grün, wie das Leben.

Grün, wie die Natur, die am Ende über alles wächst.

„Wirklich wunderschön", bekräftige ich.

„Danke." Kitty lächelte. Ich erkannte einen schmerzlichen Zug um ihr Lächeln, als sie hinzufügte: „Als ich den Garten zum ersten Mal sah, da hatte ich eine Vision. Herr Geiger, unser Immobilienmakler, öffnete damals die Balkontür, und ich sah mich mit zwei Kindern inmitten von Rosen spielen. Es waren ein Junge und ein Mädchen. Das Mädchen hatte lange, helle Haare, der Junge dunkle Locken."

Ich rückte meine Kaffeetasse zurecht.

Das Ding sah zerbrechlich aus.

„Vier Monate später wurde ich schwanger", erzählte Kitty. Mit einer abwesenden Handbewegung, als verscheuchte sie eine Mücke, fügte sie hinzu: „Bedienen Sie sich bitte selbst."

Während Kitty weitererzählte, schenkte ich mir Kaffee ein und nahm zwei Madeleines von einem Rosentablett. Ihr Mann Thomas hatte das Haus gekauft. Kitty hatte es eingerichtet. Ihr Mann hatte Karriere gemacht, Kitty hatte zwei Kinder bekommen, zuerst den Jungen, Mark, dann das Mädchen, alles wie geplant. Das Mädchen nannten sie Alina, eine Kurzform von Adelina, was adelig oder nobel bedeutet. „Mein Traum war in Erfüllung gegangen", sagte Kitty. „Alles schien perfekt." Wieder zeigte sich der schmerzliche Zug um ihren Mund.

„Und dann kam der 1. Juli 2006", fügte sie leise hinzu.

Ich sah sie an.

Kittys Hände lagen in ihrem Schoß, ein Geäst aus blauen Adern schimmerte durch die Haut hindurch. Ihre Haare waren streichholzkurz, vielleicht eine Folge der Chemotherapie. Trotzdem war sie schön, wie sie da saß, in den Garten hinaussah und leise lächelte. Es war ein Lächeln, das den Tod bereits in sich zu tragen schien.

„Kennen Sie diese Momente, in denen sich alles verändert?", fragte sie, ohne den Blick aus der Ferne zu nehmen.

Ich nickte bloß.

„Veränderung", sagte sie nachdenklich. „Geschieht sie schleichend, wird das als normal empfunden: Aus offenen, fröhlichen Kindern werden mürrische Erwachsene, aus selbstbewussten Mädchen ängstliche Frauen. Niemand merkt das wirklich. Weil man Zeit hat, um sich daran zu gewöhnen. Geschieht Veränderung aber plötzlich, ist es eine Tragödie."

Ich trank einen Schluck Kaffee.

In der Ecke neben Kitty stand ein Sauerstoffgerät.

„Es gab zwei Momente, die mein Leben auf tragische Weise verändert haben", fuhr Kitty fort. „Der erste ereignete sich noch in Bratislava. Ich war im Training. In der Eishalle lief ich rückwärts. Ich war dermaßen auf meine Schrittfolge konzentriert, dass ich den anderen Läufer nicht bemerkte. Mitten auf der Fläche prallten wir zusammen. Dem Mann war nichts passiert, aber ich lag bewusstlos auf dem Eis. Aus meinem Kopf rann Blut. Die Ärzte diagnostizierten damals ein Schädelhirntrauma. Ich konnte geheilt werden, äußerlich. Doch bei dem Sturz hatte ich nicht nur das Bewusstsein verloren. Auch das Vertrauen in meinen Körper war weg. Ich konnte nie mehr zur Elite aufschließen."

Ich sah sie an.

Sie atmete ein paar Mal ruhig ein und aus, bevor sie fortfuhr: „Doch nach Alinas Tod verlor ich das Vertrauen in die ganze Welt." Es lag keine Verbitterung in ihrer Stimme, als sie erklärte: „Meine Freunde, mein Mann und all das, was ich bis dahin für Glück gehalten hatte, brach plötzlich wie ein Kartenhaus zusammen." Sie hob die rechte Hand und ließ sie wieder in ihren Schoß fallen, als sie sagte: „Puff! Plötzlich war alles weg. Mein Leben hatte nur funktioniert, solange es ein Vergnügungspark war. Nach Alinas Tod verschanzten sich alle hinter Phrasen. Leute, die mich früher angelächelt hatten, zeigten mir ihre hässliche Fratze."

Ich führte die Tasse an meine Lippen. Das Porzellan war hauchdünn. Ich hatte kaum Gewicht in meiner Hand.

„Ich bin krank." Jetzt drehte Kitty den Kopf zu mir. Ihr Blick ruhte in meinem, als sie hinzufügte: „Die Ärzte geben mir nicht mehr viel Zeit."

„Das tut mir …"

„Wissen Sie", unterbrach mich Kitty, „ich habe keine Angst vor dem Tod."

Wieder sah sie in den Garten hinaus. Ich folgte ihrem Blick. Unter der Trauerweide stand ein Engel aus hellem Stein. Rosen kletterten daran empor.

„Wer hat Ihre Tochter getötet?", fragte ich und erschrak selbst über den bitteren Zug, der in meiner Stimme lag. Sanfter fügte ich hinzu: „Was glauben Sie?"

Kitty atmete hörbar aus. Dann drehte sie ihren Kopf wieder zu mir. Sie hatte bernsteinfarbene Augen, die keine Angst mehr zu kennen schienen. „Damals war ich in Panik", sagte sie ruhig. „Ich dachte, mein Sohn könnte es getan haben. Deshalb habe ich Fehler gemacht."

„Was für Fehler?"

Sie schwieg.

Ich trank. Meine Augen spiegelten sich im Kaffee.

„Es gab keine Entführung", sagte Kitty plötzlich. „*Ich* habe den Brief geschrieben."

„Sie haben was?" Es klirrte. Meine Tasse fiel zu Boden. Ich starrte Kitty an und fragte: „Haben Sie das der Polizei gesagt?"

„Noch nicht", antwortete sie. „Das bisschen Zeit, das mir noch bleibt, möchte ich nicht auf einer stinkenden Wache mit stinkenden Männern verbringen."

Sie lächelte, als sie das sagte.

Ich bückte mich nach den Scherben.

„Lassen Sie das liegen", hörte ich Kittys Stimme.

Ich richtete mich wieder auf und sagte: „Aber Sie müssen das der Polizei ..."

„Keine Angst", unterbrach sie mich. „Die Polizei wird alles erfahren. Ich schreibe an einem Buch. Vor zwei Monaten, nachdem ich die Diagnose erhalten habe, habe ich damit angefangen. Der Rumprecht Verlag hat mir die Veröffentlichung bereits zugesichert."

Ich schob die Scherben mit dem Fuß beiseite.

„Das Buch hält mich noch am Leben", fuhr Kitty fort. „Alles, was ich noch möchte, ist die Wahrheit. Doch das letzte Kapitel ist noch nicht geschrieben. Dafür muss ich wissen, was Sie über meinen Sohn herausgefunden haben. Bitte. Es ist dringend. Mein Mann erzählt mir nicht alles."

Ich erzählte ihr, dass bisher niemand, mit dem ich sprach, Mark in den letzten Jahren wirklich gesehen hatte. Dass sich in München niemand von seinen ehemaligen Kommilitonen an ihn erinnern konnte. Auch zu seinen besten Schulfreunden Jonas und Finn hatte Mark den Kontakt abgebrochen. Das Treffen mit Annette Harms kam nicht zustande. Er schien kein Mobiltelefon zu besitzen, ich hatte bei sämtlichen Anbietern nachgefragt. Aber eine wirklich gute Neuigkeit gebe es, fügte ich schließlich hinzu: Mark habe sich letzten Sommer ein Ferienhaus an der Ostküste von Mallorca gekauft.

„Von welchem Geld?", fragte Kitty sofort.

„Wir wissen es noch nicht", gab ich zu.

Dann erzählte ich ihr von Maria Concitas, der Haushälterin. Und davon, dass Mark sich zurzeit auf einer Wanderung befand.

„Aber man müsste ihn doch irgendwie erreichen können!", rief sie.

Für einen Moment überlegte ich, ob ich ihr die Wahrheit zumuten konnte. Ich entschied mich dafür. Maria Concitas hatte nach Johns Besuch offensichtlich mit Felix Trapp telefoniert. Die Festnetznummer, die sie gewählt hatte, war auf seinen privaten Anschluss zugelassen.

„Felix", sagte Kitty und blickte in den Garten.

„Etwas stimmt da nicht", sagte ich.

Wir schwiegen.

Nach einer Weile sagte sie: „Das Verschwinden meines Sohnes hat mit Alinas Tod zu tun. Damit meine ich nicht nur, dass er Abstand gewinnen wollte. Nein. Mark weiß etwas. Er hat den Mörder gesehen, aber die Bilder verdrängt. Posttraumatische Belastungsstörung nennt man das. Trotzdem war Mark für den Täter eine tickende Zeitbombe. Irgendwann würde der Junge sich wieder erinnern."

„Sie meinen, der Täter könnte dafür gesorgt haben, dass Mark verschwindet?"

Kitty nickte.

Beide starrten wir in den Garten hinaus.

„Hedwig Krause glaubt, *Sie* hätten Alina getötet", sagte ich. Dann fügte ich hinzu: „Ich meine, sie *glaubte* das. Sie ist ja vorgestern erschossen worden. Die Polizei geht von Raubmord aus."

Der Name Hedwig Krause veränderte etwas. Kittys Körper verkrampfte sich. Die Luft schien enger zu werden. Sie atmete hörbar ein und wieder aus.

„Hedwig Krause hatte eine Affäre mit meinem Mann", sagte sie. „Aber wissen Sie was? Das war mir egal. Nur umgekehrt ist es anders: Diese Frau hasst mich." Plötzlich lächelte sie wieder sanft, als sie hinzufügte: „Ich meine, Sie *hasste* mich."

„Frau Krause hat mir erzählt, dass ein Mann bei ihr war. Der Mann habe nach Mark gefragt. Und die Schubladen durchwühlt."

„Ein Mann?"

„Er hatte so einen roten Fleck hier", sagte ich und deutete auf meinen Hals.

Wieder atmete Kitty hörbar ein und aus.

„Halten Sie mich nicht für gefühllos", sagte Kitty schließlich. Aber ich habe andere Sorgen als den Tod von Frau Krause."

Wieder starrten wir in den Garten hinaus.

„Ich habe mich gestern mit Vera Lindt getroffen", gab ich zu. „Frau Lindt glaubt immer noch, dass Uwe Sigg der Täter ist. Und Sie, Frau Odermatt, was glauben Sie?"

„Ich bin mir nicht mehr sicher." In ihrem dünnen Hals zuckte eine Sehne, als sie flüsterte: „Ich habe einen schrecklichen Verdacht." Kitty drehte ihren Kopf zu mir. Nur mühsam brachte sie den nächsten Satz hervor: „Ich *muss* wissen, ob mein Mann etwas damit zu tun hat."

„Ihr Mann?"

Sie blickte sich um. Dann flüsterte sie wieder: „Ich ging damals gegen halb elf zum Baumhaus rüber, stieg aber nicht hoch, weil Thomas schon oben war. Er rief herab, ich sollte zum Fest zurück."

Ich bewegte den Fuß vorsichtig. Unter mir lagen noch immer die Scherben.

„Thomas und ich haben damals beschlossen, das nicht zu erwähnen. Die Ermittler um Emil Zoran waren ohnehin gegen uns eingestellt. Thomas meinte, er habe Alina nur zum Tanz abholen wollen."

„Zu diesem Schlumpftanz?"

„Ja", antwortete Kitty laut atmend. „Aber mit der Zeit wuchsen meine Zweifel. Wir stritten uns immer mehr. Ich habe Angst, dass ..."

„Dass ...?"

„Ich kann noch nicht darüber sprechen." Kitty sah mich an. Etwas Schwarzes lag in ihren Augen, wie eine Fliege im Bernstein verkapselt. Sie legte ihre Hand auf meine, als sie sagte: „Thomas meinte, Sie fliegen morgen nach Mallorca. Rufen Sie mich an, sobald es Neues von Mark gibt. Zuerst mich, ja? Bitte. Und passen Sie auf meinen Sohn auf. Ich habe gehört, Sie können mit der Waffe umgehen."

Ich starrte sie an. Sie wusste also, dass ich zwei Männer erschossen hatte. Natürlich wusste sie es.

„Henning Lange hat so einen roten Fleck am Hals", sagte sie plötzlich.

„Henning Lange?"

„Sitzt auch im Vorstand der *Trapp*-Werke. Henning tut alles, was Thomas oder Felix von ihm verlangen."

„Aber warum sollte er bei Hedwig Krause eindringen?"

„Weil Hedi diese verfluchte Kamera geklaut hat. Sie hat es zwar immer abgestritten, aber ich bin mir sicher."

„Was für eine Kamera?"

„Alina hatte damals eine geschenkt bekommen. Damit hat sie Fotos gemacht. Ich glaube, sie hat den Täter fotografiert, bevor sie ..."

Sie schwieg.

„Dahinten ist Alinas Grab", sagte sie und deutete zu dem Engel hinüber. Die Trauerweide schloss ihre Äste schützend um sein Gesicht. „Ein paar Jahre nach ihrem Tod habe ich den Pool zuschütten lassen und den Engel aufgestellt."

„Warum?"

„In meiner Heimat gibt es eine Geschichte. Es geht um ein kleines Mädchen, das viel zu früh sterben muss. Als die Mutter weinend am Grab sitzt, streckt das Kind seinen Arm aus der Erde und zieht die Mutter zu sich hinab. Dasselbe geschieht mit der Schwester, mit der Großmutter und mit dem Vater, als sie weinend am Grab sitzen. Erst als alle tot sind, ist Ruhe."

Vorsichtig bewegte ich meinen Fuß in den Scherben.

„Ich hatte Angst, dass Alina mich ins Wasser zieht", sagte Kitty. „Mich oder Mark. Auch um ihn hatte ich Angst. Er verhielt sich immer seltsamer mit den Jahren."

Ich hörte Kittys Atem. Dann, ganz leise, ihre Stimme: „Und ausgerechnet in der Woche, als ich den Pool zuschütten ließ, verschwand Mark."

Es knirschte.

Aus dem Augenwinkel bemerkte ich einen Schatten. Plötzlich stand Thomas Odermatt hinter uns. Seine Pranken legten sich auf Kittys Schultern, als er sagte: „Nanu, du hast Besuch? Und dann noch von Frau Fuchs?"

Kitty blickte auf ihre Hände herab. Die Adern wirkten jetzt fast violett. Dann sah sie zu ihrem Mann auf und sagte: „Stell dir vor, sie haben Mark gefunden!"

Odermatts Gesichtszüge entgleisten.

Kitty brach in ein irres Lachen aus.

Er schüttelte den Kopf und sagte: „Damit macht man keine Witze, Kitty."

25

Ich saß noch keine zehn Minuten im Auto, als mein Handy klingelte. Unbekannte Nummer. Ich zog das Headset über und schrie gegen den Fahrtwind in das Mikrofon: „Hallo?"

„Warum waren Sie bei meiner Frau?", hörte ich Odermatt. Kein Hallo. Keinen guten Morgen. Nur diese Frage, die wie eine Drohung klang.

„Moment", schrie ich und drosselte das Tempo.

„Was haben Sie ihr genau erzählt?", fragte Odermatt.

„Moment", sagte ich, setzte den Blinker und bog rechts in einen Feldweg ein. Als der Motor verstummte, hörte ich Schritte am anderen Ende der Leitung. Im Hintergrund war Odermatts Stimme, die zu jemand anderem sagt: „Das muss heute noch raus."

Er schien im Büro zu sein.

„Herr Odermatt?", fragte ich.

„Ich höre."

„Haben Sie gewusst, dass Mark sich letztes Jahr ein Ferienhaus auf Mallorca gekauft hat?"

„Natürlich nicht."

„Ich frage mich nur, woher Mark das Geld hatte. Sechs-hunderttausend Euro."

Wieder Schritte.

„Es ist Ihr Job, das herauszufinden", sagte er dann.

„Ich fliege morgen nach Mallorca", entgegnete ich. Dabei bemühte ich mich, es wie eine Drohung klingen zu lassen.

Schweigen.

Dann seine Frage: „Frau Fuchs?"

„Ja?"

„Bitte besuchen Sie meine Frau nicht mehr. Außenstehende haben da keinen Einblick. Kitty kann sich vielleicht noch für eine halbe Stunde zusammenreißen, solange Fremde da sind. Aber es geht ihr wirklich nicht gut. Sobald Sie weg waren, ist sie förmlich zusammengebrochen. Ihr Besuch hat sie wahnsinnig aufgewühlt."

„Ich ..."

„Rufen Sie mich an, sobald es Neuigkeiten aus Mallorca gibt", sagte er. Dann schärfer: „Belasten Sie meine Frau nicht damit. Haben Sie das verstanden?"

„Okay", sagte ich.

Da hatte er schon aufgelegt.

Eine Weile starrte ich vor mich hin, dann wählte ich Emil Zorans Nummer. Gestern hatte ich ihm schon auf die Mail-box gesprochen, doch er hatte nicht zurückgerufen. Jetzt ließ ich das Festnetztelefon klingeln, vier Mal, fünf Mal, sechs Mal. Er nahm nicht ab. Dann probierte ich es auf dem Handy. Eine weibliche Stimme sagte: „Ihr Gesprächspartner ist zur Zeit leider nicht erreichbar; bitte hinterlassen Sie eine Nachricht nach dem Signalton."

26

Dr. Konrad Lubitz, Kinder- und Jugendpsychotherapeut, stand auf
dem Schild am Eingang. Eine Sonne war darauf gemalt. Die
Praxis befand sich in einer Einliegerwohnung, der Eingang
lag tief. Das Einfamilienhaus drückte von oben herab.

„Zurzeit kann ich mir nichts anderes leisten", sagte Lubitz,
als hätte er meine Gedanken gelesen.

Ich blickte auf den weiß gekachelten Fußboden. Dann in
das Gesicht von Lubitz. Es war ein gutes Gesicht, das
schlechte Zeiten hinter sich hatte. Sein Hemdkragen war an
der Kante durchgewetzt.

„Ich habe lange in der Klinik in Weißenau gearbeitet", sagte er.

Ich nickte. Die Klinik war die bekannteste Psychiatrie in
der Gegend.

„Schwerpunkt Kinder- und Jugendpsychiatrie", fuhr er
fort. „Ich war dabei, mir meine eigene Abteilung aufzu-
bauen. Doch dann brachten sie mir Mark Odermatt, nachdem er seiner Schwester mit einem Eishockeyschläger auf
den Kopf geschlagen hatte. Das war im Sommer 2005."

Lubitz saß jetzt auf einem Drehstuhl, ich auf einem hell-
grünen Sitzball. Er blickte mich an. Unter anderen Umstän-
den wäre er ein Frauenmagnet gewesen. Doch sein Lächeln
war ohne Kraft.

„Mark war ein verschlossener Junge gewesen", fuhr er fort
und senkte den Blick. „Stark gehemmt, äußerst sensibel.
Erwachsenen gegenüber geradezu ängstlich. Ich habe versucht, herauszufinden, woher die Wut kam, die er offensichtlich in sich trug. Doch seine Eltern hatten eine Mauer

um ihn gebaut. Alles außerhalb der Familie war zum Feindesland erklärt worden."

Ich musste nicht viel fragen, Lubitz erzählte von sich aus weiter. Das Thema beschäftigte ihn nach wie vor.

„Im Internet kursiert ja dieses Gefälligkeitsgutachten von Wiglaf Mertens, der Mark als ein ruhiges Kind mit einem hohen Intelligenzquotienten beschreibt. Eifersucht und Rivalität unter den Geschwistern habe es gegeben, meint Mertens, aber alles im Rahmen eines normalen kindlichen Entwicklungsprozesses." Lubitz schüttelte den Kopf. „Dabei ist Mertens nicht mal Psychologe." Wieder schüttelte er den Kopf. „Nie würde ich so was im Internet veröffentlichen, nie!"

Wir schwiegen.

„Auf allen Bildern, die Mark gemalt hatte, waren Männer mit drei Beinen oder riesigen Krawatten gewesen", sagte Lubitz schließlich. „Außerdem war der Junge mit zehn noch Bettnässer. Sein Körper wies auffällig viele blaue Flecken auf."

Eine Bahnhofsuhr hing über dem Eingang. Es war 10:15 Uhr.

„Ich hatte kein gutes Gefühl bei der Sache", erklärte Lubitz. „Deshalb verständigte ich das Jugendamt. Verdacht auf Missbrauch."

„Sie meinen, der Junge wurde missbraucht?", fragte ich überrascht. „Es ging gar nicht um Alina?"

„Der Junge", sagte Lubitz und fuhr sich durch die kurzen, blondgrauen Haare. „Kurz darauf erhielt ich ein Schreiben von Odermatts Anwalt. Er drohte mit einer Klage. Zwei Wochen später hieß es vonseiten des Jugendamts, es sei alles in Ordnung bei der Familie."

Draußen war es warm. Aber hier drinnen fröstelte ich. Über meinen rechten Schenkel zog sich eine Gänsehaut. Dann bemerkte ich den blauen Fleck an der Innenseite.

„Das Jugendamt hatte eine Entscheidung getroffen", hörte ich Lubitz wieder. „Der Fall war für mich erst mal abgehakt. Doch als Alina dann ermordet wurde, ging ich zur Polizei. Ich sprach mit Hauptkommissar Emil Zoran. Ich wiederholte meinen Verdacht, dass in der Familie Missbrauch stattgefunden haben könnte. Damals hielt ich das für meine Pflicht."

Ich betrachtete den Fleck genauer. Am Rand war er grün.

Lubitz sagte: „Bei Missbrauch liegt oft eine jahrelang eingeschworene Gemeinschaft vor, ein System aus Geheimnis und Verschweigen, in das die ganze Familie verstrickt ist. Das erhöhte in meinen Augen die Wahrscheinlichkeit, dass der Täter aus der Familie kommt."

Ich zog meinen Rock bis zu den Knien herab. An der Wand hing eine Kinderzeichnung. Sie zeigte ein blaues, lachendes Monster.

„Rückblickend war es ein Fehler, dass ich zur Polizei gegangen bin", sagte Lubitz. „Nun stand ich auf Odermatts Abschussliste. Der Mann hat versucht, mich zu vernichten."

„Zu … vernichten?"

„Es sind Dinge passiert, die in dieser Häufung kein Zufall sein können", erklärte Lubitz. Er sprach betont ruhig, als er fortfuhr: „Eine 16-jährige Patientin von mir behauptete plötzlich, ich hätte sie zu einer Affäre gezwungen. Die Mutter zeigte mich an. Vor Gericht nahm das Mädchen die Behauptung zurück, die Anklage wurde fallen gelassen, aber meine Privatpatienten blieben seitdem aus. Und natürlich war mein Chef misstrauisch geworden." Lubitz rieb sich den Nacken. Dann sagte er: „Kurz darauf wurde ich mitten in der Innenstadt von Ravensburg zusammengeschlagen. Ich war fast vier Monate im Krankenhaus deswegen. In dieser Zeit machte meine Bank plötzlich Druck mit der Hypothek, sodass ich mein Haus verlor. Kurz und gut: Ich wurde depressiv und habe sehr lange gebraucht, da wieder rauszukommen." Mit einem Lächeln fügte er hinzu: „Seit zwei Jahren geht es aber Gott sei Dank wieder bergauf."

Ich sah ihn an.

Um seine Augen lag ein Netz aus feinen Linien. Wenn er lächelte, zog es sich zusammen.

„Ich weiß, was Sie denken", sagte Lubitz. „Nämlich das, was alle gedacht haben. Dass ich übertreibe, paranoid bin und so weiter. Aber wenn dich jemand auf diese Weise fertigmacht, besteht ein Großteil der psychischen Gewalt in der Ohnmachtserfahrung, dass dir niemand glaubt. Odermatt hat das mit eingerechnet in seinen Plan. Anfangs halten deine Freunde noch zu dir. Doch wenn es dir immer schlechter geht, wenden sich früher oder später alle ab." Er drehte sich leicht von mir weg, als er hinzufügte: „Ich mache niemandem einen Vorwurf deswegen. Das ist normal. Ein Überlebensinstinkt, sozusagen. Wir halten uns an die Erfolgreichen."

Dann drehte er sich wieder zu mir und lächelte mich an.

Ich hörte auf zu wippen.

„Mir wurde unterstellt, ich hätte ein persönliches Neidproblem mit Odermatt", fuhr Lubitz kopfschüttelnd fort. „Kollegen glaubten gar, ich sei wahnhaft auf diese Person fixiert."

„Ehrlich gesagt", entgegnete ich, „ein bisschen abwegig klingt es schon, was Sie behaupten."

„Was behaupte ich denn?", fragte er und verschränkte seine Arme. Plötzlich wirkte er wie ein trotziges Kind.

„Wenn ich Sie richtig verstanden habe, vermuten Sie Odermatt als Drahtzieher hinter Ihrem Jobverlust, hinter dem Überfall und hinter dem Verlust Ihres Hauses."

Lubitz drehte sich in Richtung Fenster und blickte hinaus. „Zugleich stellen Sie die Vermutung in den Raum, Thomas Odermatt könnte seinen Sohn missbraucht und seine Tochter umgebracht haben. Darauf läuft es doch hinaus."

„Das habe ich nicht *behauptet*", sagte er und drehte sich wieder zu mir. „Ich habe lediglich den *Verdacht* auf Kindesmissbrauch geäußert. Es wäre Sache des Jugendamts gewesen, das ernsthaft zu überprüfen. Auch habe ich nicht behauptet, dass Odermatt seine Tochter ermordet hat. Aber es wäre Sache der Polizei gewesen, zu ermitteln, inwiefern ein möglicher Missbrauch mit diesem Mord zusammenhängt."

Ich nickte. Lubitz hatte recht. Aber der Widerstand gegen das, was er sagte, war enorm groß. Selbst bei mir. Dabei kannte ich die polizeiliche Kriminalstatistik. Über zwölftausend Fälle von Kindesmissbrauch wurden jedes Jahr zur Anzeige gebracht, Tendenz steigend. Es lag in der Natur der Sache, dass die Dunkelziffer hoch war, gigantisch hoch. Manche Studien kamen sogar zu dem Schluss, dass jedes vierte Kind Opfer von sexueller Gewalt wurde.

Lubitz hielt mir eine geöffnete Dose hin.

Es waren Kekse drin.

„Danke", sagte ich.

„Mein größter Feind sind nicht Leute wie Odermatt", sagte Lubitz dann. „Mein größter Feind ist das Schweigen."

Ich kaute. Im Bücherregal stand die ganze Palette von Freud über Jung bis zu den Franzosen und Angelsachsen.

„Die ersten acht Jahre seines Lebens lernt der Mensch sprechen – und danach lernt er das Schweigen", sagte Lubitz. „Wir Therapeuten kämpfen gegen das Schweigen an. Vergeblich. Die meisten Menschen haben, wenn sie sterben, keinen einzigen wahren Satz gesagt. Alles, was sie von sich geben, sind Allgemeingültigkeiten. Sie sagen nur das, was in der Gruppe vorformuliert ist. Anpassung nennt man das, auch ein wichtiger Überlebensreflex." Wieder hielt er mir die Dose hin.

Ich nahm noch einen Keks.

„Doch das Unausgesprochene wächst und wächst. Es wird immer größer, bedrohlicher", fuhr Lubitz fort. „Am Ende ist da ein riesiger, schwarzer Abgrund. Das ist der Tod."

Ich hörte auf zu kauen.

„Der Tod ist das ultimative Schweigen", sagte Lubitz. Er war jetzt in seinem Element. Sein Mienenspiel wurde lebendiger. Seine Augen begannen beinahe zu leuchten. Für einen Moment konnte ich erahnen, was für eine beeindruckende Persönlichkeit er früher gewesen sein musste.

„Dieser Abgrund hat eine enorme Kraft", fuhr Lubitz fort. „Er ist wie ein Strudel, gierig, verschlingend. Das Schweigen will immer mehr Worte. Mit der Zeit löscht es sie sogar in unserem Gehirn. Deshalb haben wir heutzutage auch so viele Fälle von Demenz. Weil die Nachkriegsgeneration vor allem gelernt hat, zu schweigen."

„Kitty Odermatt kämpft dagegen an", sagte ich.

„Kitty Odermatt hat mich damals öffentlich bespuckt", sagte Lubitz bitter. „Aber vor zwei Monaten rief sie mich an und entschuldigte sich sogar bei mir. Nach zwölf Jahren! Wir Menschen sind doch unbegreiflich."

„Kitty hat Krebs im Endstadium", sagte ich.

Lubitz drehte sich wieder zum Fenster. Nach einer Weile sagte er wie zu sich selbst: „Mark konnte sich damals ja nicht mehr an das Gesicht des Täters erinnern. Auch nicht an seine Stimme oder sonst an ein Detail. Ich glaube nicht, dass der Junge in diesem Punkt gelogen hat. Das Kind wurde von verschiedenen Experten befragt. So ein guter Schauspieler war er nicht. Nein, Mark litt an einer posttraumatischen Störung mit Amnesie."

Ich griff nach einer kleinen Flasche Wasser, die auf dem Tisch stand. Es zischte, als ich sie öffnete.

Lubitz sagte: „Manche Betroffene können sich Jahre später aber wieder erinnern. Vielleicht ging es Mark ja auch so. Vielleicht wusste er plötzlich wieder, wer seine Schwester umgebracht hat."

In dem Zimmer über uns begann ein Baby zu brüllen.

„Vielleicht wusste Alina, dass da etwas Verbotenes zwischen Mark und seinem Vater war. Ich halte das sogar für wahrscheinlich. Vielleicht hat sie in dieser Nacht ihrem Vater damit gedroht, es der Mutter zu sagen. Vielleicht wollte Odermatt seine Tochter nur davon abhalten, das zu tun. Vielleicht hat er zur Taschenlampe gegriffen, um sie zurückzuhalten. Vielleicht war es ein Unfall."

Das Baby schrie immer noch.

„Vielleicht, vielleicht, vielleicht", sagte Lubitz, massierte sich die Schläfe und fragte: „Hat Herr Odermatt Sie wirklich persönlich beauftragt, seinen Sohn zu finden?"

Ich nickte nur. Die Plastikflasche knackte. Das Baby schrie.

„Irgendetwas stimmt da nicht", meinte Lubitz nachdenklich. „Wenn Odermatt involviert ist, hat er kein Interesse, dass Mark gefunden wird."

„Vielleicht ist Mark längst tot", nahm ich den Ball auf. „Vielleicht ist der Suchauftrag nur ein Alibi für Odermatt."

Lubitz ging ans Fenster.

Das Baby schrie und schrie.

„Frau Fuchs", sagte Lubitz und drehte sich abrupt zu mir um. „Ich will Ihnen ja keine Angst machen. Aber unterschätzen Sie Thomas Odermatt nicht. Er kontrolliert alles und jeden. Auf Schritt und Tritt. Wahrscheinlich ist er schon tiefer in Ihr Leben eingedrungen, als Sie denken."

„In *mein* Leben?", fragte ich irritiert.

Lubitz nickte. Er sah sich um, als er fragte: „Hat sich etwas verändert in Ihrem Leben, seitdem Sie den Fall angenommen haben?"

„Nein."

„Wurde bei Ihnen eingebrochen?"

„Nein."

„Haben Sie plötzlich Ärger?"

Ich schwieg.

„Haben Sie jemanden Neues kennengelernt, dem Sie Informationen anvertrauen?"

Ich sah ihn an.

27

Felix Trapp war schmal, beinahe zart. Er sah aus wie der Junge, der in der Schule immer verprügelt worden war. Den Chef der *Trapp Werke GmbH* hatte ich mir anders vorgestellt. Mit Thomas Odermatt hatte er sich einen Geschäftsführer gesucht, der zugleich sein Bodyguard sein könnte. „Frau Fuchs", sagte Trapp und reichte mir seine feingliedrige Hand. „Treten Sie ein. Ich befürchte zwar, ich kann Ihnen nicht helfen, aber ich will es gerne versuchen."

Trapp hatte sich seine Villa etwas außerhalb von Ravensburg hinstellen lassen, am Rande der Gemeinde Horgenzell. Drinnen war alles aus Glas, Holz und Beton. Die gesamte Vorderfront war transparent, der Ausblick atemberaubend, in der Ferne glitzerte der Bodensee silberblaugrau. Für einen Moment blieb ich stehen und starrte hinaus. Ich dachte an das, was Lubitz gefragt hatte. Ob ich jemanden kennengelernt habe, dem ich vertraute. Ich dachte an Sam und merkte erst dann, dass Trapp noch etwas gesagt hatte.

„Was?", fragte ich und drehte mich um.

„Thomas meinte, Sie waren heute Morgen schon bei Kitty", wiederholte Trapp.

„Ja", sagte ich und rieb mir die Schläfen.

Beinahe misstrauisch sah er mich an. Schließlich schickte er ein Lächeln hinterher und bat mich, ihm zu folgen. Ein Stockwerk tiefer öffnete Trapp eine Tür, die in einen langen, schmalen Gang führte. Wir gingen hinein.

Es wurde kälter, dunkler.

Meine Schritte wurden zögerlicher.

„Wir gehen jetzt in den Berg hinein", erklärte Trapp. Das Haus lag an einem Hang. „Da drinnen ist meine Arbeitshöhle. Ich brauche Ruhe. Bei hellem Licht kann ich nicht denken."

Im Vorübergehen betrachtete ich die Fotos an der Wand. Ich sah Felix Trapp im Cockpit eines Flugzeugs sitzen. Dann beim Golfspielen. Ich sah ihn mit einem jungen Mann im Arm.

Trapp öffnete eine Tür.

„Bitte", sagte er und ließ mir den Vortritt. Ein Halogenstrahler traf sein Gesicht, seine Haut schimmerte blass wie weißer Marmor. Er breitete die Arme aus, deutete in den Raum und sagte: „Das ist meine Kommandozentrale, sozusagen."

Ich blieb stehen.

Der Raum erinnerte an ein Amphitheater. In den Bogen des Halbkreises schmiegte sich eine graue Sitzlandschaft mit zwei Stufen, auf der mindestens hundert Leute Platz fanden. Auf der Bühne stand ein Schreibtisch von monströsen Ausmaßen, darauf befand sich nichts als ein hauchdünner Laptop. Kein Lineal, keine Kaffeetasse, kein Papier. In die Wand dahinter war ein riesiger Touchscreen eingelassen. Ich schätzte ihn auf fünf mal zwei Meter.

„Bitte, nehmen Sie doch Platz", sagte Trapp.

Ich steuerte einen Eckplatz an, rechts außen.

„Kitty hat sich in letzter Zeit sehr zurückgezogen", sagte Trapp. „Was wollen Sie trinken? Wir bedauern das übrigens sehr."

„Nur ein Wasser", antwortete ich und versank in dem Polster.

„Ich mache einen sehr guten Mojito", erklärte er. „Probieren Sie den."

Es war 17 Uhr. Ich hatte gestern schon zu viel getrunken. Aber ich widersprach nicht.

Trapp ging auf einen verspiegelten Schrank zu, der in die gegenüberliegende Wand eingelassen war, drückte einen Knopf, und der Schrank entpuppte sich als Bar. Mit sicheren Handgriffen machte sich der Chef der *Trapp Werke GmbH* an die Zubereitung der Drinks, zupfte Minze von einem Stängel, schnitt Limetten auf, nahm eine Flasche zur Hand, schenkte ein und sagte wie nebenbei: „Ich mache mir Sorgen um Kitty. Sie schreibt wohl an einem Enthüllungsbuch. Das sollte sie besser nicht tun."

Er sah mich an.

Mein Blick glitt über den Boden. Er war mit Teppichen ausgelegt. Sie schimmerten grau und weich. Als ich wieder zu Trapp blickte, arrangierte er zwei Gläser auf einem Tablett, steckte je einen Stängel frische Minze hinein und kam mit dem Tablett herüber. Er servierte mir den Cocktail. Dann setzte er sich mit zwei Meter Abstand zu mir auf das Sofa. Kleine Tische waren darin eingelassen und unterteilten die Sitzlandschaft in sechs Segmente. Auf dem Tischchen neben Trapp stand ein goldener Pokal, der auf einem kleinen, schwarzen Sockel befestigt war. Trapp bemerkte meinen Blick und erklärte: „Eine Auszeichnung für das innovativste Unternehmen Deutschlands." Lässig schlug er die Beine übereinander und prostete mir zu. Er trug einen weißen Sommeranzug aus leichtem Stoff.

Ich nahm einen Schluck.

„Kitty hat viel mitmachen müssen", sagte Trapp. „Wahrscheinlich zu viel."

Ich nahm noch einen Schluck.

„Und jetzt beißt der Hund die Hand, die ihn füttert", sagte er.

„Welcher Hund?"

„Sagt man das nicht so?"

Gedankenverloren starrte Trapp in meine Richtung. „Kitty will Thomas als Mörder anprangern", meinte er schließlich. „Hat sie Ihnen das nicht erzählt? Ich dachte, sie bindet es jedem auf die Nase."

Ich schüttelte den Kopf.

Trapp lächelte.

„Die Vorwürfe entbehren jeder Grundlage", sagte er. „Das wäre einem geldgeilen Verlag aber egal. Wenn die das große Geschäft wittern, drucken sie doch jede Scheiße – entschuldigen Sie bitte die Wortwahl, aber ist doch so."

Ich drehte mein Glas in der Hand hin und her. An der Außenseite hatten sich Kondenströpfchen gebildet. Meine Hand war eiskalt.

„Kitty bräuchte einen Psychologen", sagte Trapp. Dann fuhr er sich über das Kinn, auf dem ich keinen Bartwuchs erkennen konnte, und fügte hinzu: „Der Krebs hat ihr Gehirn zerfressen."

Dieser Satz war wie ein Messer. Er war nicht gut. Ich setzte mich auf.

„Soviel ich weiß", entgegnete ich, „handelt es sich bei Kitty um Eierstockkrebs. Das sitzt weiter unten."

Trapp lächelte, aber eisiger als zuvor. Dann fragte er mit einer plötzlichen Chefstimme: „Was hat Kitty erzählt?"

„Kitty hat Thomas im Baumhaus gesehen", antwortete ich. „Zur Tatzeit. Sie hat auch einen Beweis dafür."

Trapp blieb ruhig, äußerlich. Er saß da, die Beine übereinandergeschlagen, und zog an dem Strohhalm. Aber ich hatte sein Erschrecken gesehen, tief innen drin hatte es gezuckt.

„Außerdem hat Kitty zugegeben, den Erpresserbrief geschrieben zu haben", sagte ich, ohne ihn aus den Augen zu lassen. „Es gab keine Entführung."

Trapp stellte den Cocktail ab.

Jetzt zog ich an meinem Strohhalm. Der Limettensaft reizte meine Kehle, aber ich blieb ruhig.

„Ich habe das immer geahnt", sagte er schließlich.

Ich hustete. Vielleicht war es auch Trapp, der mich reizte.

„Aber uns gegenüber hat Kitty das nie zugegeben", fuhr er fort. „Und Thomas hat immer zu ihr gehalten." Nachdenklich fügte er hinzu: „Wenn Kitty mit dieser Info jetzt an die Öffentlichkeit geht, wird sie auf dem Scheiterhaufen landen. Jemand muss ihr das klarmachen. Die Medien werden eine Hetzjagd veranstalten. Meine Firma wird erheblichen Schaden erleiden."

„Was hat Ihre Firma damit zu tun?"

„Thomas Odermatt ist der Geschäftsführer der *Trapp*-Werke", sagte er. Dann umfasste er sein Glas und strich daran langsam auf und ab, als er fragte: „Was für einen Beweis?"

„Ein Foto", sagte ich möglichst beiläufig. „Es gibt ein Foto. Eins der Kinder hatte es mit der Einwegkamera gemacht. Wissen Sie das nicht?"

Trapps Hand schloss sich um das Glas. Die Knöchel traten weiß hervor. Er führte den Cocktail an die erstaunlich sinnlichen Lippen und trank. Danach sagte er: „Es war dieser Angestellte vom Catering. Uwe Sigg. Das gilt doch mittlerweile als bewiesen. Der Mann war damals schon vorbestraft, Kinderpornografie und so ein Dreck. Auf seinem Rechner haben die sogar Nacktfotos von Alina gefunden! Das muss man sich mal vorstellen. Außerdem war sein Badezimmer mit Filmplakaten von Lea, der kleinen Eisprinzessin tapeziert. Der ist doch gestört. Besessen war der von Alina. Und dann noch das Blut im Schuppen! Was braucht so ein Gericht denn noch alles?" Er lachte bitter. „Die haben ihn laufen lassen! Was für eine Demütigung für die Familie. Das widerspricht doch jedem Gerechtigkeitsempfinden. Da soll man sich nicht nach einer Hand sehnen, die mal durchgreift."

„Ich treffe mich nachher noch mit Uwe Sigg", sagte ich.

„Dann können Sie sich ja selbst ein Bild machen", erwiderte Trapp in einem Tonfall, der zugleich Spott oder Mitgefühl bedeuten konnte. „Ich habe damals auch mit ihm gesprochen. Wer eine gute Menschenkenntnis hat, braucht keine weiteren Beweise mehr. Der Mann hat Alina auf dem Gewissen."

Ein helles Klack-Klack war zu hören. Beide blickten wir zur Tür, die sich langsam öffnete. Eine Blondine betrat den Raum, mollig, sinnlich, um die fünfzig. Sie hatte sehr hohe Schuhe und sehr große Brüste.

„Ah, du hast Besuch", sagte sie entschuldigend. „Ich wollte nur kurz Tschüss sagen. Ich fahre jetzt."

„Das ist meine Frau Jutta", sagte Trapp.

„Hallo, ich bin Jutta", sagte sie, trippelte zu mir und reichte mir ihre weiche, weiße Hand. Ihre Nägel waren perfekt manikürt. Ein Ring mit Diamanten schnitt in ihren fleischigen Finger.

„Ruby Fuchs ist die Privatdetektivin", sagte Trapp. „Von Thomas."

„Ah", sagte sie, sah mich noch einmal an und meinte: „Kitty tut mir, ehrlich gesagt, einfach nur leid. Das mit Alina war tragisch. Aber dass sie jetzt Thomas die Schuld dafür in die Schuhe schieben will!" Sie schüttelte den Kopf. „Ärzte wie diesen Lubitz müsste man steinigen. Ich meine, der hat doch behauptet ..."

„Lass gut sein", sagte Trapp.

„Wenn die für ihre Lügen zahlen müssten", fuhr sie fort, „dann würden so Leute sich besser überlegen, was sie rausposaunen."

Trapp umfasste wieder das Glas.

„Kitty ist so narzisstisch in ihrer Trauer", sagte Jutta. „Als ob wir anderen nicht gelitten hätten."

„Lass gut sein, Jutta", sagte Trapp wieder. Und dann: „Viel Spaß also. Lasst euch schön machen."

Jutta beugte sich zu ihrem Mann hinab und gab ihm ein Küsschen auf die Wange. Dann trippelte sie in Richtung Ausgang. Ihre Körperspannung war gleich null. Als sie weg war, sagte Trapp: „Sie fährt mit ihren Freundinnen ins Wellnesswochenende."

Ich nickte.

Trapp wich meinem Blick aus.

„Mark hat sich im August letzten Jahres ein Ferienhaus auf Mallorca gekauft", sagte ich. „Morgen fliege ich selbst rüber. Dann treffe ich mich mit Herrn Reber, dem Immobilienmakler." Ich schlug die Beine übereinander, als ich fragte: „Wissen Sie, wer Mark so viel Geld gegeben haben könnte?"

Trapp beugte sich nach vorne und vergrub den Kopf in den Händen. Er fuhr sich durch die hellen Haare, die weich schimmerten. Das leise Summen einer Klimaanlage war zu hören. Trapp richtete sich wieder auf und sagte: „Ich habe Mark das Geld gegeben."

„Dann wissen Sie, wo er sich aufhält?"

„Ich habe ihm versprochen, es niemandem zu verraten."

Wir schwiegen.

Trapp stand auf und mixte sich noch einen Drink. Er nahm eine Flasche aus dem Regal, als er sagte: „Ich habe Mark gesagt, dass er zurückkommen muss. Dass seine Mutter im Sterben liegt. Ich habe ihm gesagt, er muss ihr helfen, die Sache klarzustellen." Er zerstieß Eis, als er sagte: „Kindesmissbrauch ist ein Thema, klar. Aber auch nur annähernd zu denken, Thomas habe seinen eigenen Sohn ..." Angewidert schüttelte er den Kopf. Er nahm einen Messbecher und schüttete drei Portionen von etwas Klarem hinein, als er fortfuhr: „Die Statistik macht einem Angst. Aber genau das nutzen Leute wie dieser Möchtegern-Psychologe Lubitz aus, um das Leben anderer Leute zu zerstören. Wissen Sie, dass Konrad Lubitz sich im Jahr 2001 um die Finanzierung eines Forschungsprojekts bei der Trapp-Stiftung beworben hat? Wir mussten das leider ablehnen. Wir haben ein Großprojekt in einer anderen Klinik gefördert. Seitdem ist Konrad Lubitz vor Frust und Neid zerfressen. Das ist die traurige Wahrheit hinter der Geschichte."

Trapp trank den fertigen Cocktail in einem Zug leer. Nur das Eis und die Zitronenscheibe blieben zurück.

Mein Handy vibrierte. Auf dem Display erschien eine WhatsApp.

Können wir uns nachher sehen?, schrieb Sam. *Bitte.*

„Sie fliegen also morgen nach Mallorca?", fragte Trapp und kam auf mich zu.

Ich nickte. Dann erhob ich mich aus dem Sofa. Dabei fiel das Handy zu Boden.

„Ich hoffe, Sie bringen den Jungen zurück", sagte er.

Ich bückte mich nach dem Handy.

Plötzlich lag seine Hand zwischen meinen Schenkeln. Ich roch seinen Atem, den Rum und den Zucker.

„Na komm, Baby", sagte er nah an meinem Ohr. „Du willst es doch auch."

Reflexartig drehte ich mich um und platzierte mein Knie zwischen seinen Beinen. Trapp ging sofort zu Boden. Sein Mund öffnete sich, doch es kam nicht einmal ein Schrei heraus.

„Tut mir leid", sagte ich ehrlich erschrocken. „Das ist ein Reflex von mir. Stammt noch aus der Zeit, als ich mit Verbrechern zu tun hatte."

Ich streckte ihm die Hand entgegen, um ihm aufzuhelfen.

Verächtlich sah er mich an.

„Machen Sie die Tür hinter sich zu", presste er nur hervor und deutete mit seiner schmalen, zitternden Hand in Richtung Ausgang.

28

„Du könntest ihn anzeigen", sagte Sam. „Wegen sexueller Belästigung."

Sams Kopf lag auf meinem Schenkel. Das Dachfenster und die Balkontür standen offen. Draußen schlug eine Kirchturmuhr sieben Uhr abends. Auf vier dunkle, tiefe Schläge folgten sieben helle. Auf Sams Empörung folgte mein Schweigen.

„Nein", sagte ich schließlich.

„Warum nicht?", wollte er wissen. „Hast du Angst?"

„Nein."

Eine leichte Brise wehte über uns hinweg. Wir lagen nackt auf dem Bett, das Laken war zerknüllt, eine Fliege summte um uns herum und fand den Weg nicht hinaus.

„Warum dann nicht?", fragte er.

„Ich glaube, er *will*, dass ich ihn anzeige."

Sam rutschte höher und legte seinen Kopf auf meinen Bauch. Ich vergrub meine Hände in seinen Haaren. Sie waren goldbraun, weich und feucht.

„Sexuelle Belästigung ist eine Straftat", sagte Sam. „Warum sollte er das wollen?"

„Um eine noch größere Straftat zu vertuschen", sagte ich.

Sam drehte sich langsam vom Rücken auf den Bauch. Nachdenklich küsste er meinen Bauchnabel.

„Da war nichts zwischen mir und Trapp", sagte ich.

Sam leckte über meinen Rippenbogen. Auch sein Lecken fühlt sich nachdenklich an.

„Ich meine, wir haben nicht mal miteinander geflirtet", sagte ich.

„Du musst dich nicht rechtfertigen", sagte Sam. „Ein Flirt ist doch kein Persilschein."

„Das meine ich nicht", erwiderte ich. Über mir hing ein blaues Rechteck. Es war der Himmel. Die Tauben hüpften über das Dach. Ich konnte das Tapsen ihrer Füßchen hören, dann ein leises Gurren. Sanft streichelte ich über Sams Rücken, während ich laut nachdachte: „Etwas stimmt da nicht. Trapp und ich haben über eine halbe Stunde miteinander geredet. Da war nichts in seinem Blick, keine Lust, keine Gier, nicht mal Sympathie. Auch sein Verhalten war eher distanziert. Zwischen uns bewegte sich nichts. Der Gedanke an Sex spielte gar keine Rolle, bis ..."

Mit der rechten Hand umfasste ich Sams Nacken. Er war kräftig.

Wieder das Tapsen der Tauben auf dem Dach.

„Und plötzlich greift er mir zwischen die Beine", sagte ich. „Das passt nicht zusammen. Was für eine dumme, fantasielose Geste! Als hätte er das mal irgendwo gelesen."

„Fantasielos?"

Sam legte seine Hand auf meinen Schenkel und bewegte sie über den blauen Fleck nach oben. Ich schloss die Augen. Erneut wehte eine Brise durch den Raum. Ich hörte das Gurren der Taube auf dem Dach.

„Manche Männer verbergen ihre Geilheit hinter der Maske des Mönchs", sagte Sam. Mit dem Zeigefinger zeichnete er die Form meines Blutergusses nach.

Ich verschränkte die Arme hinter dem Nacken.

„Nein", sagte ich dann. „Ich glaube wirklich, dass er wollte, dass ich ihn anzeige. Damit alle denken, Trapp sei ein geiler Bock, der an keiner Frau vorbeikommt."

„Das ist doch Quatsch."

„Ist es nicht", erwiderte ich.

Draußen knatterte eine Vespa durch die Gassen. Wenn der Wind ausblieb, war es drückend schwül. Bald würde es gewittern.

„Entspann dich", sagte Sam.

Mein Handy vibrierte auf dem Nachttisch. Ich hatte es auf stumm geschaltet. Es war John. Ich nahm das Gespräch an. Ob ich morgen wirklich schon um 07:55 Uhr am Flughafen von Palma de Mallorca landete, wollte er wissen. Leider, entgegnete ich, das sei der einzige Direktflug an diesem Tag. Meine Maschine ging um sechs, das hieß, ich musste spätestens um fünf am Flughafen stehen.

„Soll ich nicht doch mitkommen?", fragte Sam, nachdem ich aufgelegt hatte. Sam lag jetzt auf dem Rücken. Beide blickten wir nach oben in den Himmel.

„Das ist geschäftlich", sagte ich. John mochte Sam nicht. Das sagte ich nicht.

Wieder gurrte eine Taube.

„Und warum soll Trapp jetzt ein geiler Bock sein wollen?", hörte ich Sam.

„Weil er auf kleine Jungs steht", erwiderte ich.

Sams Körper spannte sich an. Er sagte: „Das ist eine massive Behauptung. Da wäre ich vorsichtig mit sowas."

„Ich hab das nur zu dir gesagt", entgegnete ich. „Bevor ich damit in die Öffentlichkeit gehe, braucht es Beweise."

„Und wie willst du die beschaffen?" Plötzlich war Sam anders, ungehalten, beinahe wütend.

Ich schwieg.

„Wenn das stimmt", sagte Sam, „dann hat Trapp es geschafft, seine sexuelle Perversion über Jahrzehnte gut zu verbergen. Und jetzt kommst du und sagst, hey, Felix, bist du pädophil oder was?" Sam zeigte mir den Vogel. Ich drehte mich zu ihm, stützte mich auf den Unterarm und blickte ihm in die Augen. Sie waren blau, kleine Lichter machten sie dem Universum ähnlich.

„Auf welcher Seite stehst du überhaupt?", fragte ich, obwohl ich diese Frage nicht mochte. Dieses ganze Entweder-oder-Getue, als befänden wir uns noch immer auf den Schlachtfeldern des 20. Jahrhunderts, ödete mich an. Als könnte Sam nicht für Felix Trapp Partei ergreifen und mich trotzdem lieben.

Ich hörte das Gurren der Taube auf dem Dach.

„Du kennst doch Eva Müller-Horgau", fuhr ich fort.

Sam nickte. Dann verschränkte er die Arme hinter seinem Nacken und fragte amüsiert: „Bist du eifersüchtig?"

Mein Blick glitt über seine Oberarmmuskulatur hinab in die Achselhöhle, als ich sagte: „Du weißt, dass Evas Mann, Sven Müller-Horgau, mich vor vier Wochen beauftragt hat, euch beide zu überwachen."

Sam nickte. Noch immer lächelte er. Er schien nicht zu kapieren, worauf ich hinauswollte. Das beruhigte mich. Mit einem Grinsen im Gesicht sagte er: „Deshalb weiß ja auch niemand besser als du, dass zwischen Eva und mir nichts funkt."

„Sven Müller-Horgau ist der Leiter der Personalabteilung der *Trapp Werke GmbH*", sagte ich und küsste seine Brustwarze. „Weißt du das auch?"

Die Tauben flogen auf. Ihre Flügel klatschten laut an ihre Körper.

„Hier in der Gegend arbeitet doch jeder für Trapp", sagte Sam. Doch das Grinsen war aus seinem Gesicht verschwunden. Als ich ihn anblickte, drehte er den Kopf weg. „War es Zufall, dass ich dich kennenlernte?", fragte ich. „Oder half die *Trapp Werke GmbH* dem Schicksal auf die Sprünge?"

Sam schwieg.

„Warum bist du hier, Baby?", flüsterte ich.

Als er wieder nicht antwortete, nahm ich seinen Kopf zwischen die Hände und drehte ihn zu mir. Es knackte. Es war 19:30 Uhr. Sams Mund stand ein wenig offen, so als wollte er sich verteidigen. Seine Lippen glänzten rot wie Blut. Eigentlich musste ich gleich wieder los, aber ein paar Minuten hatte ich noch.

29

Felix Trapp kauerte in Embryohaltung auf dem Boden. Er tastete mit der Hand über die weichen, langen Haare des Teppichs. Speichel lief ihm aus dem Mundwinkel herab. Er musste für einen Moment ohnmächtig gewesen sein. Die Klimaanlage dröhnte ungewöhnlich laut. Dann merkte er, dass es nicht die Klimaanlage war. Das Geräusch war in seinem Kopf. Wie spät mochte es sein? Das Handy lag noch auf dem Tischchen.

Trapp versuchte, sich aufzurichten. Ein stechender Schmerz ließ ihn zusammensacken. Stöhnend legte er sich wieder hin. Vorsichtig öffnete er seine Hose, schob die Hand hinein und tastete seinen Hodensack ab. Der Inhalt fühlte sich fremd an, deformiert. Der Schlag von Ruby Fuchs musste eine Blutung verursacht haben. Oder warum sonst schwoll das so schnell an? Das Gewebe war heiß und pochte. Noch einmal stöhnte er auf, diesmal war es aus Wut. Diese gottverdammte Fotze!

Beinahe hätte sie ihn umgebracht.

Etwa zwei Meter trennten ihn vom Sofa. Trapp kämpfte um jeden Zentimeter. Immer wieder musste er eine Pause einlegen. Der kalte Schweiß klebte an ihm, als er das Sofa endlich erreichte, keuchend hielt er inne, leckte sich über die Oberlippe. Es schmeckte nach Salz und Wut. Seine Unterarme zitterten. Er zog das rechte Bein heran, stützte sich ab und zog sich mit letzter Kraft auf das Sofa hinauf. Tränen liefen ihm die Wangen herab: Als steckte ihm ein Messer im Unterleib, so fühlte sich das an. Kreidebleich lag er auf dem grauen Polster. Sein Atem ging flach. Sein Gesicht war schweißbedeckt. Er blickte auf seine geöffnete Hose. Das, was er sah, gefiel ihm nicht. Trapp legte ein Kissen darauf.

Er schloss die Augen.

Nur langsam wurde es besser.

Irgendwann später tastete er nach seinem Handy. Es lag auf dem Tischchen. Es zeigte *20:08 Uhr.* Trapp erschrak. Schon so spät? War er kurz eingenickt? Das Dröhnen in seinem Kopf schwoll wieder an. Trapp entriegelte das Smartphone, scrollte im Adressbuch nach unten und tippte auf die Nummer von Dr. Wiglaf Mertens. Es war Donnerstagabend, 20:09 Uhr, als er den Arzt beim Joggen erreichte. Wiglaf versprach, danach bei ihm vorbeizuschauen.

„In einer Dreiviertelstunde", sagte Wiglaf. „Und gut kühlen."

„Danke, Wiggi." Trapp legte auf.

In der Bar waren Eiswürfel.

Vorsichtig stellte Trapp seine Füße auf den Boden und versuchte, sie zu belasten. Wieder das Messer, er stöhnte auf. Dann hörte er einen Schlag. Es klang wie die Tür zum Berg, wenn der Wind sie zuschlug.

Trapp lauschte.

Dong, Dong, Dong. Auf dem Gang waren Schritte. Es klang, als trüge jemand Winterstiefel – und das mitten im Sommer. Trapp blickte zur Tür. Er lauschte angespannt. *Dong Dong, Dong.* Die Schritte wurden langsamer. Dann verebbten sie. Stille.

„Jutta?", fragte er. Es klang beinahe ärgerlich.

Die Tür öffnete sich.

Etwas Weißes, Spitzes schob sich durch den Spalt. Dann etwas Blaues. Beinahe hätte er gelacht. Es war ein Schlumpf, der eintrat und ihn blöde angrinste.

„Was soll der Scheiß", sagte Trapp und legte seine Hände auf das Kissen.

Der Schlumpf schloss die Tür hinter sich. Dann kam er näher, blieb aber in etwa vier Metern Entfernung zu Trapp stehen. Dort legte er seinen Kopf schief.

„Henning?", fragte Trapp verwundert. Und dann: „Thomas?"

Der Schlumpf sah ihn einfach nur an. Er hatte große, weiße Kulleraugen mit schwarzen, beweglichen Scheiben als Pupillen. Es war das gleiche Kostüm, das sie damals bei Kittys Geburtstagsparty getragen hatten. Wahrscheinlich war es sogar dasselbe. Das linke Auge war geflickt worden. Die Flecken auf der weißen Schlumpfhose sahen aus wie Rotweinflecken. Ein schwacher Geruch von Mottenkugeln wehte herüber.

„Lass den Scheiß", sagte Trapp, immer noch ungläubig. „Es reicht jetzt wirklich."

Der Schlumpf machte zwei Schritte auf ihn zu. Sein Mund war zu einem ewigen Lachen erstarrt.

„Das ist nicht witzig", sagte Trapp und tippte auf das Display seines Smartphones. Entschieden fügte er hinzu: „Gib dich zu erkennen. Sonst rufe ich die Polizei."

Der Schlumpf schüttelte nur den Kopf. Dann griff er in seinen Bauch, zog ein Mikrofon hervor und hielt es an den Sprechschlitz unterhalb des Mundes. Trapp erinnerte sich gut, wo die Öffnung zum Sprechen war.

Der Schlumpf sagte mit hoher, heliumartiger Stimme: „Trapp. Du Schwein."

Trapp ließ das Handy sinken.

Der Schlumpf neigte lächelnd den Kopf.

„Was wollen Sie?", brachte Trapp nur mühsam hervor. Das war kein Spaß.

„Die Wahrheit", sagte der Schlumpf.

Trapp leckte sich den Schweiß von der Oberlippe. Er musste vorsichtig sein. Wahrscheinlich war das einer dieser besessenen Polizisten, die davon träumten, wie Superman die Welt zu retten. Oder ein Journalist, der hoffte, noch mehr Geld aus der Sache schlagen zu können.

„Was ist damals wirklich passiert?", fragte der Schlumpf. „Wer hat Alina umgebracht?"

„Okay", sagte Trapp und nickte blöde. Es fiel ihm nichts anderes ein. „Wie viel wollen Sie?", fragte er auf gut Glück. „Hunderttausend? Zweihundert?"

Der Schlumpf schüttelte den Kopf, kam noch näher und sagte: „Die Wahrheit, Trapp. Sonst bringe ich dich um. Auf der Stelle."

„Die Wahrheit", wiederholte Trapp und leckte sich wieder über die Oberlippe. In kurzem Abstand rollten Schweißtropfen von seiner Schläfe herab.

In seinem Kopf dröhnte es.

Sein Sack pochte.

Der Schlumpf kam näher. Er war jetzt nur noch zwei Meter von ihm entfernt. Der Geruch nach Mottenkugeln wurde stärker. Eine Weile starrte der Schlumpf Trapp aus seinen toten Plastikaugen an. Trapp wusste, dass man durch die Nasenlöcher des Kostüms sehen konnte, wenn auch nur eingeschränkt. Von innen war es, als blickte man durch zwei Astlöcher ins Freie.

„Ich will, dass du dich genau erinnerst", sagte der Schlumpf und machte noch einen Schritt auf ihn zu. Die helle Stimme klang jetzt schärfer, beinahe böse, irre.

Trapp schnupperte.

In den Gestank von Mottenkugeln war noch etwas anderes gemischt. Ein Aftershave. Für einen Moment war ihm, als würde ihn dieser Geruch an etwas erinnern, dann fegte die Angst den Gedanken wieder davon. Der Schlumpf kam noch ein Stückchen näher. Trapps Bein zitterte. Er beobachtete den Schlumpf genau: Der Mann im Kostüm bewegte sich sicher und ruhig. Kämpfen war keine Option. In seinem jetzigen Zustand schon gar nicht. Trapp schielte auf sein Handy. Es war 20:25 Uhr. Bis Wiglaf kam, musste er diesen Irren hinhalten.

„Ich erzähle Ihnen alles, was Sie wissen wollen", sagte Trapp und presste die Hände auf das Kissen.

„Tu das Kissen weg", sagte der Schlumpf.

Trapp atmete flach. Wenn er das Kissen nicht wegtat, würde der Typ Gewalt anwenden, soviel stand fest. Trapp schob das Kissen zur Seite. Der Schlumpf starrte auf Trapps deformierte Hoden. Dann schüttelte der Schlumpf den Kopf und sagte wieder: „Du Schwein."

„Okay", sagte Trapp. Er legte das Kissen wieder darauf.

„Ich will, dass du aufschreibst, was passiert ist", sagte der Schlumpf.

„Okay."

„Du schreibst auf, wo du in der Nacht des 1. Juli 2006 warst. Ab dem Feuerwerk. Verstanden?"

„Okay", sagte Trapp wieder. „Haben Sie etwas zu schreiben dabei?"

Der Schlumpf wechselte die Hand, in der er das Mikrofon hielt. Dann zog er einen Schreibblock aus der Bauchtasche hervor, DIN A5, Spiralbindung. Man bekam so einen Block in jedem Schreibwarenladen. In der Spirale steckte ein Stift. Der Schlumpf beugte sich nach vorne und warf den Block auf das Tischchen. Der Typ schien ebenfalls kein Interesse an zu großer Nähe zu haben. Trapp beruhigte das.

„Schreib!", befahl der Schlumpf. „Ich habe nicht ewig Zeit."

Trapp streckte sich nach dem Block, bekam die Spirale zu greifen und zog den Block zu sich aufs Kissen. Er nahm den Stift heraus. Es war ein schwarzer Filzstift. Die Kappe steckte er über das Ende des Stifts. Das Deckblatt blätterte er um. Vor ihm lag das weiße Papier.

Und jetzt?

Der Schlumpf setzte sich an das äußerste Ende der Sitzlandschaft. Exakt dort, wo vorhin die Privatdetektivin gesessen hatte. Trapp schielte hinüber, dann wieder auf das leere Blatt Papier. Was sollte er schreiben? Was wollte der Typ nur hören?

Der 1. Juli 2006 war ein außergewöhnlich heißer Tag gewesen, schrieb Trapp. *Auch in der Nacht war es immer noch schwül. In dieser Nacht feierte Kitty Odermatt ihren 35. Geburtstag. Auch die Firma Trapp trug zum Unterhaltungsprogramm bei. Thomas, Henning, Sven und ich hatten einen Tanz einstudiert.* Wieder schielte er zum Schlumpf hinüber. Dann schrieb er: *Wir trugen lustige Schlumpfkostüme aus Plüsch.*

Mittlerweile war Trapp sich sicher. Unter dem Kostüm steckte dieser fanatische Polizist, Emil Zoran. Er hatte Thomas damals sogar mit Folter gedroht, wenn er ihm nicht die Wahrheit sagte.

Der Schlumpf drehte den Kopf in seine Richtung.

Die Wahrheit, Wahrheit ...

Der Filzstift quietschte leise, als er einen Satz nach dem anderen zu Papier brachte: *Alina, die Star-Tochter von Thomas, sollte beim Tanz als Überraschung mitmachen. Doch sie kam nicht. Deshalb fand die Nummer ohne sie statt. Wir Männer hatten noch viel Spaß auf der Party, zumal wir einen Tag vorher den Zuschlag für einen Riesenauftrag aus China bekommen hatten. Gegen halb eins ging ich mit meiner Frau Jutta nach Hause. Am nächsten Morgen erhielten wir um kurz nach sechs Uhr den Anruf mit der furchtbaren Nachricht, dass Alina entführt worden sei.*

Trapp steckte die Kappe wieder auf das vordere Ende. Der Schlumpf musste ihn genau beobachtet haben. Denn er stand auf, kam zu ihm herüber und sagte: „Wirf den Block auf den Boden."

Trapp warf den Block auf den Boden.

Der Schlumpf hob ihn auf, ging zurück zu seinem Platz und las. Dabei hielt er die Seite direkt vor die Nasenlöcher.

„Ich habe gesagt, du sollst die Wahrheit aufschreiben", sagte der Schlumpf.

„Das ist die Wahrheit", versicherte Trapp.

„Du warst schon früher im Baumhaus. Zusammen mit Thomas", sagte der Schlumpf. „Dafür gibt es Beweise. Ich will wissen, was da passiert ist."

Trapp leckte sich den Schweiß von der Oberlippe. Jemand musste dem Schlumpf das Foto zugespielt haben. Anders konnte er sich das nicht erklären.

Das Dröhnen in seinem Schädel schwoll an. Auch sein Hodensack schien größer geworden zu sein.

Der Schlumpf erhob sich schwerfällig und kam wieder zurück zu Trapp. Diesmal warf er den Block direkt auf Trapp. Trapp zuckte zusammen, als der Block auf dem Kissen landete. Der Stift glitt ihm beinahe aus der Hand, als Trapp zu schreiben begann, so sehr schwitzte er.

Trapp schrieb:

Als Alina um 22:30 Uhr immer noch nicht da war, gingen Thomas und ich hinüber ins Baumhaus, um sie zu holen. Trapp schwitzte. *Der Schlumpf stand nur einen Meter von ihm entfernt. Alina hatte keine Lust auf den Tanz. Sie hat Thomas gekratzt, als er versuchte, sie zu überreden. Wir sind dann wieder rüber, um die Vorstellung durchzuziehen. Der Tanz fand ohne Alina statt. Um halb eins bin ich mit meiner Frau Jutta nach Hause gegangen. Am nächsten Morgen rief Kitty an und sagte, dass Alina entführt worden sei.*

Trapp streckte dem Schlumpf den Block entgegen.

Der Schlumpf nahm ihn direkt aus der Hand. Er wurde immer zutraulicher. Trapp blickte den Schlumpf ängstlich an, während er den Block zum Lesen unter die Nasenlöcher hielt.

„Willst du mich für dumm verkaufen?", fragte der Schlumpf. „Ihr wart mindestens zwanzig Minuten im Baumhaus. Dafür gibt es Beweise. Ich frage dich jetzt zum letzten Mal: Was ist da oben geschehen?"

„Wie ich gesagt habe", entgegnete Trapp nun beinahe trotzig. Dieser Schlumpf spielte sich ganz schön auf. Langsam wurde ihm das zu blöd. Trapp sagte: „Thomas hat versucht, seine Tochter zu überreden. Keine Ahnung, wie lange das genau gedauert hat."

Der Schlumpf steckte sein Mikrofon zurück in den Bauch. Dann griff er nach dem Pokal und schlug Trapp damit zweimal aufs Geschlecht. Der erste Schlag wurde durch das Kissen gedämpft. Beim zweiten war das Kissen verrutscht.

„Oh Gott", röchelte Trapp. Seine rechte Hand krampfte sich um den Stift, den er immer noch umschlossen hielt. Dann begann die Welt um ihn herum, sich aufzulösen. Ein Teil nach dem anderen flog davon. „Die Wahrheit", hörte er die helle Stimme des Schlumpfs noch einmal. „Sonst bringe ich dich um."

„Okay", lallte Trapp, bevor er in Ohnmacht fiel.

30

Ich wartete seit zwanzig Minuten in der *Räuberhöhle*, trank ein Bier und starrte vor mich hin. Doch Uwe Sigg kam nicht. Die Kneipe hatte einen kleinen Biergarten, die Leute lachten schallend und redeten wild durcheinander. Ich blickte nach oben. Am Himmel hingen dunkle Wolken, doch auch das Gewitter kam nicht. Ich schloss die Augen und rief mir Sams Körper in Erinnerung, seine Hände und seinen Mund. Noch immer fühlte es sich gut an. Um 21 Uhr zahlte ich und radelte zu der Adresse, die Uwe Sigg mir gegeben hatte. Der Wind fegte Staub und kleine Äste durch die Straßen, aber das Grollen am Himmel blieb aus.

Nach zehn Minuten erreichte ich mein Ziel. Ich hatte einen sozialen Brennpunkt erwartet, doch das dreistöckige Haus mit den sechs Parteien war bürgerlich gepflegt. Ein Rentnerpaar räumte die Kissen von den Gartenstühlen, eine Mutter trug ihr schlafendes Baby in einer Babyschale durch das Treppenhaus.

Ich klingelte bei *Sigg*.

Ein Mann öffnete. Er hatte eine Bierflasche in der Hand und sah aus, als käme er aus dem Bett, müde, erschöpft.

„Ja?", fragte er.

„Ruby Fuchs", sagte ich und streckte ihm die Hand entgegen.

Für einen Moment starrte er mir ins Gesicht. Dann nickte er, nahm die Flasche in die andere Hand und reichte mir seine rechte. Sie war schlaff und kühl. Er sagte: „Ich habe es einfach nicht geschafft, tut mir leid." Auch seine Stimme klang schlaff, als er hinzufügte: „Ich habe gesundheitliche Probleme."

Ich blickte an ihm vorbei in die Wohnung. Ein ganz normaler Flur, weiße Wände, Parkett, Schuhe, Sideboard. Im Hintergrund hörte ich einen Fernseher laufen. Uwe Sigg wich einen Schritt zurück. Ein Lichtstrahl traf ihn von oben. Seine Augenringe wirkten jetzt sehr tief. Der Mann sah deutlich älter aus als Mitte dreißig.

„Darf ich kurz reinkommen?", fragte ich.

Zuerst zeigte er keine Reaktion. Dann nickte er resigniert. Ich sah Turnschuhe, schwarze Stiefel und braune Halbschuhe. Auf dem Sideboard stapelten sich ungeöffnete Briefe. Uwe Sigg führte mich in ein Wohnzimmer. Es bestand aus einer schwarzen Schrankwand, einem riesigen Fernseher und beleuchteten Bierkrügen hinter Glas. Davor standen ein dunkles Ledersofa und ein Sofatisch aus schwarzem Glas. Ein Smartphone, ein Tablet und eine geöffnete Tüte Chips lagen darauf.

Uwe setzte sich auf das Sofa und nahm einen Schluck Bier.

Ich blieb stehen und sagte: „Sie sind damals ja freigesprochen worden."

„Ein Freispruch zweiter Klasse", sagte er und senkte den Kopf so weit nach unten, dass ich seinen Nacken sehen konnte.

„Warum haben Sie sich gegen die Dokumentation auf tv3 nicht gewehrt?"

„Mir fehlte die Kraft."

„An Ihrer Stelle hätte ich, glaube ich, die Stadt verlassen. Das war doch sicher furchtbar. Ihr Name war ja in allen Medien gewesen. Sie hätten Ravensburg verlassen können." Er lockerte seine Schulter, blickte auf und sagte: „Ich war ja weg. Zwei Jahre in Stuttgart. Da war ich auf Hartz IV. Das war okay, aber eigentlich keine schöne Zeit. Und dann bekam ich halt hier in Ravensburg einen Ausbildungsplatz. Da kam ich halt wieder zurück. Was hätte ich auch tun sollen? Da hab ich halt die Ausbildung zum Elektriker angefangen."

Auf einem Bierkrug stand *Oktoberfest 2012*.

Uwe trank noch einen Schluck, sagte: „Vor zwei Jahren hatte ich einen Betriebsunfall. Da war wo noch Strom auf der Leitung gewesen. Wäre fast gegrillt worden. Seitdem sind meine Nerven auf der rechten Seite etwas lahm. Seitdem hab ich manchmal solche Kopfschmerzen. Aber es geht schon. Ich kann nur noch vierzig Prozent arbeiten, aber es geht. Ich bin jetzt halt schwerbehindert, sozusagen."

Er lachte. Dann trank er wieder einen Schluck.

„Wo arbeiten Sie denn, wenn ich fragen darf?"

Die Antwort kam widerwillig, aber sie kam: „Bei Trapp."

„Bei Felix Trapp?", fragte ich ungläubig. „Thomas Odermatt und Felix Trapp sind ein enges Gespann. Beide Männer sind davon überzeugt, dass Sie Alina Odermatt vergewaltigt und erdrosselt haben. Und dann noch versucht haben, 265.000 Euro zu erpressen. Und ausgerechnet dort haben Sie einen Ausbildungsplatz bekommen?"

Er sah mich an, als wäre er mit den Gedanken woanders.

„Herr Odermatt ist in Ordnung", sagte er. „Und Felix auch. Wir haben uns damals ausgesprochen. Sie haben mir eine zweite Chance gegeben. Sie fühlen sich glaub auch ein wenig schuldig, dass mein Leben mit dem Prozess ruiniert worden ist."

„Sie sind freigesprochen worden."

„Ein Freispruch zweiter Klasse."

„Und Sie waren es wirklich nicht?"

„Ich habe Alina weder vergewaltigt noch umgebracht."

„Wissen Sie, warum ich hier bin?"

„Nein."

Ich erzählte ihm von Kitty Odermatt und dem Krebs. Ich erzählte ihm, dass die Frau nur noch wenige Wochen zu leben habe. Und davon, dass sie ihren Sohn Mark noch einmal sehen wolle, der anscheinend in Mallorca lebte. Ich erzählte ihm, dass ich am nächsten Tag selbst nach Mallorca flog. Und dass Kitty einen furchtbaren Verdacht habe, nämlich, dass ihr Mann und Trapp in der Sache mit drinsteckten.

Uwe trank sein Bier.

Es schien ihn nicht wirklich zu interessieren.

Schließlich sagte ich: „Kitty Odermatt ist bereit, Sie dafür gut zu bezahlen, wenn Sie die Wahrheit sagen."

„Wie viel?", fragte er.

„So viel, dass Sie davon leben könnten."

Er stützte sich mit den Unterarmen auf seine Knie. Die Bierflasche hielt er zwischen den Beinen. Das Gesicht war nach unten gerichtet.

Was er mir dann erzählte, wog schwer.

31

Felix Trapp blinzelte. In seinem Ohr schwoll ein heller Ton an. Um ihn herum war es stockdunkel. Wo war er? Er tastete. Die Unterlage war weich, ein Sofa. Es roch nach Glasreiniger, nach würzigem Kardamom und nach Bergamotte. Der Geruch war ihm vertraut. Das war sein Raumparfum. Er war in seiner Kommandozentrale im Berg. Als er sich aufsetzte, explodierte der Ton in seinem Kopf. Und dann, auf einen Schlag, setzte auch der Schmerz zwischen seinen Beinen wieder ein – und mit ihm die Erinnerung.

Der Schlumpf.

Die Wahrheit.

Der brutale Schlag.

Trapp tastete vorsichtig nach unten. Seine Hoden waren eine Landschaft aus Schmerz. Seine Hand war nass. Es roch nach Urin. Oder war das Blut? Trapp konnte nichts erkennen. Er leckte daran, schmeckte etwas Metallisches und Saures. Noch einen Zentimeter richtete er sich auf. Dann hielt er inne. Für einen Moment glaubte er, der Schmerz sei verschwunden, aber er hatte sich nur verändert. Er war kein Messer mehr, sondern überall.

Trapp lauschte.

Kein Atem, kein Rascheln, nichts. Trapp fühlte die Dunkelheit. Sie war schwer. Sie drückte ihn herab. Warum war es so dunkel hier? Angespannt lauschte er. Lauerte der Schlumpf noch irgendwo? Im Berg wurde es normalerweise nie ganz dunkel. Selbst wenn das Deckenlicht und alle Spots gelöscht waren, leuchtete der Wandbildschirm schwach bläulich. Auch die Lichter der Elektroanlage erloschen nie vollständig.

Trapp lauschte wieder.

Nur sein eigener Atem war zu hören, flach, gehetzt. Der Schlumpf musste die gesamte Elektrik lahmgelegt haben. Das war die einzige Erklärung. Deshalb hörte man selbst das leise Summen der Klimaanlage nicht mehr. Vorsichtig tastete Trapp mit den Händen nach links und nach rechts. Vielleicht hatte er Glück. Vielleicht lag sein Handy noch irgendwo. Doch es war nur der Stift, den er fand.

Wie spät mochte es sein?

Wie lange war er ohnmächtig gewesen?

Trapp hatte Durst. Sein Mund war trocken. Aber er war nicht gefesselt. Er könnte sich jederzeit was zu trinken holen an der Bar. Für einen Moment schöpfte Trapp also Hoffnung: Wenn dieser verkleidete Irre ihn hätte umbringen wollen, dann hätte er es doch getan, oder? Hatte er ihm also nur einen Denkzettel verpassen wollen? Brauchte Trapp nur rüber zur Bar zu gehen und sich ein Wasser zu holen? Brauchte er nur zum Stromkasten, um die Elektrik wieder einzuschalten?

Trapp tastete über seine Hoden.

An einer Stelle war die Haut aufgeplatzt, glaubte er.

Im Elektrikraum gab es Regler für alle drei Stromkreise im Haus. Einen für den oberen Wohnbereich, einen für den unteren und einen extra Stromkreis für den Berg. Entweder hatte der Schlumpf den Schalter nur umgelegt, oder, was schlechter wäre, er hatte die Kabel durchtrennt. Sein Schwanz pulsierte.

Aber er fühlte sich normal an.

Im gleichen Augenblick nahm ein unheimlicher Gedanke in Trapps Kopf Gestalt an: Der Schlumpf kannte sich nicht nur in Trapps engstem Freundeskreis aus, sondern auch in seinem Haus.

„Hallo?", rief er in die Dunkelheit hinein.

Seine Oberlippe zitterte. Er begann wieder zu schwitzen.

„Hallo?", sagte er abermals. „Ist da jemand?"

Nichts.

„Hallo?", schrie er jetzt. Doch Trapp konnte hier unten im Berg schreien, soviel er wollte. Niemand würde ihn hören. Das hatte er selbst so eingerichtet. Von einer plötzlichen Welle der Panik erfasst, setzte er sich auf. Sofort nahm das Rauschen in seinen Ohren wieder zu. Ihm wurde schwindelig, übel, die Dunkelheit begann zu glitzern und zog ihn in eine andere Welt. Trapp verlor zum zweiten Mal das Bewusstsein.

Als er wieder zu sich kam, war es hell. Er blickte zur Decke und blinzelte mehrmals. Die Lichter waren an. Noch schwach stützte er sich auf die Unterarme. Und dann sah er den Schlumpf. Zwei Meter von ihm entfernt stand er da und sagte mit seiner hellen Heliumstimme: „Na endlich."

Der Bildschirm zeigte *22:45 Uhr.*

„Ich habe Durst", sagte Trapp.

Der Schlumpf nickte. Zu Trapps Verwunderung trottete er zur Bar hinüber, nahm eine Flasche Wasser aus dem Kühlschrank und kam damit zurück. Dann gab er ihm die Flasche einfach in die Hand. Der Schlumpf hatte keine Angst mehr vor ihm. Trapp war ein Krüppel. Mit zittrigen Fingern öffnete er die Flasche und trank. Das Wasser lief ihm aus dem Mund über den Hals herab zwischen die Beine.

Trapp sah nicht hin.

„Was wollen Sie?", fragte er keuchend. Er erschrak, als er die Angst in seiner eigenen Stimme registrierte.

Der Schlumpf sagte: „Die Wahrheit."

Trapp legte sich das Kissen über den Schoß. Mit seiner dicken, runden, blauen Hand deutete der Schlumpf auf das Tischchen hinüber. Dort lagen der Spiralblock und der schwarze Filzstift.

„Was ist oben im Baumhaus passiert?", hörte Trapp die helle, heliumartige Stimme.

„Das habe ich doch schon ...", sagte Trapp, doch dann stockte ihm der Atem. Der Schlumpf zog eine Pistole aus dem Bauch, richtete sie auf Trapp und sagte: „Keine Lügen mehr!"

Trapp keuchte.

Er griff nach dem Stift. Immer wieder rutschte das längliche Stück Plastik aus seiner Hand. Trapp hatte kaum mehr Kraft, um es zu halten. Seine Hand zitterte. Die Finger waren steif. Nur langsam kam er mit dem Schreiben voran:

Als ich mit Thomas hochkam, hatte Alina eine Wunde am Kopf. Es blutete, aber nur wenig. Alina ging es sonst aber gut. Mark sagte, ein fremder, böser Mann hätte das getan. Natürlich wussten wir sofort, dass Mark das gewesen war. Thomas schimpfte mit dem Jungen. Dann berieten wir uns. Wir konnten Kitty und den Leuten doch nicht das Fest verderben. Wir konnten den Tanz doch nicht absagen. Alle würden fragen, was passiert sei. Alle würden das Fest mit einem schlechten Nachgeschmack verlassen. In der Familie stimme doch etwas nicht, würde man sagen. Deshalb beschlossen wir, den Tanz ohne Alina aufzuführen – und sie danach ins Krankenhaus zu fahren, ohne viel Aufsehen. Wir glaubten zwar nicht, dass die Wunde tief war, aber einfach nur zur Sicherheit. Vielleicht müsste sie mit zwei Stichen genäht werden. Wir erklärten das Alina. Sie verstand alles und versprach, auf uns zu warten.

Trapps Hand krampfte stark. Nachdem er den Stift auf das Tischchen gelegt hatte, versuchte er, sie zu lockern. Noch bevor er anfing, sie mit der anderen Hand zu massieren, riss ihm der Schlumpf den Block weg und hielt sich das Geschriebene unter die Nasenlöcher. Die waren größer geworden. Es sah aus, als hätte der Schlumpf die Löcher zu einem Sehschlitz geöffnet.

Trapps Atem ging schnell und flach.

Im Hintergrund surrte die Klimaanlage leise.

Der Schlumpf ließ den Block sinken und schüttelte den Kopf. Wieder richtete er die Pistole auf Trapp. Diesmal mitten in sein Gesicht. Trapp konnte die Mündung deutlich erkennen. Es war ein schwarzes Loch, in dem es metallisch schimmerte. Der Schlumpf lud die Pistole durch.

„Was wollen Sie hören?", fragte Trapp zitternd.

„Die Wahrheit."

„Was ist die Wahrheit?"

Der Schlumpf kam näher. Trapp schmeckte Blut in seinem Mund und wusste nicht, woher es plötzlich kam.

„Einer von euch beiden hat meinen Sohn missbraucht", schrie der Schlumpf. Und noch schriller: „Gebt es doch endlich zu, ihr Schweine!" Ein Schrei drang aus dem Innern des hellblauen Monstrums. Das Mikrofon fiel auf den Boden, der Teppich schluckte das Geräusch. Der Schlumpf riss sich den Kopf ab und das gequälte Stöhnen eines Tieres drang heraus.

Doch es war kein Tier.

Es war Kitty, die schwer atmend sagte: „Ich wusste es. Ich habe es die ganze Zeit geahnt." Dann plötzlich: „Du Schwein. Du verdammtes Schwein!"

Trapp erstarrte.

„Oh Gott", flüsterte er. „Kitty, du?"

Kitty war kalkweiß. Die Haare klebten ihr nass am Kopf. Die Wangenknochen zeichneten sich scharf ab. Die Haut darüber war so gespannt, dass sie jeden Moment zu zerreißen schien. Ihre Augenhöhlen waren tief. Trapp sah einen Totenkopf.

„Kitty", sagte Trapp erleichtert. „Gott bin ich froh."

Doch Kitty nahm die Waffe wieder auf und zielte damit auf Trapp. Für den Bruchteil einer Sekunde sah er ihr in die Augen. Nur ganz kurz. Doch die Zeit reichte aus, um zu verstehen. Trapp war nicht in Sicherheit, und das war nicht die Kitty, die er kannte.

„Schreib auf, was du mit meinem Sohn gemacht hast!"

„Aber ich …"

Kitty entsicherte die Waffe.

„Das ist deine letzte Chance", sagte sie. „Wenn du es zugibst, lass ich dich leben." Sie kam näher. Für einen Moment berührte das kalte Metall seine Schläfe.

Trapp griff nach dem Stift. Er überlegte fieberhaft. Was wollte sie hören? Dann schrieb er, um nicht zu sterben: *Mark klagte über Bauchweh. Thomas verließ vor mir das Baumhaus, ich sollte in Ruhe mit Alina sprechen. Ich war betrunken. Es war schwül. Ich habe Mark gesagt, ich müsse ihn untersuchen. Alina meinte, ich solle damit aufhören. Das sei keine richtige Untersuchung. Sie werde es ihrer Mutter erzählen. Als das Mädchen zur Leiter ging, habe ich mit der Taschenlampe nach ihr geworfen. Das Geschoss traf sie unglücklich. Es war ein Unfall.*

Trapp gab Kitty den Zettel. Sie ging damit ans andere Ende der Sitzlandschaft und las. Sie las es immer wieder. Und wieder drang das gequälte Schreien eines Tieres zu ihm herüber.

Doch wieder war es kein Tier, sondern Kitty, die sagte: „Ich wusste es. Ich habe es die ganze Zeit geahnt." Dann plötzlich: „Du Schwein. Du verdammtes Schwein!"

Sie keuchte. Sie war erschöpft. Der Anzug war viel zu schwer für ihren mageren Körper.

„Kitty", sagte Trapp. „Das ist nicht …"

„Du Schwein", entgegnete sie. „Du schreibst jetzt sofort auf, was du genau mit Mark gemacht hast. All die Jahre hast du ihn missbraucht! Los! Schreib!"

„Ich habe mich um Mark gekümmert", sagte Trapp. Fieberhaft suchte er nach den richtigen Worten: „Vor allem nach der Tragödie mit Alina suchte er … Schutz bei mir. Mark ist wie ein Sohn für mich. Niemals, das schwöre ich, niemals habe ich das Kind angefasst."

„Du lügst!", schrie Kitty.

Dann stand sie wieder auf. Mit zitternden Händen hielt sie die Waffe.

Trapp schrieb:

Ich habe Zärtlichkeiten mit Mark ausgetauscht. Der Junge wollte das aber auch. Vor allem als er dann in die Pubertät kam, suchte er die körperliche Nähe zu mir.

„Zärtlichkeiten?", schrie Kitty. Ihre Augen glänzten krank. „Du hast ihn vergewaltigt. Gib es zu. Gib es endlich zu, sonst mache ich dich kalt!"

Okay, schrieb Trapp. *Ich habe Mark vergewaltigt seit seinem zwölften Geburtstag. Ich habe ihm dafür ein neues Fahrrad versprochen, einen neuen Computer und ein Auto zum achtzehnten Geburtstag. Auch das Haus auf Mallorca habe ich ihm gekauft. Damit er stillhält.*

„Du bist so ein elendiges Schwein", sagte sie.

„Das ist doch nur, was du hören willst", keuchte er.

Kitty schoss. Die Kugel traf das Polster hinter Trapp.

„Und als Mark dann nicht mehr stillgehalten hat? Was hast du mit meinem Sohn gemacht? Du hast ihn gar nicht zum Bahnhof gebracht, stimmt's? Du hast ihn getötet. So wie Alina auch. Und Thomas wusste es."

Trapp schüttelte den Kopf.

Kitty atmete schwer. Es sah aus, als würden ihre Augen aus dem Kopf springen, als sie sagte: „Thomas hat es gewusst. Gib es zu. Sonst bringe ich dich um."

Ich, schrieb Trapp. Der Stift fiel ihm aus der Hand. Er hob ihn auf und schrieb: *Es stimmt. Ich habe Mark im Auto betäubt. Thomas und ich haben ihn in den Zement geworfen und im Pool begraben.*

Kitty las. Plötzlich war sie still. Alle Anspannung wich aus ihrem Körper. Sie lächelte. Trapp beobachtete sie ängstlich.

„Du hast recht", sagte sie dann und ging um das Sofa herum. „Die Wahrheit ist nicht schön. Sie ist schrecklich."

Trapp nickte. Kitty stand direkt hinter ihm.

„Und vor allem ist sie tödlich", fügte Kitty hinzu, setzte die Pistole an seine Schläfe und drückte ab.

32

Kitty Odermatt saß auf der Terrasse ihres Hauses und blickte in den Garten hinaus. Vor ihr stand eine Schreibmaschine. Sie mochte keine Computer. Sie wollte die Arbeit spüren, die das Schreiben machte. Für sie war es schwere, körperliche Arbeit, wenn sie die Tasten drückte und die Buchstaben auf den langen Hebeln nach oben flogen, gegen das Papier gepresst wurden und ein festes *Tack* hinterließen. *Tack. Tack. Tack.* Sie wollte spüren, wie jedes Wort, das sie schrieb, gegen ihr Herz knallte, es zermürbte und zermalmte wie ein Stück Fleisch, das mit dem Klopfer bearbeitet wurde. Und sie wollte spüren, wie sie mit jedem Satz, den sie der Wahrheit näherkam, langsam, ganz langsam ausblutete. *Das Geschoss traf sie unglücklich am Kopf,* übertrug sie das Geschmier von Felix ins Reine. *Es war ein Unfall.*

Kitty blinzelte. Felix' Handschrift war schwer zu entziffern. Je mehr Angst darin steckte, desto krakeliger wurde das Ganze.

Tack. Tack. Tack.

Kitty wischte sich den Schweiß von der Stirn.

Es war Freitagmorgen, der 29. Juni 2018. Heute war Alinas Geburtstag. Heute wäre ihre Tochter zwanzig Jahre alt geworden. Kitty blickte zur Trauerweide hinüber. Die Sonne fiel in goldenen Tropfen durch die Blätter. Der Wind ließ die hellen Punkte über die Marmoroberfläche tanzen. Der Engel lächelte. Kitty atmete schwer. Neben ihr stand das Sauerstoffgerät. Sie stülpte sich das Mundstück über und nahm einen tiefen Zug.

Und dann sah sie es.

Alina stieg aus dem Pool. Sie trug einen weißen Bikini. Das Wasser glitt an ihrer gebräunten Haut herab. Ihre Haare glänzten. Alina nahm die langen, blonden Haare über eine Seite nach vorne und drückte das Wasser heraus. Dann kam das Mädchen auf die Terrasse zu. Doch Alina war kein Mädchen mehr. Sie war eine junge Frau geworden, wunderbar und strahlend. Als sie die Mutter auf der Terrasse sitzen sah, hob sie die Hand und rief: „Mama, schau doch mal!"

Kitty zuckte zusammen.

Es hatte geklingelt.

Mühsam erhob sie sich, durchquerte das Haus und musste einen Moment innehalten, bevor sie die Tür öffnen konnte. Mit der rechten Hand stützte sie sich gegen die Wand. Sie atmete schwer. Es war elf Uhr. Die Handwerker kamen pünktlich. Kitty hatte Herrn Geißler, dem Chef von *Poolbau*

Geißler, einen guten Preis versprochen, wenn er ihren Auftrag sofort einschieben konnte.

„Guten Tag", sagte Kitty und hielt die Tür auf. Es waren drei Männer in Arbeitskleidung. Die Männer blickten sie erschrocken an, dann senkten sie den Blick. Alle drei. Sie hatten den Tod gesehen, dachte Kitty. Sie kannte diesen Blick.

„Am besten, Sie fahren durch das Tor bis nach hinten", sagte Kitty. In der Einfahrt stand ein Lastwagen mit einem Anhänger, darauf war ein Container. „Sie können über den Rasen fahren", fügte Kitty hinzu. „Das geht in Ordnung. Den Plan haben Sie ja?"

Der Chef von *Poolbau Geißler* nickte. Er sah noch genau so aus wie damals. Dieselbe Firma, die vor sechs Jahren den Pool zugeschüttet hatte, sollte ihn jetzt wieder aufreißen. Herr Geißler hatte nicht gefragt, warum. Das ging ihn nichts an. Er sagte nur: „Ich kann aber nicht garantieren, dass wir die Originalfliesen nicht beschädigen. Der Beton ist jetzt sechs Jahre da drin. Da ist einiges verwachsen. Ich würde vorschlagen, großzügig abzutragen und danach alles neu zu machen."

Kitty nickte. „Machen Sie, wie Sie denken. Ich möchte nur, dass sie den Beton möglichst kleinteilig in den Container bringen, wie besprochen."

Herr Geißler nickte. Der jüngste der Männer, wahrscheinlich noch ein Azubi, kratzte sich am Kopf.

„Den Engel tragen Sie einfach ein paar Meter zur Seite", fügte Kitty hinzu.

Herr Geißler nickte. Die Männer machten sich an die Arbeit. Der Azubi öffnete das Tor soweit es ging. Geißler lenkte den Lastwagen hindurch. Der Container schepperte, als der Anhänger über den Rasen hoppelte.

Kitty ging zurück auf die Terrasse. Die Männer packten Schlaghämmer aus, Presslufthämmer, Schaufeln, große, kleine Bohrer. Zu dritt hievten sie die Marmorskulptur auf die Hebevorrichtung des Lastwagens. Sie brauchten drei Anläufe. Der Engel war schwer. Kitty blätterte den Schreibblock um. Auf der letzten Seite klebte Blut. Felix' Handschrift sah aus wie die Herzkurve auf einem Cardio-Gerät. Sie wurde größer und kleiner. Und gegen Ende wurde sie immer flacher. *Es stimmt,* tippte Kitty das Geschriebene ab. *Ich habe Mark im Auto betäubt. Thomas und ich ...* Kitty griff nach ihrem Glas. Es war Cola darin. Sie ernährte sich fast nur noch von Cola. Selbst die Ärzte sagten nichts mehr dazu. Die Männer hievten den Engel in zehn Meter Entfernung vom Pool wieder vom Lastwagen. Er stand jetzt andersrum. Er blickte über das Tal und die Stadt hinaus ins Freie. Kitty schrieb weiter.

Thomas und ich haben ihn in den Zement geworfen und im Pool ...
Plötzlich hörte sie Schritte hinter sich. Kitty legte die Tageszeitung über den Schreibblock und stülpte das eingezogene Blatt Papier so nach unten, dass die Schrift nicht zu lesen war.

Die Vögel zwitscherten.

Thomas kam heraus. Mit dem Handy am Ohr ging er vor bis zur Balustrade und blickte in den Garten hinaus. Nach einer Weile nahm er das Handy wieder runter. Er drehte sich zu Kitty um und fragte: „Hast du eine Ahnung, wo Felix steckt?"

„Wie meinst du?"

„Er geht nicht mehr ans Handy", sagte Thomas. „Um neun war er nicht in der Firma, obwohl wir einen wichtigen Termin hatten. Ich glaub, ich fahr mal vorbei."

„Ach so", sagte Kitty. „Er ist mit Jutta ins Wellnesswochenende." Sie verdrehte die Augen und fügte hinzu: „Die beiden haben grad mal wieder eine heiße Phase."

„Komisch", sagte Thomas.

In diesem Moment setzte ein ohrenbetäubender Lärm ein. Zwei Presslufthämmer bearbeiteten gleichzeitig die Oberfläche des ehemaligen Pools.

Kitty blickte ihren Mann an.

Thomas blieb erstaunlich ruhig. Er sagte nur: „Ich verstehe die Aktion nicht, Kitty. Warum willst du den Pool wieder aufreißen? Das ist doch ohnehin ..."

„Du meinst, ich werde ohnehin bald sterben?"

„So meine ich das nicht", entgegnet Thomas und setzte sich ihr gegenüber an den Tisch. Mit Blick auf die Schreibmaschine fragte er: „Darf ich das dann auch mal lesen?"

„Ja", sagte Kitty und lächelte ihren Mann an. Dabei hatten sie erst heute Morgen einen üblen Streit deswegen gehabt. „Wenn wir im Teufelsgrund sind, darfst du es lesen."

Kitty hatte sich zu ihrem 47. Geburtstag einen Ausflug gewünscht, nur mit Thomas alleine. Übermorgen, am 1. Juli, war es soweit. Als Ziel hatte sie sich ausgerechnet den Teufelsgrund ausgesucht, ein stillgelegtes Bergwerk in der Nähe der Gemeinde Münstertal im Schwarzwald. Dort waren sie mal vor vielen Jahren mit den Kindern gewesen. Thomas war überrascht gewesen, dass Kitty in einen Stollen wollte. Doch weil der 47. Geburtstag zugleich ihr letzter Geburtstag sein würde, hatte er ihr den Wunsch nicht abgeschlagen.

Thomas blieb länger als sonst an Kittys Lächeln hängen. Er starrte darauf, bis Kitty zu dem Sauerstoffgerät griff und sich das Mundstück überstülpte. Während sie atmete, blickte sie ihn an. Thomas' Pupillen weiteten sich, so als hätte er erst jetzt verstanden, dass es kein liebevolles, sondern ein hasserfülltes, triumphierendes Lächeln gewesen war.

33

Manchmal in der Nacht wälzte ich mich in meinem Bett hin und her und verbrachte Stunden damit, auf die Geräusche aus den Gassen der Altstadt zu lauschen. So auch in der Nacht von Donnerstag auf Freitag. Um 22:30 Uhr war ich aufgewühlt von Uwe Sigg nach Hause gekommen und hatte meine Reisetasche für Mallorca gepackt; ich brauchte nicht viel. Dann hatte ich abermals versucht, Zoran zu erreichen. Wieder nichts. Schließlich hatte ich den Wecker auf vier Uhr gestellt und mich ins Bett gelegt. Es war stickig und schwül, das Gewitter hatte keine Abkühlung gebracht.

Dort lag ich nun seit Stunden wach.

Ich blickte auf mein Handy: *00:22 Uhr*.

Nur noch vier Stunden, dann musste ich wieder aufstehen. Ich wälzte mich hin und her und lauschte. Das Lachen einer Frau drang zu mir herauf, dann das Flehen eines Mannes. Genau verstand ich nicht, was er sagte, aber ich glaubte, er rief: „Bitte, geh nicht. Bleib." Ich drehte mich auf die rechte Seite. Das Laken roch nach Sams Aftershave und nach seinem Schweiß. Plötzlich war ich mir sicher, dass Trapp ihn bezahlte. Der Gedanke hatte mir bei Tag nichts anhaben können, doch jetzt stülpte er sich über mein Herz wie eine Plastiktüte. Ich drehte mich wieder nach links und lauschte auf das Knattern einer Vespa. Dann lachte ich wie diese Frau und ich flehte wie ihr Geliebter, nur ganz leise: „Bitte, geh nicht. Bleib." Plötzlich hatte ich Angst, Sam zu verlieren.

Der Nachthimmel hing über mir.

Ich blickte auf mein Handy: *01:10 Uhr*.

Die Angst kroch aus den Schatten: Was, wenn Kitty recht hatte? Was, wenn Alinas Mörder auf der Suche nach Mark war, nur um ihn zu töten? Dann würde ich Mark seinem Mörder übergeben. Oder war es noch perfider? Wollte mir Thomas Odermatt eine Falle stellen? Würde Mark sterben – durch meine Hand? Würde Odermatt es so hindrehen, als hätte ich den Jungen erschossen? Ich, die Polizistin, die schon mal zwei Leute erschossen hatte? Hatte Thomas Odermatt mich deshalb engagiert? Für den Job eines Killers? War der erfolgreiche Abschluss meines Auftrags zugleich Marks Todesurteil?

Ich wälzte mich hin und her. Es war 01:47 Uhr.

Wenn nur Sam bei mir wäre.

Ich brauche eine Waffe.

Dieser Gedanke wuchs immer stärker in meinem zermarterten Hirn. Ich konnte so nicht nach Mallorca fliegen, ohne eine Waffe! Im Notfall musste ich mich verteidigen können. Oder den Jungen. *Ich brauche eine Waffe.* Ich drehte mich nach rechts. Es roch nach Sam. Ich drehte mich nach links und starrte auf den dunklen Berg Klamotten. *Ich brauche eine Waffe.*

Zoran! Wenn ich nur Zoran erreichen könnte. Er war der Einzige, der mir seine Waffe leihen würde, vielleicht.

Um 02:10 Uhr saß ich auf meiner Dachterrasse und rauchte eine Zigarette. Immer wieder versuchte ich, Zoran zu erreichen. Er nahm weder das Festnetz noch das Handy ab. Die Glut meiner Zigarette glomm in der Dunkelheit auf. Eine Kirchturmuhr schlug zwei Mal. An Schlaf war nicht mehr zu denken.

Um 02:52 Uhr fuhr ich in meinem Alfa über die B30 in Richtung Bodensee. Das Gepäck für Mallorca lag im Kofferraum. Von Zoran würde ich direkt zum *Bodensee Airport Friedrichshafen* fahren.

Die frische Luft tat gut.

Ich fuhr an Hopfenfeldern vorbei, die mit einem Netz abgedeckt waren. Die Straßen waren leer. Die Laternen warfen gelbe Leuchtkreise in den noch immer dunklen Himmel. Ich schaltete die Musik an.

Du hast mein Herz, verdammt, mit deinem Lächeln gerammt. Süßer als Saccharin, ich rieche Kerosin. Und ich seh's in deinem Blick ...

Um kurz nach drei erreichte ich Mariabrunn. Die kleine Straße zu Zorans Haus war nicht beleuchtet. Rundherum wurde es schwärzer. Nur das, was meine Scheinwerfer trafen, trat gespenstisch hervor: die glatte Rinde einer Buche, der kaputte Anhänger eines Traktors. Erst als ich die Einfahrt erreichte, ging durch den Bewegungsmelder das Flutlicht an. Ich parkte meinen Alfa vor der Scheune, stieg aus und hielt mir die Hand über die Augen. Das Flutlicht blendete. Zoran hätte damit ein ganzes Fußballfeld beleuchten können. Ich blinzelte. Eine Motorsäge lag vor der Scheune, ein Paar Handschuhe waren achtlos auf den Boden geworfen. Ich blickte zum Haus. Die Rollläden waren nicht heruntergelassen. Erst dann bemerkte ich die Haustür: Sie stand offen. Ich nahm mein Handy und wählte Zorans Festnetznummer. Deutlich konnte ich das Klingeln von innen hören.

Doch nichts tat sich.

Ich stand an der Haustür und rief: „Hallo?"

Es war 03:07 Uhr, als ich den Flur betrat und immer wieder rief: „Zoran? Emil? Bist du da? Wo steckst du? Ich bin's, Ruby."

In der Küche lag ein Laib Brot auf der Arbeitsfläche, daneben stand ein Stück Butter, das geschmolzen und wieder hart geworden war. Von der Decke hing ein klebriger Streifen herab, an dem Fliegen klebten. Eine Fliege bewegte noch ihr Beinchen. Im Wohnzimmer glitt mein Blick über ein altes Sofa, einen Fernseher und einen Kastencomputer. Auf dem Tisch standen zwei leere Bierflaschen, auf dem Sofa lag eine Taschenlampe. Im Flur rief ich wieder: „Emil?" Meine Stimme klang seltsam.

Dann schlich ich über die Treppe nach oben. Die Stufen waren mit Teppichboden verkleidet. Es roch modrig. Die erste Tür führte in ein Bad mit weißen Kacheln. Rasierschaum stand auf dem Waschbecken, darüber hing ein Spiegel mit einem Sprung. Die nächste Tür führte in ein Zimmer, in dem Gerümpel lag: ein altes Rennrad, eine Nähmaschine, ein Videorekorder. Die Tür am Ende des Gangs war Zorans Schlafzimmer. Ich blickte auf ein Ehebett, das noch aus den fünfziger Jahren zu stammen schien. Nur die rechte Seite war bezogen. Doch Zoran war nicht da. Auf dem Nachttisch lagen Bücher. Ich öffnete die Schublade. Darin lag eine Waffe, *Heckler & Koch*. Ich steckte sie ein.

„Emil?", rief ich wieder, als ich nach unten ging.

Von der Küche führte eine Tür zur Veranda. Ich drehte den Schlüssel und ging hinaus. Die Grillen zirpten laut. Der Himmel über dem dunklen Streifen Wald am Horizont schien eine Nuance heller geworden zu sein. Doch die Wiese war ein schwarzes Loch. Ich holte die Taschenlampe aus dem Wohnzimmer und leuchtete damit in die Dunkelheit hinein.

Auf der Wiese war niemand.

Ich ließ die Taschenlampe sinken. Der Lichtstrahl fiel auf den Boden. Blut zog sich über die Holzbretter der Veranda bis zur Klappe des Vorratskellers. Der Riegel war verschlossen. Ich schob ihn zurück und zog die Klappe nach oben. Dann leuchtete ich mit der Taschenlampe in das ein auf zwei Meter große Loch. Zuerst hörte ich ihn stöhnen. Dann sah ich Zoran, der zusammengekauert in einer Ecke lag und mich aus irren Augen anblickte. Ich senkte den Strahl und sagte: „Hab keine Angst. Ich bin's, Ruby. Ich hole dich jetzt da raus."

Um 05:28 Uhr checkte ich für den Flug nach Palma de Mallorca ein. Die Dame am Schalter sagte: „Sie haben Glück. Gerade wollten wir schließen." Während ich die Sicherheitskontrolle passierte, waren meine Gedanken bei Zoran. 32 Stunden war er in dem Kellerloch gefangen gewesen. In dieser Zeit hatte er acht Flaschen Bier getrunken und eine Dose Erdnüsse gegessen. Mehr Vorräte waren nicht da gewesen.

„Die Papiere, bitte", sagte der Sicherheitsbeamte.

Ich lächelte, als ich sie ihm gab.

Die Schusswunde an Zorans Schulter war stark entzündet. Er musste unbedingt in ein Krankenhaus. Doch Zoran hatte nur den Kopf geschüttelt. Man hatte ihn umbringen wollen, daran bestand kein Zweifel. Wenn er jetzt ins Krankenhaus ginge, dann würde der Psychopath sein Werk vollenden. Davon war Zoran überzeugt. Vielleicht lag er damit gar nicht so falsch. Deshalb hatte er mich gebeten, ihn bei einem befreundeten Arzt abzusetzen. Auf dem Weg dorthin hatten wir auf seinem Revier gehalten. Zoran hatte mir die Papiere besorgt, die ich für die Waffe brauchte.

„Alles in Ordnung", sagte der Sicherheitsbeamte. Dann fügte er lächelnd hinzu: „Guten Flug!"

Pünktlich um sechs hob die Maschine ab. Die Sonne ging über der Alpenkette auf. Dort, wo sie den Bodensee traf, leuchtete er golden.

Zoran war um Jahre gealtert. Die Stunden im Keller, in denen er glaubte, sterben zu müssen, hatten ihm zugesetzt. Zudem machte ihm die Erkenntnis zu schaffen, dass er sich zwölf Jahre lang geirrt hatte. Seine Selbstsicherheit war stark angegriffen. Im Auto hatte er immer wieder den Kopf geschüttelt und gestöhnt. Er hatte nach Gründen für seine Verblendung gesucht. Damals hätten sie alle, meinte er, auch Vera Lindt, diese hellblauen Gewebereste auf Alinas Kleidung nicht zuordnen können. Jetzt wusste er, dass sie von dem Schlumpf stammten.

Die Maschine war voll mit Touristen und heulenden Kleinkindern.

Ich lehnte mich zurück und schloss die Augen.

Die Gedanken in meinem Kopf rissen immer wieder ab. Zoran glaubte, dass Thomas Odermatt oder Felix Trapp hinter dem Anschlag auf sein Leben steckten. Thomas Odermatt oder Felix Trapp … einer von beiden … hatte auch Alina ermordet … jetzt war nur noch die Frage, wer … Sei vorsichtig, Ruby … Kitty hat recht … Mark ist in Gefahr …

„Ich möchte Sie nun bitten, die Sitzgurte wieder anzulegen und …"

Ich schreckte auf. Es war 07:38 Uhr. Wir befanden uns bereits im Landeanflug auf Mallorca. Unter mir lag das Meer: Es war blau und weit, grausam und schön.

Am Flughafen von Palma lief ich den Menschen bis zur Kofferausgabe hinterher. Dort starrte ich auf das Band. Ein Koffer nach dem anderen fuhr an mir vorbei. Mein ganzes Leben fuhr an mir vorbei. Irgendwann griff ich nach dem silberfarbenen Schalenkoffer und zog ihn hinter mir her.

Die Schiebetür ging auf. Inmitten der Wartenden stand John und winkte mir zu. Ich schluckte. Als wir uns zur Begrüßung in die Arme nahmen, konnte ich die Tränen nicht zurückhalten.

Auf dem Weg zu Marks Haus erzählte ich John, was passiert war.

„Und wenn es nur ein übler Scherz war?", fragte John. „Um Zoran mal so richtig einen Denkzettel zu verpassen?"

„Nein", erwiderte ich. „Jemand hat billigend seinen Tod in Kauf genommen."

„Und wie geht es jetzt weiter?"

„Zoran muss mit Vera Lindt sprechen", sagte ich und starrte zum Fenster hinaus. „Es gibt keinen anderen Weg. Wir brauchen die Spurensicherung. Das muss richtig untersucht werden. Anders geht es nicht."

Die Straße führte mitten durch die Insel, das Meer war nicht zu sehen. Draußen zog eine Bauruine vorüber. Ich sah Bäume mit knorrigen Stämmen, und ich sah Ziegen, die auf einer ausgedorrten Wiese nach Futter suchten.

Gegen halb elf erreichten wir den kleinen, unbefestigten Parkplatz. Kurz darauf hörte ich die Brandung und das Kreischen von Vögeln. Als ich auf das Meer hinaussah, dachte ich an Sam. Dann blickte ich auf mein Handy; kein Empfang.

„Wie gehen es Mutter von Mark?", fragte Maria Concitas.

Die alte Frau begrüßte uns freundlich. Sie bot uns sogar an, in dem Haus zu übernachten, solange wir auf Mark warteten. Wir nahmen das Angebot dankbar an, auch wenn wir damit unter Beobachtung standen.

Die Wellen schlugen gegen den Felsen.

„Das Meer macht einen so leicht", sagte John, als wir am Strand lagen.

„Mich macht es schwer", entgegnete ich.

Den ganzen Freitagnachmittag lagen wir am Strand. Der Himmel war wolkenlos blau, ab und zu schrie ein Vogel und ein sanfter Wind streifte über die Bucht. Der Sand war warm. John hatte einen Sonnenschirm tief in den Sandboden gerammt. Immer wieder schlief ich in einem bläulichen Schatten ein. Und immer wieder schreckte ich aus einem Albtraum hoch, blickte mich panisch um und zuckte mit einem Bein oder Arm. Dann legte John seine Hand auf meine Schulter und sagte: „Everything is okay."

Abends tranken wir ein Glas Wein auf der Terrasse.

Die Sonne versank im Meer.

Auch den ganzen Samstag verbrachten wir am Strand. Ich badete im Meer und lauschte auf die Brandung. Mit Blick auf den blauen Horizont, in dem sich Erde und Himmel vermengten, fühlte ich mich eigentümlich versöhnt. Die Ewigkeit floss durch mich hindurch wie das Wasser durch die Steine. Plötzlich löste sich ein Knoten in mir: Ja, ich hatte in Notwehr geschossen, aber auch mit Absicht. Und ich wusste, dass ich es wieder tun würde. Deshalb ging ich nicht mehr zurück zur Polizei. Ich traute mir selbst nicht mehr. Aber so war das Leben. Es ging immer weiter; nicht für alle von uns, aber für die meisten.

Die Wellen rauschten.

Auch an diesem Tag war Mark nicht gekommen. Abends stellte uns Maria Concitas etwas zu Essen hin, Pasta mit Gemüse und Brot, bevor sie nach Hause ging.

„Denkst du eigentlich noch oft an Constantin?", fragte John, als wir abends wieder auf der Terrasse saßen.

„Ja", sagte ich und blickte in den glutroten Ball am Horizont.

Wieder versank die Sonne im Meer, und der Mond zog herauf.

Am Sonntagvormittag überraschte mich John mit frischen Brötchen. Nach einem ausgedehnten Frühstück ging ich zum Strand hinab und schwamm im Meer. Als ich mich in den warmen Sand legte, um zu trocknen, war ich mir sicher, dass Mark nicht mehr kommen würde. Ich blickte nach oben in den weiten, blauen Himmel. Die Brandung rauschte.

Ich drehte meinen Kopf nach rechts.

Ein Mann kletterte über die Felsen. Er trug einen Rucksack. Ich hob die Hand über die Augen, um meinen Blick gegen die Sonne abzuschirmen. Doch mehr als seine schwarze Silhouette konnte ich nicht erkennen.

34

„Kitty, bist du dir wirklich sicher?"

Thomas Odermatt blickte seine Frau sorgenvoll an. In den letzten zwei Tagen hatte sie rasant abgebaut. Er wusste, dass sie sterben würde, aber dass es plötzlich so schnell ging, hätte er nicht gedacht. Vorgestern hatte sie noch sprechen können. Heute klang jedes Wort, das sie zwischen den pfeifenden Atemzügen hervor presste, wie ihr letztes. Bis gestern hatte Kitty noch gehen können, kurze Strecken zumindest, von der Terrasse zur Tür, von der Küche zum Bad, vom Schlafzimmer zur Küche. Heute musste er sie im Rollstuhl aus dem Haus fahren. Das Sauerstoffgerät hing seitlich am Gestell. Für den Ausflug hatte Thomas den Van aus dem Geschäft mitgebracht.

„Sollen wir nicht doch besser zu Hause bleiben?", fragte Thomas, als er seine Frau im Rollstuhl über die Einfahrt zum Auto schob.

Doch Kitty schüttelte den Kopf.

Thomas schwieg. Er öffnete die Beifahrertür und legte seinen Arm um Kittys Hüfte. Alleine schaffte sie es nicht mehr hoch. Als er sie anhob, erschrak er. Kitty war leicht wie ein Vogel. Sie roch nach Chanel No. 5, aber darunter, da roch sie nach Verwesung.

Es war Sonntag, der 1. Juli 2018.

Der Himmel war blau. Ein weiterer Sommertag brach an.

Thomas schnallte seine Frau auf dem Sitz fest. Dabei fiel sein Blick auf ihre Beine. Unter der hellen Leinenhose schien nichts zu sein als ein Stück Knochen. Kitty war ein Skelett. Für einen Moment flackerte das Bild vor seinem inneren Auge auf, wie Kitty früher gewesen war, stark, strahlend. Er schlug die Autotür zu. Wenn er könnte, würde er die Zeit um zwölf Jahre zurückdrehen. Wenn er könnte, würde er diesmal alles richtig machen.

Der Himmel war blau.

Eine Kirchturmuhr schlug halb zehn.

Seine Frau machte ihm ein Zeichen durch die Scheibe. Thomas verstand und reichte ihr die Handtasche nach, die noch im Rollstuhl lag. Das Ding war schwerer als Kitty selbst. Dann klappte er den Rollstuhl zusammen und verstaute ihn im Kofferraum. Es war 09:38 Uhr, als sie endlich losfuhren, schweigend. Nur der Kies knirschte unter den Reifen.

Bis nach Münstertal waren es 185 Kilometer, das machte fast drei Stunden Fahrt. Thomas hörte den pfeifenden Atem seiner Frau neben sich. Immer wieder knickte ihr Kopf weg, und sie schloss die Augen. Kurze Nickerchen waren alles, was ihr an Schlaf noch vergönnt war. Thomas verband sein Handy mit dem Autotelefon und wählte Felix' Nummer. Wieder nichts. Vielleicht hatte er das Handy verloren. Thomas schaltete das Radio an, leise.

Der Klassiksender spielte Filmmusik der letzten Jahre.

Kurz vor Stockach schreckte seine Frau hoch. Sie blickte zum Fenster hinaus. Adele sang den Titelsong von *Skyfall*. Kitty presste etwas hervor, das klang wie: „Heute, vor zwölf Jahren."

Thomas nickte. Er wusste, was sie meinte, doch er wollte nicht darüber sprechen. Im Leben musste man nach vorne schauen, die Vergangenheit auch mal ruhen lassen. Kittys ständige Beschäftigung mit dem Thema hatte ihr nicht gutgetan. Insgeheim glaubte Thomas sogar, das sei die Ursache für ihren schweren Krebs, auch wenn der Arzt, mit dem er darüber gesprochen hatte, nur den Kopf geschüttelt hatte. Thomas fädelte sich in einen Kreisverkehr ein und nahm die zweite Ausfahrt.

This is the end, sang Adele.

„Kommen die Handwerker morgen wieder?", fragte Thomas, um seine Frau auf andere Gedanken zu bringen.

Sie nickte und drückte sich das Sauerstoffgerät auf den Mund.

For this is the end, sang Adele wieder.

Thomas schaltete das Radio aus. Er bog auf die B31 in Richtung Singen ab. Der Blinker tickte ungewöhnlich laut, wie eine Bombe. Die Handwerker hatten am Freitag einen halben Meter Beton abgetragen, mehr hatten sie nicht geschafft. Der Beton wäre ungewöhnlich fest verbacken, hatte Geißler gemeint, da bräuchten sie noch andere Geräte, aber Samstag und Sonntag arbeiteten sie nicht. Doch morgen würde es weitergehen. Thomas blickte seine Frau aus den Augenwinkeln an. Sie atmete schwer.

Er schaltete das Radio wieder ein.

Eminem sang *Lose yourself*.

Thomas schaltete wieder aus. Er mochte solche Lieder nicht. Für ihn war das keine Musik, sondern soziale Depression. Das hatte er Mark damals auch gesagt. Man musste nach vorne schauen, gerade in der Musik, sich dem Leben zuwenden.

Wieder nickte Kitty weg.

Um 12:10 Uhr lenkte Thomas den Van auf den Besucherparkplatz des Bergwerks. Er schaltete den Motor ab. Die Stille war plötzlich drückend. Nur noch Kittys Atem war zu hören. Thomas stieg aus, nahm den Rollstuhl aus dem Kofferraum und klappte ihn auf. Dann half er seiner Frau hinein.

„Die Tasche", keuchte Kitty.

Thomas reichte ihr die Tasche nach. Und wieder wunderte er sich, wie schwer sie war. Wahrscheinlich hatte Kitty noch eine Ersatzsauerstoffflasche eingepackt, vermutete er, aber wozu sollte er fragen. Seit Jahren redeten sie kaum noch miteinander, wozu auch, es war doch alles gesagt.

Ein leichter Wind kam auf.

Rundherum standen hohe, dunkle Bäume, Fichten und Tannen. Das war der Schwarzwald. Vor Jahren waren sie mit den Kindern hier gewesen. Damals war Mark höchstens acht Jahre alt gewesen, Alina vier. Die Kinder waren lachend den Weg hochgerannt. Daran erinnerte sich Thomas plötzlich wieder.

Er schob seine Frau zum Eingang hinauf. Von außen war nicht viel zu erkennen. Ein Kassenhäuschen und ein Loch in einer Mauer. Mundloch, sagten die Bergleute zum Eingang. Damit meinten sie das dunkle Loch, das hinab führte. Davor war ein schmiedeeisernes Tor angebracht, das während der Besucherzeit offenstand.

Teufelsgrund stand über dem Eingang.

Kitty sagte, er solle sie zum Infoschalter fahren. Thomas lenkte hinüber. Er wusste nicht genau, was sie vorhatte, er hatte nicht gefragt. Aber er hoffte, dass sie eine Sonderführung gebucht hatte, die behindertengerecht war, sonst konnten sie gleich wieder umdrehen.

„Ah, Frau Odermatt", sagte eine Frau. Sie reichte Kitty die Hand. Die Frau trug einen gelben Grubenhelm und wechselte ein paar Worte mit Kitty. Thomas starrte in einen Schaukasten mit Fotos. Ein Brautpaar, das in der Grube getraut wurde. Verkleidete Menschen, die zu Halloween eine Gruselführung durch den Berg bekamen. Ein als Tod geschminktes Gesicht blickte ihn an.

„Und Sie sind sicher Herr Odermatt", sagte die Frau mit dem Helm und reichte ihm die Hand. Sie stellte sich als Annika Romer vor. Niemand wunderte sich über Kittys Atemgerät. Aufgrund der hohen Luftfeuchtigkeit war die Luft im Stollen nahezu keimfrei. Deshalb kamen viele Lungenkranke in den Berg. Dort unten gab es sogar eine Asthmatherapiestation.

„Dann übernehme ich mal", sagte Frau Romer und löste Thomas am Rollstuhl ab. Geschickt schob sie Kitty an den Wartenden vorbei in Richtung Mundloch. Thomas ging hinterher. Die Menge teilte sich.

„Wir fahren jetzt in den Stollen ein, wie der Bergmann sagt", sagte Frau Romer. Ihre Stimme hallte. Der Gang war gerade so hoch, dass man aufrecht darin gehen konnte, und gerade so breit, dass Kittys Rollstuhl hindurchpasste.

„Im Bergbau spricht man nicht von Wänden", erklärte Frau Romer, zeigte auf die Steinwände rechts und links und sagte: „Das sind Stöße. Die Decke wird Firste genannt und der Boden Sohle."

Ein paar Leute kamen ihnen entgegen, man grüßte sich mit: „Glück auf!"

Die Reifen des Rollstuhls knirschten leise.

„Ab hundert Meter nach dem Mundloch ist die Luft wie gewaschen", sagte Frau Romer. „Die hohe Luftfeuchtigkeit drückt den ganzen Dreck gegen die zerklüfteten Wände. Spüren Sie es schon?"

„Tatsächlich", sagte Kitty. „Es fühlt sich leichter an."

Nachdem sie zehn Minuten in den Berg hineingegangen waren, blieb Frau Romer an einer weißen Stahltür stehen. Sie drückte die Klinke, stemmte die Tür mit ihrem Körpergewicht auf und zog Kittys Rollstuhl vorsichtig über die Schwelle. In deckenhohen Stahlregalen lagen Helme, Lampen, Filzdecken und Handschuhe. An der Wand hing ein altmodisches Telefon. Auf dem Boden standen verrostete Geräte. Frau Romer bugsierte den Rollstuhl durch das Gerümpel und öffnete eine zweite, kleinere Tür.

„So, da wären wir", sagte sie.

Vor ihnen lag eine Höhle. In den Felswänden steckten zwei elektrische Lampen, die wie Fackeln aussahen. In der Mitte stand ein Tisch, der für zwei Personen gedeckt war. Thomas sah eine silberne Vase, in der eine langstielige Rose steckte. Die Rose war rot. Er sah einen Behälter, in dem Essen warmgehalten wurde. In einem Silberkübel lag eine Flasche Champagner. Ein weißes Tuch war um den Flaschenhals gewickelt.

„Dann wünsche ich Ihnen ganz viel Spaß", sagte Frau Romer und schob Kitty an den Tisch. Mit einem Zwinkern fügte sie hinzu: „Sie werden ganz ungestört sein. In anderthalb Stunden hole ich Sie wieder ab. Wenn vorher etwas sein sollte, im Lagerraum nebenan befindet sich ein Telefon. Dort drücken Sie einfach die 1, dann werden Sie zu mir durchgestellt."

„Danke", sagte Kitty. „Es sieht wunderschön aus."

Thomas stand unschlüssig da. Der Raum erinnerte ihn an eine Gruft. Die Schritte von Frau Romer verhallten leise, als sie sich entfernte. Am liebsten wäre er mitgegangen. Aber Kitty zuliebe riss er sich zusammen.

Zögernd setzte er sich seiner Frau gegenüber an den Tisch.

Wie sie auf diese Idee gekommen sein mochte, fragte sich Thomas, ausgerechnet hier. Sie hätten doch überall zu Mittag essen können. Er sah seine Frau forschend an.

„Lass uns anstoßen", sagte sie. Kein Pfeifen.

Thomas zog die Champagnerflasche aus den Eiswürfeln, es war eine Don Perignon, ihre Hausmarke. Gekonnt entkorkte er die Flasche und schenkte ein.

„Auf dich", brachte Thomas hervor.

„Auf Alina", entgegnete seine Frau. „Und auf Mark."

Thomas sagte nichts. Es klirrte, als die Gläser zusammenstießen. Während er trank, beobachtete er sie. Schon vor Jahren hatte ihr der Arzt verboten, auch nur einen Tropfen Alkohol zu trinken. Dann bestand die Gefahr, dass sie wieder abhängig wurde. Aber was spielte das jetzt noch für eine Rolle?

Kitty nahm einen großen Schluck. Dann nahm sie ein kleines, schwarzes Gerät aus ihrer Tasche und legte es auf den Tisch.

„Was ist das?", fragte Thomas.

„Ein Aufnahmegerät", antwortete sie. Und dann: „Ich weiß jetzt, wer Alina ermordet hat."

Thomas nahm noch einen Schluck.

„Mein Buch ist fertig", sagte Kitty. „Aber etwas fehlt noch. Und dafür brauche ich deine Hilfe."

Thomas starrte seine Frau an. Ihr Atem ging leichter. Das Röcheln war fast verschwunden. Dann war sie also wirklich wegen der Luft gekommen? Um sich ein letztes Mal mit ihm unterhalten zu können?

„Ich weiß, dass du damals nicht allein im Baumhaus warst", sagte Kitty. Ihr Blick ruhte auf seinem Gesicht, als sie erklärte: „Felix war auch dabei. Du brauchst es nicht zu leugnen. Er hat bereits ein schriftliches Geständnis abgelegt. Er hat auch gestanden, dass er unseren Sohn jahrelang missbraucht hat. Nachdem du ihn im Baumhaus mit den Kindern allein gelassen hast, hat er Mark angefasst. Alina bekam das mit. Sie wollte Hilfe holen. Deshalb hat Felix mit der Taschenlampe nach ihr geworfen. Er behauptet, es wäre ein Unfall gewesen."

„Kitty", brachte Thomas nur schwer hervor. „Das ist doch absurd. Du steigerst dich da in etwas hinein. Lass uns über etwas anderes reden."

Er sah sich in dem Raum um. Die Wände schienen näher zu rücken. Seine Frau hatte den Verstand verloren. Anders konnte er sich das nicht erklären.

„Du deckst einen Mörder und Kinderschänder?", fragte sie.

„Kitty, bitte, ich weiß nicht, von was du redest, du bist ..."

„Hör auf zu leugnen", unterbrach sie ihn scharf. Dann zog sie eine Waffe aus der Tasche.

Thomas riss die Augen auf.

„Ich will endlich die Wahrheit wissen", sagte Kitty und richtete die Waffe auf ihn. Ein Schalldämpfer war auf der Pistole montiert. „Wenn du weiterhin schweigst, stirbst du. Und zwar noch heute. Jetzt. Vor mir."

Thomas griff nach seinem Champagnerglas. Doch Kitty schien seine Gedanken erraten zu haben und schoss ihm in die rechte Hand.

„Fuck", keuchte Thomas und blickte seine Frau entsetzt an. Dann verlor er das Bewusstsein.

Als Thomas wieder zu sich kam, sah er in die Mündung einer Pistole. Der Raum drehte sich. Das Blut rauschte in seinen Ohren. Seine rechte Hand brannte, ein Stück Knochen ragte aus der Haut. Verzerrt, als wäre er in einem Albtraum gefangen, hörte er die Stimme seiner Frau: „Ich will die Wahrheit aus deinem Mund hören."

Er sah sie an.

Kitty war wahnsinnig. Ihr Gesicht sah aus wie der Tod, den er oben in der Vitrine gesehen hatte, weiß, knochig, die Zähne gefletscht. Er hörte sie böse lachen.

„Die Wahrheit!", befahl sie.

„Als wir hochkamen", stammelte Thomas, „hatte Alina bereits die Wunde am Kopf. Wir beschlossen, sie später ins Krankenhaus zu fahren. Aber dann war ja schon …" Er starrte auf die zerklüfteten Steinwände. Die Oberfläche war zerrissen. Sein Kopf sank herab.

„Da habt ihr euch aber gut abgesprochen", höhnte Kitty. „Du und Felix. Dieselbe Lügengeschichte, bravo."

„Wo ist Felix?", stammelte er.

Kitty lächelte. Das Lächeln verformte sich vor seinen Augen zu einer Fratze. Thomas' Atem ging flach. Gleich würde er wieder das Bewusstsein verlieren.

„Ich möchte wissen, warum du den Missbrauch an unserem Sohn jahrelang gedeckt hast", sagte Kitty. Sie hielt ihm das Aufnahmegerät hin. Es blinkte grün.

„Aber Kitty, das ist …"

Sie kam näher.

„Ich möchte wissen, warum du nichts dagegen unternommen hast."

„Kitty, ich …"

Sie drückte ihm die Pistole gegen die Wange. „Gib endlich zu, dass du jahrelang zugeschaut hast, wie Felix sich an unserem Sohn verging. Dass du zumindest weggeschaut hast."

Thomas fühlte das kalte Eisen auf seiner Wange. Er nickte.

„Gib zu, dass ihr Mark im Pool begraben habt."

Thomas riss die Augen auf.

Kitty legte die Mündung der Pistole auf seine Lippen. „Gib es zu", zischte sie.

Thomas nickte mit letzter Kraft.

„Hat Mark damit gedroht, Felix anzuzeigen? Hast du deinen Sohn verraten, damit du weiter bei Trapp den Chef spielen kannst?"

Thomas drehte den Kopf. Die Höhle kippte.

„Ich schieße, wenn du nicht antwortest", drohte eine fremde Stimme. Er erkannte sie nicht mehr.

„Ja", brachte Thomas mühsam hervor. Seine Zunge war schwer wie Blei, als er lallte: „Mark wollte Felix anzeigen. Deshalb."

Im selben Moment, in dem er seinen Mund öffnete, um das letzte Wort auszusprechen, bohrte Kitty die Pistole in seinen Mund und drückte ab. Als Frau Romer eine Stunde später das Paar abholen wollte, konnte sie nichts mehr tun. Dem Mann fehlte ein Stück vom Hinterkopf, die Frau hatte kein Gesicht mehr. Auf dem Tisch lag ein Aufnahmegerät. Das Essen hatten sie nicht angerührt.

35

„Ich hatte keine andere Wahl", sagte Mark. „Ich musste gehen. Zu Hause wäre ich erstickt."

Mark fuhr sich durch die langen, dunklen Locken. Seine Hand zitterte leicht. Wir saßen im Wohnzimmer, die Terrassentür stand weit offen, draußen schlugen die Wellen gegen die Felsen. Der Wind nahm zu.

„Es war, als hätte mir jemand eine Schlinge um den Hals gelegt", erzählte er. „Aber nicht einmal das durfte ich denken. Denn die Schlinge um den Hals, das Bild gehörte Alina. So wie ihr alles gehörte – nachdem sie tot war, noch viel mehr als vorher. Ein falsches Wort und Alina war wieder da: Mit nassen, triefenden Haaren und aufgedunsenem Gesicht stand sie plötzlich wieder mitten im Wohnzimmer."

Ich schluckte.

Tatsächlich war der junge Mann, der mit dem Rucksack über die Felsen geklettert war, Mark gewesen. Er wirkte nicht überrascht, als wir sagten, dass seine Eltern uns schickten und dass wir ihn nach Hause bringen sollten. Auch die Nachricht, dass seine Mutter im Sterben lag, schien ihn nicht zu irritieren. Mark hatte nur genickt, so als hätte er längst damit gerechnet.

„Als sie Alina aus dem Pool gezogen haben, stand ich oben am Fenster. Ich habe alles gesehen. Aber meine Eltern haben nie mit mir darüber gesprochen. So wie wir über nichts gesprochen haben, was Alina betraf. Das Schweigen hat mich erstickt."

Draußen schrie eine Möwe.

Ein Sturm würde kommen.

„Ich war damals erst elf", fuhr Mark fort, „aber man begreift die Zusammenhänge mit elf nicht weniger als mit zwanzig oder dreißig. Im Gegenteil. Ich fühlte damals alles viel stärker als heute."

Ich hörte ihm zu, neigte den Kopf, nickte.

„Das Schlimmste war, dass mir niemand geglaubt hat", sagte er. „Vor allem meine Eltern nicht."

„Deine Eltern haben dich verteidigt", wandte ich jetzt ein. Dann fügte ich hinzu: „Bis aufs Blut."

„Das ist ja das Absurde", sagte Mark. „Nach außen hin haben sie mich verteidigt, gegenüber der Polizei und den Nachbarn und so." Er schluckte. „Aber sobald wir alleine waren, da habe ich es in ihren Augen gesehen. Sie glaubten mir nicht. Sie glaubten, ich hätte Alina getötet."

Mark hatte grüne Augen. Sein Blick war scheu. Er huschte durch den Raum wie eine Echse.

„Aber ich habe Alina nicht getötet", sagte er und griff nach der Karaffe, in der Wasser mit Zitrone und Pfefferminze war.

Maria Concitas hatte uns etwas zu essen und zu trinken hingestellt, bevor sie sich diskret zurückgezogen hatte. „Ich habe wirklich den Mann mit der Maske gesehen", fuhr Mark fort, während er sich einschenkte. „Ich erinnere mich daran, wie Alina geschrien hat, er solle verschwinden. Deshalb hat er auf sie eingeschlagen. Der Mann hatte eine helle Hautfarbe und war eher schmal von der Statur."

„So wie Uwe Sigg?"

„Ja", sagte er und trank. Dann fügte er beinahe trotzig hinzu: „So wie Uwe Sigg."

Mark stellte das Glas zurück auf den Tisch.

„Wusstest du, dass es nie eine Entführung gegeben hat?", fragte ich. „Deine Eltern haben das nur vorgetäuscht, um dich zu schützen."

Mark und ich saßen auf dem blauen Sofa. Er schloss für einen Moment die Augen und sagte mit ruhiger Stimme: „Das wurde mir erst später klar. Auch darüber haben wir nie gesprochen. Aber ich wusste es. Ich habe es gespürt. Es sprach aus den Blicken meiner Eltern – und aus ihrem Schweigen."

Ich blickte auf mein Handy. Es war Sonntagnachmittag, der 1. Juli, es war 15:20 Uhr – und ich hatte keinen Empfang.

„Gibt es hier eigentlich kein W-LAN?", fragte ich.

Mark schüttelte den Kopf. „Nein", sagte er. „Ich brauche das alles nicht mehr."

John hatte die ganze Zeit über an der Terrassentür gestanden und in den dunkler werdenden Himmel gestarrt. Die

Wolkendecke zog sich immer weiter zu. Jetzt drehte sich John um und fragte: „Aber du wohnst doch hier in dem Haus? Warum gibt es dann kaum Sachen von dir?"

Die Möwen kreischten.

„In meiner Abwesenheit vermiete ich das Haus meist an Gäste", antwortete Mark. „So kann ich mir etwas Geld verdienen. Nur diesmal ist ein Paar, das schon gemietet hatte, kurzfristig abgesprungen. Meine Sachen räume ich dann immer weg in den Keller. Warum fragst du?"

Mark lächelte John an.

„Ach, nur so", sagte John und drehte sich wieder dem Meer zu.

Das Licht draußen wurde gelblich.

Plötzlich fragte Mark: „Was hat Mama genau?"

„Eierstockkrebs", sagte ich. „Leider schon gestreut. Die Ärzte geben ihr nicht mehr viel Zeit."

Wir lauschten auf das Donnern der Brandung. Die Gischt spritzte bis zur Terrasse hoch.

„Auch deine Mutter hat jahrelang unter dem Schweigen gelitten", sagte ich. „Jetzt sucht sie fieberhaft nach der Wahrheit. Sie schreibt an einem Buch. Ihre größte Angst ist, dass dein Vater etwas mit der Sache zu tun hat. Oder Felix Trapp."

„Felix?", fragte Mark. Sein Blick glitt zwischen mir und John hin und her.

„Auch Felix Trapp war zur Tatzeit oben im Baumhaus", sagte ich. „Aber das wusste lange Zeit nur dein Vater – und du."

Mark wich meinem Blick aus.

„Du hast ein enges Verhältnis zu Felix", fuhr ich fort. „Felix hat dir dieses Haus gekauft. Und er wusste offensichtlich, dass du hier lebst. Aber er hat deinen Eltern nichts davon gesagt." Wieder sah ich ihn an, als ich hinzufügte: „Besucht er dich hier ab und zu? Ist das euer Geheimversteck?"

„Papa weiß es auch", sagte Mark.

John drehte sich wieder zu uns um und fragte: „Wenn dein Vater es wusste, warum hat er uns dann engagiert, dich zu suchen?"

„Weil Mama nicht wissen darf, dass Papa es weiß", sagte Mark. „Wir haben das so vereinbart, Felix, Papa und ich. Auch das ist ein Teil des Lügengebäudes, in dem meine Eltern seit Jahren leben." Er griff wieder nach dem Glas, trank einen Schluck und fügte dann hinzu: „Aber in diesem Fall ist mir das ganz recht. Mama würde nie akzeptieren, dass ich meine Zeit hier mit Wandern und Yoga verbringe. Sie will, dass ich Jura studiere." Der Wind fegte durch das Zimmer.

John schloss ein Fenster.

„Mark, darf ich dich etwas … etwas Unangenehmes fragen?", fragte ich.

Mark blickte zu Boden.

„Hat Felix Trapp dich als Kind missbraucht?"

„Wie bitte?" Mark sah erschrocken auf. „Ob Felix mich …?"Mark lachte, aber es klang nicht gelöst. Dann stoppte sein Lachen, und er sagte: „Nein."

John stand mit verschränkten Armen an die Wand gelehnt. Er lächelte Mark zu, als er fragte: „Aber kannst du dir vorstellen, warum Ruby das fragt?"

„Klar", antwortete Mark und fuhr sich durch die Haare. „Aber unsere Gesellschaft ist doch längst nicht mehr normal. Sobald ein Kind einen Mann mit drei Beinen malt, wird es schon missbraucht. Sobald sich ein erwachsener Mann um einen Jungen kümmert, ist das schon ein Vergewaltiger."

„Weil es stattfindet", sagte John. „Leider."

„Felix hat sich viel Zeit für mich genommen, das stimmt", sagte Mark. Er blickte nur noch John an, während er sprach:

„Vor allem nach Alinas Tod. Da war Felix mehr ein Vater für mich, als Papa das je war. Felix hat mir beigebracht, wie wichtig es ist, über das Geschehene zu sprechen. Er hat mich auch ermuntert, verschiedene Therapien auszuprobieren." Mark schenkte sich aus der Karaffe Wasser nach. Dann erklärte er mit fester Stimme: „Aber Felix hat mich nie angefasst."

John sah mich an. Mark trank.

„Obwohl ich es mir manchmal gewünscht habe", sagte Mark plötzlich leise. Dann richtete er sich auf, straffte den Rücken und erklärte: „Ja, ich bin schwul. Auch deswegen will ich nicht zurück nach Hause. Meine Eltern würden das nie akzeptieren. Die haben beide einen so begrenzten Horizont."

Wir schwiegen.

Alle drei blickten wir zum Meer hinaus. Ein gelbliches Licht stand über der dunklen, aufgewühlten See.

„Wir müssen langsam los", sagte John mit Blick auf sein Handy. „Unsere Maschine geht um 18:35 Uhr. Wenn du magst, komm doch gleich mit", sagte er zu Mark. „Vielleicht ist noch ein Platz frei."

Auf dem Weg zum Flughafen hatten wir wieder Empfang. Die Nachrichten prasselten nur so auf mein Handy ein: 35 verpasste Anrufe, 57 WhatsApps. Da wusste ich schon, dass etwas Schreckliches passiert sein musste.

Rufen Sie mich bitte sofort zurück, hörte ich die Stimme von Vera Lindt auf meiner Mailbox. Sie klang ernst.

Ich steuerte den Wagen auf den Parkplatz eines heruntergekommenen Restaurants und stieg aus. Obwohl es Sonntagabend war, hing ein Schild an der Tür, auf dem in Spanisch und in Deutsch stand: *Cerrado. Geschlossen.* Der Boden staubte, als ich über den Parkplatz ging. Dann setzte ich mich in den Schatten einer Pergola und drückte auf Rückruf.

Das Handy eng am Ohr sagte ich: „Frau Lindt? Ich bin's, Ruby."

Während Vera Lindt mir erzählte, was sich im Bergwerk *Teufelsgrund* abgespielt hatte, starrte ich auf den Müll. Der Wind blies einen alten Joghurtbecher über den Parkplatz. Eine Plastiktüte tanzte in der Luft. Ein Schwarm Fliegen klebte an einer alten Pizzaschachtel.

„Haben Sie den Jungen?", wollte Vera Lindt jetzt wissen.

„Ja", sagte ich und blickte zum Auto. Mark und John hatten die Musik so laut gedreht, dass ich die Bässe bis hierher hören konnte.

„Er landet um 20:35 Uhr in Friedrichshafen", sagte ich. „Dort können Sie ihn in Empfang nehmen. Aber bitte bringen Sie es ihm schonend bei. Der Junge ist sehr sensibel."

Vera Lindt murmelte irgendetwas, dann legte sie einfach auf.

Ich rieb mir die Augen. Sie tränten in dem sandigen Wind. Dann las ich noch mal die WhatsApp, die Sam mir morgens um 05:10 Uhr geschrieben hatte: *Ich lande um 20:50 Uhr in Palma.*

Ich hole dich ab, antwortete ich jetzt. Dann ging ich zum Auto zurück.

„Und, alles klar?", rief John gegen die wummernde Musik an.

Ich schüttelte den Kopf. Dann schaltete ich das Radio aus. Mark saß auf der Rückbank. Langsam drehte ich mich zu ihm um und sagte: „Du kannst meinen Platz im Flieger haben. Ich bleibe noch ein oder zwei Tage auf Mallorca. Ein Freund besucht mich spontan."

John sah mich überrascht an.

„Ich denke, es ist wichtig, dass Mark heute noch fliegt", sagte ich und warf John einen vielsagenden Blick zu. Er schien zu verstehen. Zumindest sagte er: „Okay."

Das Meer war noch immer aufgewühlt. Der Mond ließ weiße Schaumkronen auf der schwarzen, bewegten Masse aufblitzen. Die Wellen krachten gegen den Felsen, die Gischt spritzte.

Sam und ich standen auf der Terrasse von Marks Haus. Es war kurz nach zehn. Mark hatte mir angeboten, noch ein paar Tage hier zu bleiben. Auf der Autofahrt hatten Sam und ich nur über die Tragödie gesprochen, die sich im *Teufelsgrund* abgespielt hatte. Erst jetzt sagte ich: „Bitte sag es mir. Hat Trapp dich geschickt oder nicht?"

Der Sturm blies Sam die Haare aus dem Gesicht. Er zog mich näher zu sich heran. Inmitten des Tosens hörte ich seine Stimme an meinem Ohr, die sagte: „Trapp wollte die Produktion meiner CD finanzieren. Keine Ahnung, was jetzt daraus wird. Und ja, bei der Gelegenheit bat er mich, ein Auge auf dich zu haben. Das sollte wie zufällig aussehen, dass wir beide uns kennenlernen, deshalb die Sache mit Eva. Aber Trapp wollte einfach nur auf dem Laufenden gehalten werden, nichts weiter. Ich sehe nichts Schlimmes darin. Zumal ich selbst entscheiden kann, was ich wem erzähle und was nicht." Seine Augen glänzten dunkel, als er hinzufügte: „Das bedeutet aber alles nichts, Ruby."

„Nichts", wiederholte ich.

Dann blickten wir wieder auf das Meer hinaus. Eine Welle baute sich zwei Meter hoch auf und brach dann mit großer Wucht. Für einen Moment holte das Meer Atem. Dann kam die nächste Welle. Sie schien noch gewaltiger als die letzte zu sein, baute sich auf und brach.

„Es bedeutet nichts", wiederholte ich.

Das Wasser stieg höher. Die Flut kam. Wir gingen ins Haus zurück und schlossen die Tür. Die Gischt spritzte gegen die bodentiefen Glasfenster. Sams Lippen schmeckten nach Salz. Es war, als hätten wir schon immer in diesem Haus gelebt.

36

Sechs Wochen später

Es war Dienstagnachmittag, der 7. August, als John in kurzen, weißen Hosen das Büro verließ und sagte: „Also, ich geh dann mal."

Ich nickte. John überwachte zurzeit einen Mann, der täglich vier Stunden auf dem Tennisplatz verbrachte, was seiner Frau suspekt vorkam.

„Hau rein", sagte ich und grinste.

Allein blieb ich in der Detektei *Fuchs & Bentwood* zurück. Der Alltag hatte uns wieder eingeholt, alles verlief in gewohnten Bahnen. Auf dem Weg in die Küche blickte ich zum Fenster hinaus. Die Sonne stand über dem Marienplatz, Tauben dösten im Schatten vor sich hin, die Leute bewegten sich nur langsam über die Trottoirs. Es war 13:35 Uhr. Um diese Uhrzeit hatte die Stadt ihren Durchhänger.

Ich machte mir einen Espresso. Das Chrom an der Maschine funkelte. Sie war neu. Die Nachlassverwalter von Thomas Odermatt hatten mir aufgrund des Vertrages 50.000 Euro aus seiner Erbmasse ausbezahlt. Mit ein paar Handgriffen füllte ich Pulver in den Hebel, drückte ihn in die Maschine und schaute zu, wie das Wasser hindurchgepresst wurde. Es roch köstlich. Mit dem dampfenden Espresso ging ich zurück an den Schreibtisch und rief meine E-Mails ab.

Die Mail von Vera Lindt fiel mir sofort ins Auge.

FYI, schrieb sie. Sonst nichts.

For your information.

Ich öffnete den Anhang. Es war ein Bericht, den die Kriminalrätin persönlich verfasst hatte. Es ging um den Fall Alina O. Meine Hand zitterte, als ich die Tasse an meine Lippen führte und zu lesen begann:

Bericht vom 2. August im Fall Alina O. Im Anhang folgende neue Quellen:

1. *Der schriftliche Bericht, den Kitty Odermatt von Felix Trapp unter Androhung und Durchführung von Folter erpresst hat.*
2. *Die Tonbandaufnahmen aus dem „Teufelsgrund".*
3. *Das Geständnis von Uwe Sigg vom 03.07.2018; gegen ihn wird erneut polizeilich ermittelt.*
4. *Die Aussagen von Mark Odermatt vom 04., 13. und 19.07.2018.*
5. *Ein Manuskript von Kitty Odermatt mit dem Titel: Dunkel ist die Nacht. Die Wahrheit über den Mord an meiner Tochter. Eine Mutter bricht ihr Schweigen.*

Ich nahm einen Schluck Espresso und scrollte zum Beginn des pdf-Dokuments:

Alle Parteien berichten übereinstimmend, dass der 01.07.2006 ein außergewöhnlich heißer Tag gewesen sei. Die Hitze und der Alkohol auf der Geburtstagsfeier von Kitty Odermatt trugen ihren Teil zu den tragischen Ereignissen bei, die in dieser Nacht zum Tod der achtjährigen Alina Odermatt geführt haben.

Ich holte mir aus Johns Büro eine Zigarette, öffnete das Fenster und ging zurück an meinen Schreibtisch. Seit Mallorca hatte ich keine einzige Zigarette mehr geraucht, doch jetzt zündete ich mir eine an, als ich las:

Mehrere Zeugen haben gesehen, wie die Geschwister Mark und Alina Odermatt nach dem Feuerwerk um 22:15 Uhr durch ein Loch in der Hecke auf die benachbarte Obstwiese gelangten. Dort befand sich das Baumhaus, in dem die Kinder übernachten wollten. Zu dieser Zeit wartete der damals 21-jährige Uwe Sigg, ein Aushilfsarbeiter der Catering-Agentur Festland, bereits oben im Baumhaus auf die Kinder. Uwe Sigg gab zu Protokoll, sich auf der hinteren Seite des Baumhauses auf der Veranda versteckt zu haben. Des Weiteren gab Uwe Sigg zu Protokoll, er habe das nicht in der Absicht getan, das Mädchen sexuell zu belästigen oder es gar zu töten. Er habe den Kindern nur einen Streich spielen wollen. Auch an Alinas Kindergeburtstag, der zwei Tage zuvor gefeiert worden war, habe er mit den Kindern Gespenster gespielt. Deshalb trug er auch die Zorromaske, um die Kinder zu erschrecken.

Uwe Sigg hatte mir, als ich ihn Ende Juni in seiner Wohnung besucht hatte, genau dasselbe erzählt. Ich riet ihm auch dazu, damit zur Polizei zu gehen. Nachdenklich atmete ich den Rauch ein, blies ihn wieder aus und legte die Zigarette zurück auf den Untersetzer. Ich las:

Als Uwe Sigg auf der Veranda stand, hörte er, wie die Kinder sich um eine Tüte Chips stritten. Laut Aussage vom 03.07. betrat er daraufhin den Raum mit der Absicht, den Streit zu schlichten. Doch Alina habe sofort laut losgeschrien, er solle verschwinden. Uwe Sigg geriet in Panik, weil er befürchtete, die Situation könnte falsch gedeutet werden. Er fühlte sich schon einmal zu Unrecht wegen Besitz von kinderpornografischem Material verurteilt. Uwe Sigg gab zu, in seiner Panik das Mädchen mit der Taschenlampe auf den Kopf geschlagen zu haben. Das Mädchen habe danach auch nur leicht geblutet. Alina sei noch am Leben gewesen, als Uwe Sigg in Panik das Baumhaus gegen 22:30 Uhr verlassen habe. Nachdem er die Leiter hinabgestiegen war, versteckte er sich in dem hohen Gras, weil sich zwei Männer in Schlumpfkostümen dem Baumhaus näherten. Die Männer trugen die Köpfe der Schlumpfkostüme unter dem Arm. Deshalb konnte Uwe Sigg erkennen, dass es sich um Thomas Odermatt und Felix Trapp handelte, die um 22:30 Uhr zu den Kindern nach oben kletterten.

Ich nippte an dem Espresso.
Von der Zigarette stieg ein dünner Rauchfaden in die Luft.

Weil sich die Aussagen von Uwe Sigg, Thomas Odermatt, Felix Trapp und Mark Odermatt decken, gehen die Ermittler heute davon aus, dass folgender Tathergang der Wahrheit entspricht: Alina O. hatte um 22:30 Uhr bereits eine blutende Wunde am Kopf, als Thomas Odermatt und Felix Trapp das Mädchen zum Schlumpf-Tanz abholen wollten.

Thomas Odermatt und Felix Trapp haben in der Nacht des 01.07.2006 den Kindern aber nicht geglaubt, dass ein fremder Mann mit einer Zorromaske Alina mit der Taschenlampe auf den Kopf geschlagen hatte. Sie gingen davon aus, dass Mark seine Schwester in einem Wutanfall geschlagen habe, so wie es ein Jahr zuvor der Fall gewesen war. Sie glaubten, Alina wollte ihren Bruder trotz allem schützen.

Thomas Odermatt und Felix Trapp berieten sich, was zu tun sei, und verließen gegen 22:50 Uhr das Baumhaus wieder, um ihre Tanzvorführung durchzuziehen. Die Ermittler schenken den schriftlichen und mündlichen Aussagen von Felix Trapp und Thomas Odermatt Glauben, dass die Männer danach mit Alina ins Krankenhaus fahren wollten, um die Wunde untersuchen zu lassen.

Als ein unter Folter erpresstes Geständnis werten die Ermittler hingegen die Aussage von Felix Trapp, dass er Mark missbraucht habe. Die Ermittler und hinzugezogenen Psychologen stufen die Aussagen von Mark Odermatt, dass nie ein sexueller Missbrauch stattgefunden habe, als glaubhaft ein.

Ich nahm noch einen letzten Zug, spürte das Brennen in meiner Lunge und drückte die Zigarette mit spitzen Fingern aus.

Nach der Tanzvorführung kehrten Thomas Odermatt und Felix Trapp allerdings nicht sofort ins Baumhaus zurück. Sie wurden von verschiedenen Gästen immer wieder zu einem Schnaps überredet. So wurde es 23:40 Uhr, als die Männer endlich ins Baumhaus zurückkehrten, um nach dem Mädchen zu schauen. Doch da waren beide Kinder fort.

Ich blickte zur Wand, von der mich noch immer meine Mutter anlächelte. Dann trank ich den Espresso leer, während ich weiterlas:

Um 23:15 Uhr begegnete Kitty Odermatt laut ihrem eigenen Bericht ihrem Sohn Mark im Bad im ersten Obergeschoss der Villa. Mark stand unter der Dusche und habe verwirrt gewirkt. Alarmiert durch das Blut auf seiner Kleidung ging Kitty Odermatt zusammen mit ihrem Sohn in das Baumhaus, um nach Alina zu sehen. Um 23:35 Uhr fand sie das Mädchen regungslos im Baumhaus vor. Sie konnte keinen Puls mehr fühlen. Kitty Odermatt glaubte, das beschrieb sie in ihrer Schilderung der Tatnacht sehr plastisch, dass Alina tot sei.

Kitty wollte den Leichnam ihrer Tochter aus dem Baumhaus schaffen und trug ihn die Leiter hinab. Dabei glitt ihr der Körper etwa einen Meter über dem Boden aus den Händen. Daher stammen die zusätzlichen Blutergüsse auf der linken Gesichtshälfte von Alina. Tragisch war, dass Alina zu dem Zeitpunkt noch nicht tot, sondern nur bewusstlos gewesen war. Nach Einschätzung von Dr. Titus Rosenkranz hat der Aufprall die inneren Blutungen im Schädel des Kindes noch stark beschleunigt.

Kitty Odermatt legte ihre Tochter im Gartenhaus ab.

Um 23:45 Uhr begegnete Kitty Odermatt ihrem Mann Thomas Odermatt und dessen Freund Felix Trapp. Sie führte die Männer ins Gartenhaus. Alle drei Erwachsenen konnten keinen Puls mehr wahrnehmen. Das Mädchen atmete nicht mehr. Erst um diese Uhrzeit, zwischen 23:30 Uhr und 00:30 Uhr, war laut Dr. Titus Rosenkranz der Tod des Kindes tatsächlich eingetreten. Thomas Odermatt und Felix Trapp verschwiegen, dass sie Alina eine Stunde zuvor bereits mit der Wunde am Kopf zurückgelassen hatten. Ihnen wurde klar, dass ihr Verhalten fahrlässig zum Tod des Mädchens beigetragen hatte. Diese Schuld verband die beiden Männer fortan.

Alle drei Erwachsenen – Kitty Odermatt, Thomas Odermatt und Felix Trapp – gingen davon aus, dass Mark seine Schwester mit der Taschenlampe geschlagen hatte. Deshalb beschlossen sie, eine Entführung vorzutäuschen, damit der Verdacht auf einen Täter außerhalb der Familie fiel. Sie entschieden, Jutta Trapp nicht in den Plan einzuweihen.

Am 1. September 2018 wird sich Uwe Sigg vor dem Hohen Gericht nach dem Strafgesetzbuch § 227 wegen Körperverletzung mit Todesfolge verantworten müssen, worauf eine Freiheitsstrafe von einem Jahr bis zu zehn Jahren erkannt werden kann.

Eine Anklage gegen Thomas Odermatt und Felix Trapp wegen unterlassener Hilfeleistung nach Strafgesetzbuch § 323c entfällt, weil die beiden Personen verstorben sind.

Dieselbe Anklage gegen Kitty Odermatt wegen unterlassener Hilfeleistung nach Strafgesetzbuch § 323c entfällt, weil sie ebenfalls verstorben ist.

Eine Anklage gegen Kitty Odermatt wegen dreifachen Mordes an Hedwig Krause, an Felix Trapp und an Thomas Odermatt sowie wegen versuchten Mordes an Emil Zoran, kann aufgrund ihres Todes ebenfalls nicht erhoben werden.

Eine Anklage gegen Kitty Odermatt wegen versuchten Totschlags an Stefan Fischer entfällt aus dem oben genannten Grund. In ihrem Buch beschreibt Kitty Odermatt, dass der ehemalige Ermittler einen Herzinfarkt erlitt, als sie mit der Waffe auf ihn zielte.

Es klingelte unten an der Tür. Abwesend drückte ich auf den Türöffner und setzte mich wieder hinter den Schreibtisch. Die obere Tür war nur angelehnt. Als es klopfte, sagte ich: „Herein."

Paul Brandner trat ein.

„Aha, man hat geraucht", sagte er und grinste.

Ich verdrehte die Augen und beachtete ihn nicht weiter. Unschlüssig stand er da.

„Ich hatte dich wirklich im Verdacht, Ruby", sagte er dann. „Dafür möchte ich mich nun offiziell entschuldigen."

„Das traust du mir wirklich zu?"

Brandner sah mich forschend an. Dann sagte er: „Ja."

„Ach so", fügte er hinzu, nachdem ich schwieg. Er warf mir die CD auf den Schreibtisch und sagte: „Das lag vor deiner Tür. Scheint von deinem neuen Verehrer zu sein." Brandner grinste blöd. Dann verschwand er endlich wieder.

Es war eine Single-CD: *Countdown* von Sam Weber. Das Cover zeigte zwei Astronauten im Weltall, die sich an der Hand hielten. Darüber hatte Sam mit einem roten Eddingstift geschrieben: *für Ruby*.

Ich lächelte.

Dann legte ich die CD ein, sang laut mit und begann zu tanzen.

Wir sterben alle Stück für Stück
Rauchen tötet, Zucker macht uns dick.
Doch der größte Killer, das bist du.
Wenn du die Waffe ziehst, da macht es Klick.
Wenn du mich ansiehst, macht es Tick.
Und ich dreh mich zu dir um.
Da macht es Bum.

10, 9, 8. Alle Toten sind erwacht.
7, 6, 5 und 4. Das ist alles wegen dir.
3, 2, 1. Wann bist du meins.

Inmitten all der Menschen stehst du da
und siehst mich an
und fragst, ob unsre Welt auch fliegen kann.
Du hast mein Herz, verdammt
mit deinem Lächeln gerammt.

Ja, ich seh's in deinem Blick
unser Countdown, der macht Tick:

10, 9, 8. Alle Toten sind erwacht.
7, 6, 5 und 4. Das ist alles wegen dir.
3, 2, 1. Wann bist du meins.
Und ich dreh mich nochmal zu dir um.
Und mein Herz macht Bum Bum Bum.
Du hast mir den Verstand geraubt,
hast Raketen auf mein Herz gebaut.
Komm, wir schießen uns ins All.
Nur wir zwei im freien Fall.
(Du bist mein Kerosin, süßer als Saccharin.)
Komm, wir schießen uns ins All
Nur wir zwei im freien Fall.

Hinweis

Alle Figuren in diesem Roman habe ich erfunden. Insbesondere die Namen sind keine Anspielungen auf wirklich lebende Menschen, weder die Vornamen noch die Nachnamen. Zufällige Übereinstimmungen mit wirklich lebenden Menschen sind nicht beabsichtigt, lassen sich leider aber nicht immer vermeiden, da ich für bestimmte Figuren gerne Namen verwende, die sehr häufig vorkommen. Wie eine Autorin die Namen ihrer Figuren findet, ist übrigens eine spannende Frage, die mit dem Klang und der Assoziationskraft zu tun hat, darüber hinaus aber auch etwas Magisches hat. Ich zumindest weiß beim Schreiben genau, wann ein Name passt und wann (noch) nicht, ohne erklären zu können, warum.

Obwohl ich auch in meinem Freundes- und Bekanntenkreis immer wieder beteure, dass jede Übereinstimmung rein zufällig ist, wird mir hier nicht immer geglaubt. Sobald eine Figur denselben Beruf hat, ein ähnliches Aussehen oder eben denselben Vornamen, scheint die Sache klar zu sein. Das führt schon so weit, dass ich die Namen meiner Freunde gar nicht mehr verwende in einem Roman. Das schränkt mich auf Dauer natürlich sehr ein. Deshalb möchte ich an dieser Stelle nochmal betonen: Nein, ich bin nicht Ruby Fuchs und ihr seid nicht die Mörder, Mütter, Väter, Liebhaber, Glücklichen oder Nervigen aus meinen Romanen. Meine Figuren sind reine Fiktion. Was sie tun, entspringt der Phantasie. Und das ist.die Wahrheit, ich schwöre!

Dank

Dieses Buch gäbe es nicht ohne meine Mutter. Ich danke dir, Mama, für deine unermüdliche Unterstützung, für das Kümmern und Sorgen um unsere Tochter, aber auch für all die anderen Alltagsdinge, die so viel Zeit kosten. Natürlich schließt dieser Dank auch meinen Vater ein, logisch.

Ich danke meinen Mann Roland für das Formatieren des E-Books und des Taschenbuchs. Wie immer eine nervenaufreibende Angelegenheit!

Ich danke meinem Lektor Volker Maria Neumann für die mal wieder sehr angenehme Zusammenarbeit: Deine Korrekturen und Hinweise zeigen mir immer noch blinde Flecken auf meiner Weltkarte auf. Nur die Möwe in Kapitel 35 schreit immer noch, auch wenn du meintest, die gibt's auf Mallorca gar nicht typisch. Aber wie klänge es, wenn eine Strandschnepfe oder Kohlmeise sich mitten in die aufgewühlten Emotionen drängen würde?

Ich danke meiner Freundin Gesine Kessler für die Lässigkeit, mit der sie ihre juristischen Korrekturen zwischen Halb-so-wild und Das-muss-aber-anders bei einem Glas Wein platziert. Ich danke meiner Freundin Anja Jelly für das Cover, für die schönen Stunden in Ravensburg und für die Geduld, die sie immer wieder aufgebracht hat. Ich danke Manfred Rundel dafür, dass er beim Joggen geduldig meine Fragen rund um die Polizei zu beantworten versucht.

Ein besonderer Dank geht an meine Probeleserinnen Tatjana Buck, Antje Henkel, Carmen Hugger, Anja und Carolin Jelly, Nicola Labotzki, Julia Rauch und Claudia Spranz. Ihr seid alle auf eure Art Gold wert. Vielen, vielen Dank!

Ich danke Alex Ziegler für den Buchtrailer. Wer ihn noch nicht gesehen hat, kann das bei YouTube nachholen, einfach Alinas Grab eingeben.